010
REKI KAWAHARA abec bee-pee
SWORD ART ONLINE
Alicization Running
SAO SWORD ART ONLINE

「Under……world……」
—神代凜子§
「SAO」遊戲設計師，
故・茅場晶彥的戀人。
目前是美國某大學的研究員。
「人工搖光們生活的世界。
那就是『Underworld』！」
—比嘉健§
完全潛行機器第四代主機
「Soul Translator」的開發主任。
雖然外表與口氣有些輕浮，
但大學時代曾和茅場晶彥與須鄉伸之
一起研究高等電機電子工學。

「歡迎蒞臨我們的
『Project Alicization』。」
菊岡誠二郎 § 以「GGO事件」為契機，和桐人搭上線的總務省官員。但真正身分其實是外派到該省的自衛官。
「愛麗絲……？」
結城明日奈 § 桐人（桐谷和人）的戀人。在完全攻略前無法登出的死亡遊戲「SAO」裡與桐人相遇。

「——有所成長了嘛，桐人。」
索爾緹莉娜・賽魯魯特 §
諾蘭卡魯斯帝立修劍學院上級修劍士次席。在學院裡有「活動戰術總覽」的稱號。
「哪裡……我還差得遠了。」
桐人 §
迷途闖進神祕「假想世界」的少年。為了離開這裡，正在尋找「系統控制台」。

「…………喝啊啊啊！」
渦羅・利邦提
諸蘭卡魯斯帝立修劍學院的
上級修劍士首席。
使得一手令人恐懼的剛劍。
「…………!!」

「為什麼要買這麼一大堆呢？」
尤吉歐§ 桐人在這個世界裡第一個遇見的居民。
從盧利特村和桐人
一起來到「聖托利亞」。
「為了不浪費
這些食物的天命，
我會全速趕回宿舍！」
緹潔§ 照顧尤吉歐的
「隨侍練士」。
目標是成為「整合騎士」。

「想吃的話
就老實說吧，尤吉歐。」
「謝、謝謝您，
上級修劍士大人！」
羅妮耶§照顧桐人的「隨侍練士」。目標是成為「整合騎士」。

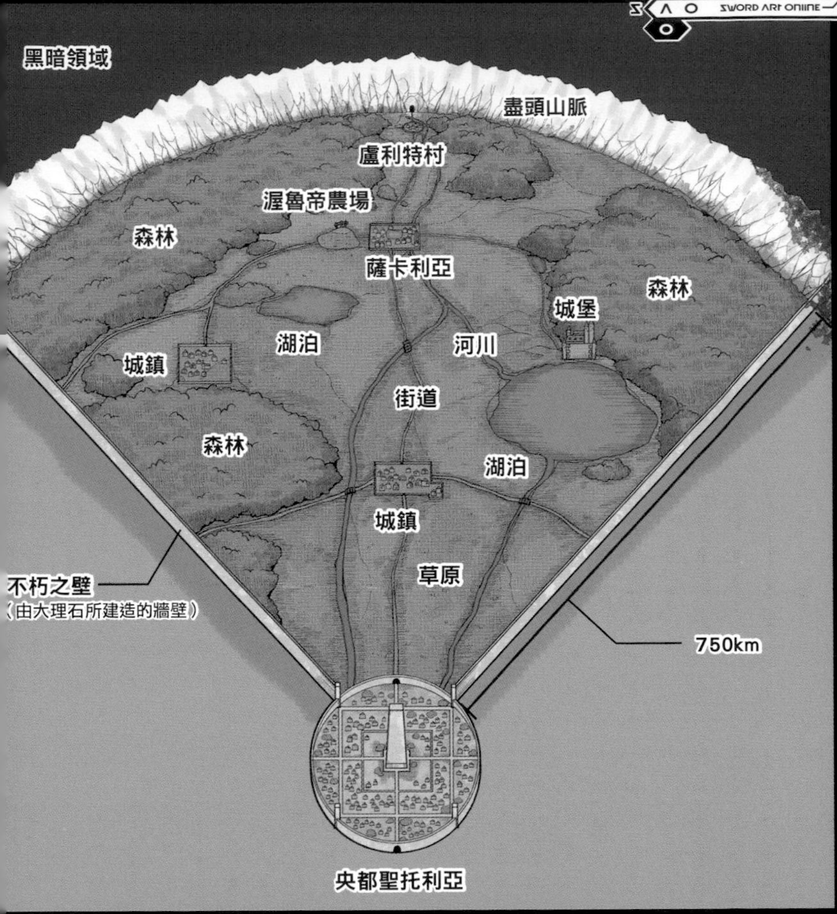

「諾蘭卡魯斯北帝國　全圖」

盧利特村位於Underworld「人界」的北部邊境。從村子往南方前進便可到達薩卡利亞。該處是由長方形城牆所圍起來的東西向城鎮。薩卡利亞地處草原中央，附近有河流與湖泊，所以生活用水都是由井水提供。道路與建築物幾乎全都是由紅褐色砂岩所構成，而且往來居民的服裝也是以紅色線條為基調。薩卡利亞最大的公共設施是「集會場」，領主的演說、樂團・劇團的公演等多項活動都在此舉行。城鎮目前的領主是蓋魯卡姆・薩卡萊特。

再由薩卡利亞往南方前進，即可來到人界最大的都市「央都聖托利亞」。該城市被直徑十基洛爾的正圓形城牆包圍，當中的人口超過兩萬人。圓形市街有著被堅固X形牆壁分成四等分的特殊構造，而分隔城鎮的牆壁人稱「不朽之壁」。這座被均分為「北聖托利亞」、「東聖托利亞」、「南聖托利亞」、「西聖托利亞」四等分的都市，同時也是把廣大人界分為東西南北四領土並加以統治的四帝國首都。

「央都」正中央，也就是人界中心有一座屬於公理教會的純白巨塔「中央聖堂」。這座高聳入雲的高塔根本看不見頂端，而且正方形的教會屬地周圍還有高大的牆壁，所以完全沒辦法窺看到內部的情形。分割聖托利亞城鎮的「不朽之壁」就是由聖堂開始往四方延伸下去。

最高統治組織「公理教會」裡，除了有「司祭」與「元老」等文官之外，也有「整合騎士」這樣的武官存在。守護世界秩序的騎士是所有修劍士們憧憬的轉職，因此「北聖托利亞」帝立修劍學院的練士們每天都過著努力鍛鍊劍術的生活。

SWORD ART ONLINE

「這雖然是遊戲，
但可不是鬧著玩的。」

——「SAO刀劍神域」設計者．茅場晶彥——

SWORD ART ONLINE
Alicization Running

REKI KAWAHARA

abec

bee-pee

010

第二章　Alicization計畫　西元二〇二六年七月

1

一抬起頭，馬上就能看見被十字窗框分割為四的藍白色滿月。

深沉的夜色，包圍了阿爾普海姆西南部的風精靈首都司伊魯班，該地幾乎所有商店都已拉下堅固的鐵門。目前現實時間為凌晨四點，正是上線者數量最少的時間帶，所以往來於主要街道上的行人也特別稀少。

亞絲娜把視線從窗戶移回到桌上，接著拿起冒著熱氣的杯子。嘴裡含了一口色澤濃厚的茶之後，假想的炙熱感立刻刺激著她的舌頭。雖然沒有睡意，但可能是這三天以來幾乎沒有好好休息過的緣故，令少女覺得整個腦袋相當沉重。

她閉上眼睛，靜靜地把手指放在太陽穴上。看見她這個動作，坐在旁邊的風精靈族少女便有些擔心地說：

「亞絲娜姊姊，妳不要緊吧？妳幾乎沒什麼睡對吧？」

「我沒關係。反倒是莉法妳到處奔波一定很累了吧？」

「現實世界的身體正好好地躺在床上休息，所以不要緊。」

當她們注意到彼此表示不要緊的聲音聽起來都沒什麼精神時，兩人便一起露出了苦笑。

此處是「ALfheim Online」裡的玩家房屋，歸桐谷直葉使用的角色．莉法所有。這間圓形房間擁有散發出貝殼般光澤的牆壁，裡頭不斷變換顏色的微弱燈光，讓整個空間帶有一種幻想世界的氣氛。房間中央有一張乳白色桌子與四把椅子，其中三把椅子上有人坐著。

一名有著淺藍色頭髮與三角形長耳的少女聽完兩人的對話後，隨即在桌上交叉起手指並開口表示：

「要是硬撐著，重要時刻腦袋會轉不過來唷。就算不想睡，光是閉起眼睛躺在床上也會有不錯的效果。」

這道沉穩聲音的主人，正是以貓妖族角色潛行的朝田詩乃。她這個創造還不到半年的角色，名稱跟經常遊玩的「Gun Gale Online」同樣是詩乃。亞絲娜朝她看了一眼後，點點頭說：

「嗯……等到會議結束後，我就借這裡的床休息一下吧。唉，如果催眠魔法對玩家也有效果就好了。」

「只要哥哥坐在那張搖椅上睡覺，就能發揮催眠的效果了……」

莉法的呢喃讓亞絲娜與詩乃的嘴角露出微笑。但兩人的笑容卻顯得有些無力。

莉法把以雙手握住的杯子放回桌上，用力吸了一口氣後正色說道：

「那麼，我就先報告今天……不對，應該是昨天所查到的結果吧。從結論開始說呢，就是無法找到哥哥被送到所澤防衛醫大附設醫院的具體證據。資料上確實顯示他目前在二十三樓的腦神經外科當中，但醫院嚴禁他人前往探病，甚至連該樓層都進不去；而且，那個時間點也沒有救護車到達現場的跡象。結衣已經入侵監視攝影機幫忙確認過了，所以這一點應該不會有錯。」

「換言之……桐人很有可能根本不在那間醫院裡……是嗎？」

莉法輕輕點了點頭，表示自己同意詩乃的看法。

「雖然很難相信會有這種事情發生……但連家屬也無法探病，甚至連看一眼都不行，這的確相當不合常理……」

接著她搖搖頭代替後續的言語，房裡陷入了短暫的沉默。

兩天前，六月二十九日，莉法的哥哥桐人——桐谷和人被死槍事件的逃犯「強尼．布萊克」金本敦襲擊。

他在亞絲娜家附近的東京都世田谷區宮坂一丁目路上，遭金本注射劇毒Succinylcholine，隨即因為肌肉急速麻痺而停止呼吸。雖然醫護人員在救護車裡施行了人工呼吸，但和人失去氧氣供應的心臟不久後便停止跳動，當他抵達附近的世田谷綜合醫院時，已經被歸類為到院前死亡的患者。

不知道是急診室值班醫師的醫術高明還是和人的生命力強韌，又或者是兩個人當天的運勢特別好——經過急救後，和人總算又有了心跳，更隨著藥物的分解而重新開始自主呼吸，就這樣奇蹟似的撿回一條命。明日奈從出現在病房外的醫師口中聽到這些情報後，差點因為鬆了一口氣而整個人昏過去，但醫生接下來所說的話卻不允許她這麼做。

醫師表示，和人的心跳停止時間超過五分鐘，可能會造成腦部的損傷。他接著又說，和人的思考能力或運動能力……甚至雙方都有高機率留下永久性的障礙；最糟糕的情況，則是患者從此再也不會醒過來——

最後醫師則解釋，由於尚未做過ＭＲＩ檢查，目前還不能妄下斷語，得趕快把病人送到設備更加完善的醫院才行。於是明日奈便努力對抗起再度襲來的不安，同時與和人的妹妹直葉取得連絡，強迫自己說明整起事件。只不過，她在看見趕過來的直葉時，馬上又大哭了起來。

不久後，和人之母．桐谷翠由位於飯田橋的公司直接趕到現場，當晚三人便在加護病房前的板凳上過了一夜。

隔天六月三十日早上，在護士「已經脫離危險狀態了」的說服下，兩名少女便前往距離醫院不遠的明日奈家裡休息，翠則為了準備健保卡等物品回川越的自宅一趟。

明日奈與直葉輪流沖完澡並各自向學校連絡請假後，隨即為了強迫自己稍事休息而躺上床。在斷斷續續的交談之中，兩人淺睡了幾個小時，到了下午一點左右，明日奈便因為桐谷翠的電話而醒了過來。

馬上衝過去接起電話的她，從翠口裡得知和人的意識依然沒有恢復，而且為了進行精密檢查與更完善的治療，目前已決定轉院到離自家所在地川越比較近的防衛醫大附設醫院了。翠接著表示，等一下救護車就會來接和人，辦完手續之後自己也會搭計程車過去，而明日奈自然也馬上回答會趕往新醫院。

昏睡狀態的和人，確實是在三十日的下午一點四十分左右，由緊急出入口被送上救護車後離開世田谷綜合醫院。結衣已經從醫院的監視錄影機裡確認過這些影像了。

這台救護車，記錄上於當日下午兩點四十五分到達埼玉縣所澤市的防衛醫大附設醫院。和人當下立刻進了二十三樓的腦神經外科接受精密檢查，目前正在觀察情況當中——明日奈與直葉原本都是這麼認為。但她們倆前天深夜造訪醫院時，卻發現連透過遠距離影像看看和人的要求都遭到拒絕，因此起了疑心。

亞絲娜稍微考慮了一下莉法說的話，點點頭開口說道：

「救護車確實將桐人從世田谷的醫院載走了。而且接受轉院的防衛醫大附設醫院那邊，也有『桐谷和人』的入院記錄……可是，沒有人見過他的身影，監視攝影機也沒拍到他的影像。如果說，載著桐人的救護車前往防醫大醫院以外的地方……代表這不是拿錯患者人身資料之類的偶發性事故……」

「而是故意以假情報欺騙家屬，換言之便是有心人所設計的……綁架。」

詩乃用冷靜的語氣接著說道，這時她的三角形耳朵也快速動了一下。

「但這麼一來，那輛救護車不就是假的嗎？醫護人員的制服也就算了，連車輛都能造假？」

莉法立刻回答了她的疑問。

「雷根很喜歡車，所以我試著詢問過這麼做的可能性。他表示外行人絕對無法造出能騙過醫院相關人員的假救護車，就算是專業人士也得花上大量時間與金錢才有可能。不過，應該沒人能料到哥哥前天會在世田谷遭受那個叫金本的人襲擊而住院，況且才經過十八小時就決定轉院了……」

「知道桐人昏迷之後才準備假救護車，在物理條件上來說是不可能的事。」

亞絲娜說完後，詩乃又再度提出問題。

「但這麼說起來，不就代表有人事先安排了假救護車，計畫不管患者是什麼人都要綁架他，而桐人成為對象就只是純粹的偶然……？」

「可是，好像也不是這樣耶。」

莉法靜靜地搖頭甩動馬尾，停頓了一下後才又開始流暢地說明：

「一般而言，醫院在運送患者到其他醫院前，會打電話給管區的急救指揮中心，請求他們派出救護車；但根據結衣的調查，當天明明沒有人連絡，那輛救護車的抵達時機卻恰到好處。醫院的人們，好像都以為別人已經打過了電話。不僅如此，那輛救護上的急救人員不但知道接下來要去所澤的防衛醫大附設醫院，甚至還知道哥哥的姓名呢。一開始和他們接觸的護士很肯定地這麼說。」

「……那麼，他們果然一開始就計畫綁架桐人嗎……」

「這也就表示，犯人能在桐人一入院便得知消息，同時還能夠出動真正的救護車來達成自身目的囉。」

莉法與詩乃人遲了一會兒後，才點頭同意亞絲娜所說的話。

之所以會顯得有點猶豫，應該是對繼續推測下去所得到的結果感到害怕吧。其實亞絲娜也跟她們有同樣的感受。因為，如果這一切都是事實，等於綁架和人的嫌犯對管理救護車的消防廳這個公家機關有不小的影響力。

她們忍不住希望這一切只是自己想太多。

和人其實好好地在防衛醫大附設醫院裡接受治療，之所以連病房的影像都不能看，是因為裡面有許多精密的醫療儀器，至於沒有到達時的影像則是因為監視攝影機有故障……其實應該說一般人都會這麼認為吧。實際上，和人與直葉的母親桐谷翠對於醫院的說明應該沒有任何疑問才是。什麼綁架和製造假情報的，只是三個容易擔心的女孩子聚在一起後所產生的集團妄想。現實中根本沒有這回事，而和人的治療也非常順利，馬上就能接到「恢復意識」的電話……

但亞絲娜在常識與理性之外的某個部分，就是深切地感覺到有事情發生了。而和人的妹妹莉法以及和他一起闖過生死關頭的詩乃，想必也有相同的感覺。

和人遭第三名「死槍」金本注射劇毒Succinylcholine這件事，應該純粹只是突發狀況。不過，有人利用這個事件綁架了和人。

「……不論對方是個人還是組織，眼前我們只能稱呼其為『敵人』了。」

亞絲娜以堅決的口氣這麼宣布完，詩乃先是眨了幾下眼，然後才露出些許微笑。

「我……今天來這裡之前，還一直擔心妳們兩個會很難過呢。畢竟桐人是莉法的哥哥，還是亞絲娜的那個，呃，男朋友……他不但失去了意識，甚至下落不明……」

聽見這出乎意料之外的發言，亞絲娜才有了「這麼說起來，我還真的沒有就此一蹶不振呢，桐人失去意識那晚明明哭得那麼悽慘……」的訝異想法，反倒是雙手在胸前緊握的莉法開口表示：

「這個嘛……我當然很擔心啊。可是，當我注意到哥哥可能不在醫院的時候，除了感到非常不安之外，同時也有種『果然如此』的感覺。哥哥一定又碰上了什麼事件……跑去我意想不到的地方大鬧特鬧了。SAO事件和死槍事件的時候都是這樣……所以，我想這次一定也是……」

「嗯……我也這麼認為。」

不愧是長年和他生活在一起的妹妹啊，如此暗想的亞絲娜用力點了點頭。

「桐人他一定跟以前一樣在某個地方奮戰，所以我們也要盡可能地戰鬥。」

話說回來，亞絲娜在瞄了詩乃一眼之後繼續說道：

「小詩詩，妳看起來好像也沒有很難過耶？」

「咦……我的話嘛……是因為我相信只有我才能打倒那個傢伙，所以……」

亞絲娜和聲音越來越小的詩乃交換了一下奇妙的眼神，接著把話題拉了回來。

「總之……光從救護車這件事來看，就能知道敵人擁有相當大的權力。」

「乾脆報警如何？要是和警察一起過去，醫院應該會允許讓我們看一下遠端影像吧？」

詩乃的提議相當有道理，但亞絲娜輕輕搖了搖頭。

「防衛醫大附設醫院的伺服器裡，完整地記錄了桐人到達醫院以及進入腦神經外科的時間。從檔案上來看，桐人確實是待在醫院裡頭。將『沒有到達時的影像』當成綁架證據，說服力還是太薄弱了，警察多半不會有所行動……再說，我們檢查影像的手段也……」

「是靠結衣駭進系統裡才看見的嘛。」

詩乃苦笑著低語道，然後忽然像是想起什麼事情般繼續說：

「啊……既然如此，不如先別管醫院外的監視錄影機，直接入侵院內的監視系統不就好了？只要能確認桐人住院處的病房影像……」

「可是，醫院內部的安全系統和外圍不同，那裡的防火牆似乎非常強大，就連結衣也沒辦法突破。」

莉法沮喪地搖了搖頭。

昨天一整天，她都忙著在相隔甚遠的世田谷綜合醫院與防衛醫大附設醫院奔波調查。儘管有連線到手機裡的AI結衣幫忙，但光是移動就相當辛苦了。

雖然亞絲娜也很想同行，但表面上桐人的狀況已經穩定下來，因此學校實在沒有辦法允許她連請兩天假。希望能幫上一點忙的她，雖然已經把加值在手機裡的電子貨幣交給莉法充當計程車資，但上課時依然完全無法集中精神。

學校收到的通知中只講了「和人因急病而缺席」，因此別說同班同學了，就連好友莉茲貝特／篠崎里香與西莉卡／綾野珪子都不知道襲擊事件。兩名好友如此擔心和人，自己卻連半點真相都沒有透露，讓亞絲娜的心飽受罪惡感折磨。

不過，這是昨天早上她和莉法討論過後所做的決定。在搞清楚狀況——也就是和人究竟有沒有待在防衛醫大附設醫院裡——以前，整件事還是只有包含詩乃在內的三人知道就好。之所以只連絡詩乃，是因為遭受襲擊之前曾和她在「Dicey Cafe」見面，而且她同時也是死槍事件重要關係人。但現在看起來，她的冷靜與聰明伶俐的確給了兩人很大的幫助。亞絲娜看著在ＡＬＯ裡依然選擇擔任狙擊手的詩乃側臉，接著開口說道：

「我們最大的武器，應該是『比任何人都要了解桐人』這一點吧。所以我們先退一步來想：如果敵人的目標是桐人，那麼動機究竟是什麼呢？」

「這麼說或許有些過分，不過想要贖金應該抓亞絲娜才對。而且，沒有任何來自犯人的連絡對吧？」

對於詩乃的問題，莉法搖了搖頭。

「我們沒有接到任何相關的電話、電子郵件或信件。更何況，如果是想拿贖金，這麼做也未免太大費周章了。哥哥根本不是什麼需要動用假救護車到醫院把他綁走的ＶＩＰ。」

「說的也是……雖然我不願意這麼想，但會不會是出於怨恨……？有沒有什麼痛恨桐人的傢伙呢……？」

這次換成亞絲娜緩緩搖了搖頭。

「我想，ＳＡＯ生還者裡面應該有人因為桐人的關係被關進牢裡而怨恨他，或是因為他成功攻略遊戲而嫉妒他吧。但這些人裡面，有這種資金與組織能力的……」

亞絲娜的腦裡，忽然浮現過去曾把ＳＡＯ玩家當成實驗台進行恐怖研究，結果野心在中途就被桐人破壞並遭到逮捕的須鄉伸之，但那個男人目前還在拘留所裡面。而且，因為他有準備逃亡海外的嫌疑，所以交保的申請也被法院駁回了。

「……不，我想不出什麼人有能力能做出這種事。」

「不是金錢，也不是怨恨……嗯……」

稍微伏下臉去的詩乃以指尖抓著貓耳尖端，然後用沒什麼自信的口氣說道：

「那個……這只是我毫無根據的想像……既然不是為了贖金或是私怨而綁架，也就代表敵人有馬上需要桐人的動機對吧。進一步來說，就是需要桐人身上的某種東西……若以遊戲用語來表示就是『屬性』了。說到那傢伙的屬性，妳們會想到什麼？」

「高超的劍術。」

亞絲娜想都不想便這麼回答。當她閉上眼回想桐人的身影時，最先浮現的總是舊ＳＡＯ時期的樣子──那個身穿黑衣、手拿雙劍，像暴風般砍倒所有敵人的他。在ＡＬＯ裡和他一起旅行的莉法似乎也有相同的印象，馬上接了下去：

「反射速度。」

「對系統的適應力。」

「狀況判斷能力。」

「求生能力……啊！」

和莉法交互列舉能力到此，亞絲娜忽然像注意到什麼事情般閉上嘴。而詩乃也心領神會地點了點頭。

「我說啊，這些都是ＶＲＭＭＯ……也就是虛擬世界裡頭的能力吧？」

聽到這種一針見血的發言後，亞絲娜彷彿想抵抗般微微苦笑了一下。

「那個，現實世界裡的桐人也有很多優點啊～」

「這我當然知道，他還會請我吃飯呢。雖然這麼說有點直接，但在我們之外的人眼裡，那傢伙只不過是個普通高中男生吧？也就是說，敵人寧可這麼大費周章也要到手的東西，會不會就是桐人在虛擬世界裡頭突出的能力？」

「怎麼會……難道是要他幫忙攻略某款ＶＲ遊戲嗎……但哥哥目前失去了意識，別說治療，就連檢查也還沒開始，在這種狀態下把他綁走根本沒有用啊……」

莉法再度露出擔心桐人身體的表情，握緊了雙手。詩乃那對看著桌面的鋼青色瞳孔跟瞄準目標時一樣瞇了起來，緩緩這麼回答：

「雖說他沒有意識……但那只是外表看起來如此。如果使用不需連結腦部而能直接連結靈魂的機器……」

「啊……」

亞絲娜為自己一直沒注意到這件事而吃了一驚，同時急遽地倒抽了一口氣。

「說到這裡，應該知道那個『敵人』是什麼樣的組織了吧。那個組織擁有世界上唯一能連結靈魂的機器，而且幾天前還請桐人擔任測試潛行人員進行運轉實驗。」

聽完詩乃的話之後，亞絲娜也點頭說道：

「……綁架桐人的，就是開發出Soul Translator的企業『ＲＡＴＨ』……？如果該組織有足夠的資金做出那種驚人的機器……那麼的確有能力可以調來一台救護車……」

「ＲＡＴＨ……就是哥哥最近打工的公司嗎？」

聽見莉法的話，亞絲娜忍不住探出身子。

「莉法，妳知道ＲＡＴＨ的事情嗎？」

「啊，其實我也不是很清楚……只是聽說過公司在東京的六本木而已。」

「話說回來，我好像也聽他這麼說過。可是六本木相當大呢……光是知道桐人可能就在六本木的研究所這點，還是沒辦法讓警察展開行動吧。」

面對咬緊嘴唇的詩乃以及不安地伏下視線的莉法，亞絲娜以有些猶豫的口氣表示：

「那個……有件事我本來想等有結果之後才對大家說——其實還有一條相當薄弱的線索或許可以找到桐人，但很有可能途中就會斷掉……」

「……這是什麼意思，亞絲娜？」

「小詩詩，我之前曾經對妳說明過桐人的這個吧？」

亞絲娜用右手指尖戳了一下自己胸口中央。

「啊，對哦……心跳顯示器。那的確是透過網路即時傳輸情報到亞絲娜手機裡對吧……」

「現在信號已經中斷了，但只要回溯假救護車運送桐人時的路線資訊，說不定就能找到他的所在地，於是我拜託了一位幫手分析這些情報。」

「……拜託誰？」

亞絲娜沒有回答問題，只是看著空中呼喚了某個名字。

「結衣，成果如何？」

沒兩下子，桌面上數公分的空間便產生了閃亮光點，接著更凝聚成小小的人形，一陣耀眼的光芒隨之閃過。

出現在眾人面前的，是身高不到十公分的少女型角色。有著一頭黑長髮的她身穿白色洋裝，背上兩對發出七彩光芒的翅膀還微微顫動著。少女——妖精抬起垂下的長睫毛，然後用圓滾滾的可愛眼睛依序看著亞絲娜、莉法和詩乃。她似乎判斷詩乃是應該最優先打招呼的對象，於是在飄浮狀態下輕輕弓身行了個禮。

「好久不見了，詩乃小姐。」

她用彈動銀線般的聲音打完招呼之後，詩乃也露出微笑並點頭回禮。

「晚安啊，結衣……不對，應該是『早安』了吧？」

「現在時刻是凌晨四點三十二分，今天的日出時間是四點二十九分，所以應該可以算是早上了。早安，莉法小姐，媽媽。」

原先是舊ＳＡＯ玩家心理諮詢用ＡＩ的人工智慧結衣，在連續六十度轉動身體向眾人打完招呼之後，隨即飄到亞絲娜正面。

「有關爸爸身上那個心跳監視裝置向媽媽手機發送的封包，目前追蹤進度已經完成百分之九十八了。」

「原來如此，若封包確實來自六本木周邊，那我們的假設就更有可能成真了……」

亞絲娜用力點頭，表示同意詩乃所說的話。她們倆與莉法都以充滿期待的眼神看著結衣。

「那麼，我就先告訴大家目前的分析結果吧。手機訊號中繼站的防火牆雖然沒有防衛醫大附設醫院那麼棘手，但依舊有點難纏，我只能定位出三個發送訊號的位置而已。」

結衣說完便迅速揮動右手，接著桌面上——也就是結衣光溜溜的腳下，馬上出現了藍色全息圖形式的東京都心詳細地圖。結衣停止振翅並著地，走了幾步之後指向地圖上的某處，隨即有些紅色光點「碰」的一聲出現了。

「這裡是爸爸一開始被送去的世田谷綜合醫院。然後第一個發訊位置是這裡。」

她移動了幾步並讓新的光點出現。

「目黑區青葉台三丁目，時間是二〇二六年六月三十日十四時十五分左右。我這就顯示預測的移動路線。」

連結兩條光點的道路上，延伸出一條白色光亮的線條。結衣繼續往西南前進，然後讓第三個光點出現。而線條的長度也隨之增加。

「第二個發訊位置在港區白金台一丁目，時間為同日十五時左右。」

若由世田谷前往六本木，這路線未免太偏南了點。亞絲娜雖然有些不安地這麼想著，但還是緊閉嘴巴等待結衣接下來的發表。

「接著……第三個發訊地點是這裡。」

結果大出三人的意料——結衣標示之處，是距離六本木相當遙遠的東方臨海處海埔新生地。

「江東區新木場四丁目，同日二十一時五十分左右。在這之後，來自爸爸的訊號中斷了大約三十個小時。」

「新木場……？」

亞絲娜一時愣住說不出話，但仔細思考之後，就能發現那邊的新開發地區有許多高層智能大廈，說不定RATH的第二據點就在那裡。

「結衣……那裡有些什麼樣的設施？」

亞絲娜問出聲時，感覺自己的心跳愈來愈快，但她得到的卻是完全出乎意料的答案。

「這個地址上的設施名稱是『東京直升機場』。」

「咦……那不就是直升機起飛的地方嗎？」

詩乃以驚愕的表情低語道，莉法的臉色也為之一變。

「直升機？也就是說……哥哥被送到了更遙遠的地方……是嗎？」

「但是……等一下……」

亞絲娜拚命整理混亂的思緒，並開口問道：

「結衣，從新木場的訊號之後，就再也沒有接收過其他訊號了對吧？」

「是的……」

這時，結衣那妖精般可愛的小臉才首次浮現陰鬱的表情。

「我找遍了日本國內所有的基地台，全都沒有爸爸身上那個監視裝置的連線記錄。」

「這也就是說……如果真的從新木場搭直升機離開，很有可能是降落在手機電波無法到達的深山……或者是原野囉……？」

詩乃搖搖頭，否定莉法所說的話。

「不管在哪裡著陸，最後依舊得把人搬到某座設施裡面。能夠容納新興企業的設施，應該不會連手機的訊號都收不到。就算桐人真的進了電波遮斷區域裡，至少也該在途中送出一次訊號才對……」

「會不會不在日本……？像是……外國……？」

亞絲娜用微微顫抖的聲音問道，但在場沒有人可以馬上回答她的問題。

此時，結衣以同時帶有稚氣與冷靜的聲音打破了這短暫的沉默。

「除了一部分軍用機之外，根本沒有航程長得足以從東京直接飛抵國外的直昇機。雖然目前因為資料不足而無法確定，但我認為爸爸應該還在國內的某處才對。」

「說的也是。RATH進行的研究，似乎能完全顛覆現行虛擬空間技術，沒錯吧？對於企業來說，這應該是最高等級的機密，他們實在不太可能把研究設施擺在國外。」

亞絲娜點頭同意詩乃的看法。亞絲娜聽說過，父親所領導的綜合電子工學製造商・RECT也飽受企業間諜所苦，因此重要的研究開發工作，都在多摩丘陵上那間有嚴密警備保護的研究所裡進行。雖然他們在國外也有許多據點，但這些地方洩漏情報的發生率還是明顯比國內要高多了。

莉法低頭沉思，口中如此嘀咕：

「那麼……果然還是在日本的某個窮鄉僻壤裡嗎……可是，日本真的還有地方能建造這種像祕密研究所一樣的設施嗎？」

「而且規模還不小呢……結衣，妳知不知道什麼關於ＲＡＴＨ的消息？」

亞絲娜一這麼問，結衣便再度浮到空中。她停在三人視線的高度，開口說道：

「我使用了十二個公開與三個非公開的搜尋引擎收集情報，然而企業名稱、設施名稱、ＶＲ技術關聯計畫名稱等等，全都找不到相關的資訊。另外也找不到任何提及『Soul Translation』科技的資料與申請完畢的專利。」

「『讀取人類靈魂』這麼大的發明竟然沒有申請專利……這機密管理得真是徹底耶……」

看來是沒辦法從ＲＡＴＨ方面找到破綻了，想到這裡亞絲娜便嘆了口氣，而詩乃無奈地搖了搖頭說：

「感覺……甚至會懷疑是不是真的有這個企業存在呢。早知道這樣，就該要桐人多說一點相關的情報……之前見面的時候，那個傢伙有沒有說什麼能夠當成線索的事啊……？」

「嗯……」

亞絲娜皺起眉頭拚命地攪動記憶。由於金本的襲擊以及之後綁架疑雲的衝擊實在太大，讓之前在Dicey Cafe的閒談就好像遙遠的過去般模糊。

「記得那時……我們光聽關於Soul Translator的構造說明，就已經到傍晚了吧？再來就是……似乎有稍微提到ＲＡＴＨ這個企業名稱的由來……」

「啊啊……好像是《愛麗絲夢遊仙境》裡某種似豬似龜的動物嘛。現在想起來還真的有點奇怪呢，豬和烏龜其實一點都不像啊。」

「就連創造這個名詞的路易斯．卡羅本身都沒有明言到底比較像哪種動物了。而後世的愛麗絲研究家們也只能夠靠推測……」

亞絲娜說到這裡便忽然停了下來。她覺得似乎有什麼東西閃過自己的腦子。

「愛麗絲……桐人在快要離開店裡時，是不是有提過什麼關於愛麗絲的事情？」

「咦？」

詩乃和靜靜聽著兩人對話的莉法都瞪大了眼睛。

「哥哥提過愛麗絲夢遊仙境的事嗎？」

「也不是……好像是在RATH的研究室裡，聽見過『愛麗絲』這個詞……不對，應該是縮寫還是什麼的……不是經常會看到嗎？把一連串單字的頭一個字母拿出來並排在一起，結果又變成具有另一種意思的單字之類的……」

「也就是所謂的『頭字語』吧。美國的政府機關為了順口常會用這種表現方式。」

聽完詩乃補充的情報之後，莉法便搖著馬尾低聲表示：

「也就是說……把五個單字的頭一個字母排起來，會變成A、L、I、C、E的意思囉？」

「沒錯，就是這樣。嗯……桐人說的確實是……」

亞絲娜用盡所有精神集中注意力之後，桐人那異常熟悉的聲音似乎就在耳朵深處重新響起。於是她便慎重地順著這樣的聲音說道：

「……Artificial……Labile……Intelligen……C和E不清楚，但A、L、I應該是這樣子拚沒錯。」

可能是太用力擠壓記憶海綿了吧，亞絲娜把這些單字講出口時感覺頭有點痛。但一旁聆聽的兩人臉上卻出現有些困惑的表情。

「Artificial……就是指『人工的』吧。Intelligen……ce？是『智能』……那Labile這個單字又是什麼意思？」

空中的結衣馬上回答了詩乃的問題。

「『Labile』是代表『高適應性』的形容詞。」

隔了一會兒之後，她又接著說：

「硬要翻譯『Artificial Labile Intelligence』的話，應該就是『高適應性人工智慧』的意思吧。」

「人工……智慧？」

這突然冒出來的名詞讓亞絲娜忍不住眨了眨眼睛。

「啊啊原來如此……Artificial Intelligence就是『AI』，也就是像結衣這樣吧。但是……開發Brain-machine Interface的公司和ＡＩ又有什麼關係呢？」

「就是指能夠自己在虛擬空間裡活動的角色吧？就像外面那些ＮＰＣ一樣的。」

詩乃伸出右手，指著並排在外面的商店這麼說道。但亞絲娜還是不太能接受這種說法，只是緊緊閉著嘴巴。

「可是……如果ＲＡＴＨ這個公司名稱來自《愛麗絲夢遊仙境》，而ＲＡＴＨ內部所使用的『ＡＬＩＣＥ』這個單字又是和人工智慧有關係的代號……不覺得這樣有點奇怪嗎？這麼一來，公司的目的似乎不是開發次世代ＶＲ遊戲機，而著重於在裡面活動的ＡＩ了嘛。」

「嗯～是這樣嗎……但遊戲裡的ＮＰＣ也不是多稀奇的東西……市面上也有販賣許多桌上型電腦用的常駐ＡＩ包啊。應該不用特別隱瞞公司的存在，甚至為了開發這種東西而綁架一個人吧？」

亞絲娜沒辦法立刻回答詩乃的問題。她感覺似乎每前進一步就會遇上另一道高牆阻擋去路，而且自己的思考方向也有可能完全錯了；但即使內心充滿不祥以及恐懼感，少女還是拚命想要找出線索。於是，她又抬起頭來詢問結衣：

「結衣，說起來『人工智慧』究竟是什麼樣的東西呢？」

一問之下，結衣很難得地露出類似苦笑的表情，然後直接降落在桌上。

「媽媽，妳怎麼會問我這個問題呢？這就跟我問媽媽『什麼是人類』一樣的意思啊。」

「好、好像是耶。」

「嚴格說起來，實在沒有辦法定義『這就是人工智慧』。因為從過去到現在，這個世界根本沒有存在過真正的人工智慧。」

三人眼睛一眨一眨的，對端正地坐在熱水瓶口處的結衣所說的話感到十分錯愕。

「咦，但、但是……結衣妳就是ＡＩ吧？所以說，人工智慧指的就是結衣吧？」

莉法有些猶豫地這麼表示。結衣微微歪著頭，像是在考慮該怎麼跟學生解釋的老師般沉默了一陣子，最後才點點頭並再度開始說道：

「那麼，我們就先從目前所有被稱為ＡＩ的產品開始說起吧。上個世紀——人工智慧的開發者們分別由兩條路徑朝著同一個目標前進。其中一條路徑叫做『Top-down型人工智慧』，而另一條路徑則叫做『Bottom-up型人工智慧』。」

亞絲娜拚命地豎起耳朵，想要理解這名幼齡少女以稚嫩聲音說出來的內容。

「先來說說Top-down型吧，這是在既存的計算機系統結構上讓單純的問答程式慢慢累積知識與經驗，然後靠著學習來接近真正智能的方法。包含我在內，目前被稱為人工智慧的所有系統全部都是這種Top-down型。也就是說……我所擁有的『知性』，雖然看起來和媽媽你們的沒有兩樣，但其實是完全不同的東西。說的極端一點，我根本就只是『問A就會回答B』這種程式的集合體而已。」

結衣說到這裡時，亞絲娜似乎看見那張小臉上閃過一絲寂寥。

「比如說，剛才媽媽問我『何謂人工智慧』的時候，我表現出被分類為『苦笑』的表情。這是因為，爸爸在被問到關於自己的事情時，經常會出現這種表情，所以我在學習這些經驗之後有了這樣的結果。就原理上而言，和媽媽手機裡的自動選字辭典程式沒有什麼不同。反過來講，只要是沒學習過的資料，便無法做出適當的反應。由我剛才所做的說明就能知道——目前Top-down型人工智慧還沒有到達能稱為真正智能的水準。先給大家一個觀念，這種類型的人工智慧便是剛才莉法小姐口中『所謂的ＡＩ』。」

結衣說到這裡便停了下來，然後看向到窗外高掛在天空中的月亮。

「……接下來就說明另一種，『Bottom-up型人工智慧』。那是利用人工的電子裝置來重現媽媽你們的腦部……也就是由一千億個腦細胞連結起來的生物器官，然後讓它產生智能。」

聽見那壯闊……或許該說是荒誕無稽的構想之後，亞絲娜忍不住低聲說道：

「這……這不太可能吧……？」

「嗯。」

結衣馬上點頭同意。

「就我所知，Bottom-up型是還在思想實驗階段就已遭放棄的路線。如果可以實現，那麼該種智慧在本質上就和我不同，而是與媽媽等人類相同水準的存在了……」

結衣把目光由遠方移回來，吸了口氣後開始總結這個話題。

「就像我剛才所說的，目前人工智慧——也就是ＡＩ這個名詞有兩種意思。一種是像我或者汽車導航程式以及遊戲裡的ＮＰＣ一樣，也就是所謂的模擬人工智慧。至於另一種雖然只有概念，卻是與人類一樣擁有創造性、適應力的真正人工智慧。」

「適應力……」

亞絲娜低聲重複了一遍。

「高適應性人工智慧。」

兩個人與一隻妖精的視線全都聚在她身上。亞絲娜的目光依序掃過其他人，然後慢慢把腦袋裡模糊的影像用言語表達出來。

「如果……如果ＲＡＴＨ正在開發的ＳＴＬ不是目的而是手段呢……？對了，桐人之前確實也有這樣的疑問。他說，ＲＡＴＨ似乎想使用ＳＴＬ來做些什麼……如果，他們想藉由解析人類靈魂的構造來創造真正的……世界首創的Bottom-up型人工智慧……」

「那個真ＡＩ的代號就是『ＡＬＩＣＥ』嗎……？」

聽完亞絲娜的話之後，莉法便低聲這麼說道。而同樣表情茫然的詩乃則接了下去：

「換言之，ＲＡＴＨ根本不是開發次世代ＶＲ主機的企業……其實是以開發人工智慧為目的的企業……？」

「敵人」的形象與規模隨著討論不斷擴大，使得三個人忍不住沉默了下來。就連結衣也像無法順利處理獲得的資料般皺起了眉頭。

亞絲娜伸出手，從馬克杯的彈出選單裡再度選擇了熱茶，然後一口氣喝完。她呼了一口氣之後，才為了重新評估敵人戰力而開口：

「如果RATH是『敵人』，那我們面對的可能就不只是一個新興企業而已。從使用假救護車與直升機來綁架的手法、隱密的研究所以及STL這種恐怖的機器，還有目的在於創造與人類相同水準的AI這幾點來看就知道。而克里斯海特……總務省的菊岡先生之所以介紹桐人去RATH打工……或許並不是因為他和VR相關業界的關係良好，而是RATH本來就跟國家有所關連……」

「菊岡誠二郎啊？雖然早知道他不可能如同外表一樣只是個傻傻的眼鏡男……對了，現在還是連絡不到他嗎？」

亞絲娜對繃著臉的詩乃無力地點了點頭。

「打從前天開始，他就沒接電話也沒回簡訊。本來我還想真不行就直接跑去總務省假想課找人，但這麼做大概沒有用吧。」

「我想也是……之前桐人也跟蹤過他，卻被對方很輕易甩掉了……」

四年前的SAO事件發生不久，總務省便設立了「受害者救出對策本部」，而事件解決後，這個單位也為了對應虛擬空間關連問題而留下。隸屬於此的黑框眼鏡公務員．菊岡誠二郎，似乎從和人回到現實世界之後便和他有所交流，而且菊岡竟然相當看重現實世界只是一名普通高中生的和人，在死槍事件的時候還特別委託他進行調查。

亞絲娜在現實世界裡和菊岡見過幾次面，也在ＡＬＯ當中和他的角色水精靈族魔法師克里斯海特組過好幾次隊。但總感覺那種溫和平穩的態度深處似乎隱藏著什麼，所以亞絲娜始終無法完全信任他。雖然本人經常自稱是被貶為閒職的窗邊公務員，但和人卻懷疑他原先隸屬於完全不同的單位。

由於介紹桐人去謎樣企業ＲＡＴＨ打工的人就是菊岡，所以亞絲娜在和人失蹤後曾多次試著連絡他，但菊岡的手機一直在收不到訊號的地方，總是只聽見語音信箱。

無法忍耐的亞絲娜直接打電話到總務省找人，對方卻表示菊岡目前在國外出差。既然如此，電話會無法接通也是難怪——不過她也認為這實在太巧了，因此懷疑和人的失蹤說不定與那個男人有關。

「但是……」

這時，莉法看了看板起臉的亞絲娜與詩乃，接著吐出這麼一句：

「就算ＲＡＴＨ透過那個叫菊岡的人而和國家有所關連，也沒必要保密到這種程度吧？企業確實必須為了利益而保守祕密，但國家要是在進行這種了不起的計畫，一般來說都會大肆宣傳才對吧？」

「這倒是真的……」

詩乃靈巧地歪著脖子點了點頭。

近年，虛擬空間常和宇宙空間並稱為兩大新領域，世界各國急著進行相關的開發工作，美中蘇以及日本都持續宣傳不需要外部推進器的軌道往返太空船、月面有人基地，或者是建造宇宙電梯等計畫。真正人工智慧的開發跟這些消息一樣……不，或許可以說比這些消息更有衝擊性，所以亞絲娜實在想不出國家要如此嚴格保密的理由。

不過，如果綁架桐人真的和國家規模的機密計畫有關，那麼自己身為區區高中生又能做些什麼呢……更何況，那已經是連警察都無法干涉的領域了。亞絲娜正因為龐大的無力感而沮喪地垂下肩膀時，視線剛好和從桌面抬頭看的結衣對上了。

「結衣……？」

「打起精神來啊，媽媽。爸爸在阿爾普海姆尋找媽媽時，可是連一次都沒有放棄過唷。」

「但……但是……我……」

「這次換媽媽來找爸爸了！」

結衣剛剛才明確表示過自己所有反應都是單純的學習程式，現在臉上卻浮現出讓人無法相信那些話的溫柔笑容。

「一定還有能夠找到爸爸的線索。我相信，就算是日本政府，也沒辦法切斷媽媽和爸爸之間的羈絆。」

「謝謝妳……結衣。我不會放棄的。即使我們的敵人是整個國家……我也會衝進國會議事堂逼總理把人交出來。」

「就是這種氣勢！」

亞絲娜和心愛的女兒相視一笑，原本在旁邊微笑看著一切的詩乃忽然皺起眉頭。

「……？怎麼了，小詩詩？」

「沒有啦……我想到一個實際的問題。就算ＲＡＴＨ是和國家有關的研究機關，政府或國會也不見得完全了解他們的研究內容究竟是什麼。」

「嗯……然後呢？」

「如果說，這真是某個政府單位在極機密情況下所進行的計畫，依然會有一項絕對無法隱藏的資料吧？」

「是什麼資料……？」

「就是預算啊！不論是研究設施或者ＳＴＬ，必定都需要鉅額的預算。雖然不知道是幾億或是幾十億，但這麼大的金額不可能偷偷地從國庫……或者該說從稅金裡面挪用吧。換言之，他們應該掛了某種名目去申請國家預算才對。」

「嗯，但是……根據結衣搜尋之後所得到的結果，與ＶＲ技術相關的計畫好像都沒有花到多大的預算……啊，對了……會不會是關鍵字有誤……？不是ＶＲ技術，而是人工智慧才對……？」

亞絲娜一把目光移過去，結衣便用認真的表情點了點頭，她說聲請稍等一下後便張開雙手，接著指尖立刻紫光閃動，看來是正從ＡＬＯ內部連接網路。

三個人在經過了充滿期待與不安的數秒鐘沉默之後，結衣終於輕輕抬起眉毛。語氣跟數秒鐘前截然不同的她，以電子妖精般的平淡聲音表示：

「我讀取到上個年度公佈的各部會預算編列檔案了。目前正用人工智慧、ＡＩ以及其他三十八個類似的關鍵字搜尋當中……一共十八所大學、七個第三部門有相關研究費用得到認可，但金額都不大……文部科學省正在進行看護機器人用ＡＩ開發計畫，但我判斷這與本事件無關……國土交通省的海洋資源探查艇開發計畫……自動駕駛乘用車開發計畫……每一個應該都與這次事件無關……」

之後結衣又舉出幾個相當複雜的計畫名稱，但似乎都沒有什麼關連，最後她終於輕輕搖了搖頭。

「……一般會計與特別會計裡頭，都沒有發現符合條件的可疑鉅額預算申請。當然也有可能分散．偽裝成複數的小額項目申請，若是這樣就很難從公開情報當中把它們找出來了。」

「嗯……果然還是沒有露出馬上就會被發現的馬腳嗎……」

詩乃把雙手環抱在胸前並低聲咕噥。亞絲娜帶著抓住最後一根稻草的心情開口表示：

「──剛才結衣所找到的計畫裡面，說不定會有ＲＡＴＨ的偽裝預算混在裡頭。不知道能不能想辦法把它找出來。嗯……雖然海洋資源應該是沒有關係才對啦……不過那到底是在做什麼樣的研究呢？」

「這個嘛……」

結衣再度半閉起眼睛，並在連結到某處的資料庫後抬起頭說：

「……似乎是為了讓探勘海底油田與稀有礦床的小型潛水艇能自動航行的研究。雖然這筆預算是用來開發搭載於潛水艇上的ＡＩ，但以計畫優先度來看金額顯得多了點，所以才會留在搜尋結果裡。」

「這樣啊……連這種東西都有搭載機器人了呢……是在哪裡開發啊？」

「計畫執行的地方是在……『Ocean Turtle』。這座以海洋研究為目的的自走式巨大人工母船是在今年二月竣工的。」

「啊，我有在新聞上看到。」

莉法插話進來這麼表示。

「看起來不像船，比較像浮在海面上的金字塔耶。」

「這麼說起來，我好像也聽過這個什麼Ocean……Turtle的……」

亞絲娜閉起嘴、皺起眉毛，低頭往下看了一會兒之後忽然又抬起臉來。

「結衣……可以叫出那艘研究船的照片嗎？」

「好的，請稍等一下。」

結衣揮動右手，桌上立刻就像叫出地圖時一樣出現螢幕，隨即很快地變成海面的立體圖。圖中央的部分開始有光線畫出複雜的線框模型，緊接著則是有素材填滿平面。出現在小小海面上的物體，看起來的確很像黑色金字塔。

不過若從正上方看，就能發現它並非正方型，而是長短邊約為三比二左右的長方形。金字塔的高度應該和短邊差不多，表面除了細長窗戶外一片光滑，還散發出暗灰色的光澤，仔細一看能發現上面貼滿了正六角形的太陽能板。

除了從四個角突出像操舵裝置的物體外，某個短邊還伸出看起來像小型大廈的艦橋，往標示在旁邊的長度表一看，便會發現長邊竟然達到四百公尺這種驚人的數字。

「原來如此……四隻腳、方頭部，還有金字塔的龜甲花紋，看起來的確像是隻烏龜。不過這規模也太大了吧……」

詩乃讚嘆地說道。亞絲娜瞄了她一眼之後，才又用右手食指指著超大型船Ocean Turtle的艦橋部分說：

「但是……妳們看頭部這邊有些平坦並且突出，看起來是不是有點像別的動物？」

「啊～對耶。看起來有點像豬。會游泳的龜豬嗎？」

莉法用天真無邪的聲音這麼說道。

然而，少女隨即像被自己所說的話嚇了一跳般瞪大雙眼。她的嘴唇震動了好幾次之後，才擠出沙啞的聲音。

「既是烏龜……也是豬……」

亞絲娜和詩乃、莉法默默交換了一下眼神，然後才異口同聲地大叫：

「──『RATH』！」

2

ＥＣ１３５型直升機穿越濃濃海霧之後，窗外已經是整片的藍天。

與在高高度飛行的客機完全不同，由這裡的窗戶可以眺望到光輝海面上的破碎浪頭，這讓神代凜子忽然有了「上一次在海裡游泳不知道是什麼時候」的念頭。

凜子目前在加州工科大學工作，自該地開車到聖摩尼卡灣其實只要一個小時。若是有心，每個週末都能夠盡情地曬太陽，但已經在大學裡工作兩年的她，卻從來沒有踏上過沙灘。

她不討厭海風與陽光，只是還需要很長一段時間的調整，才能讓自己真心地享受這些休閒活動。凜子早已有所覺悟，要在沒有人認識自己的異國城市裡，度過十幾二十年以上這種漂白過去的日子。

所以即使只有一天，自己竟會再度踏上原本以為不會回來的日本國土，甚至飛往與捨棄的過去有直接關連之處，還是令凜子感到有些不可思議。

四天前，凜子收到了一封長篇電子郵件，寄件者是個出乎意料之外的人。雖然可以當場刪掉郵件並就此忘記這件事，但她不知為何在考慮了一晚之後便回信表示接受邀請。即使知道這種行為將讓凍結思考與記憶的兩年時光全部白費，她還是毅然而然地做出了決定。

到底是什麼讓自己如此衝動，直接朝著帶有沉重因緣的地方飛去呢——

由洛杉磯飛往東京的客機當中，度過一個晚上的成田機場飯店裡，甚至是坐上這架小小的直升機後亦然，凜子始終不斷地如此自問。她輕輕嘆了口氣，把迷惘塞回腦內深處。看到該看的東西、問過該問的問題之後，答案應該就會自己出現了吧。

最後一次到海邊玩水已經是十年前，那時凜子還是個什麼都還不懂的大一新生，就這麼強行把大了兩屆的學長茅場晶彥拉出來，開著剛貸款買的小車出發到江之島。當年她依然是天真無邪的十八歲，還不知道自己將會有什麼樣的命運……

沉浸在遙遠回憶裡的凜子，耳朵忽然聽見身邊乘客以不輸給螺旋槳的聲音喊道：

「可以看見了！」

這名同行者撩起金色長髮並瞇起太陽眼鏡下的眼睛，凜子順著這人視線往前看去，確實在駕駛艙玻璃後方那片無限延伸的海面一角上，發現了一個小小的黑色矩形。

「那就是……Ocean Turtle……？」

凜子呢喃的同時，黑色太陽能面板的一部分剛好反射陽光而發出七彩光芒。在副駕駛席上，於飛行中一直保持沉默的黑色西裝男這時以低沉聲音回答：

「是的。再十分鐘左右就能著艦了。」

由東京．新木場出發的直昇機，似乎想在約兩百五十公里的長距離飛行後服務一下乘客，只見它先在大型海洋研究母船「Ocean Turtle」的周圍繞了一圈之後，才開始準備降落。

凜子首先因為那異常巨大的船體而瞪大了眼。其實「船」這個名詞已經不足以形容了——它看起來就像座扎根於海底的金字塔。全長有世界最大航母尼米茲級的一．五倍。高度相當於二十五層的大樓——雖然事先已經調查過相關資料，但實物與想像的差距仍然有地球到月亮那麼遠。

四角錐底面長四百公尺，寬兩百五十公尺，黑色發光面板像龜殼般覆蓋其表面。面板的面積大概就跟直升機懸浮軀體所造成的影子一樣大。究竟要花多少錢才能建造出這樣一艘船呢？凜子實在無法估算。據說近年來開採相模灣岸稀有礦床所得的收益，幾乎全部都投注在這艘船上，看到這種超乎常識的巨大軀體之後，她忽然覺得謠言或許是真的。

一週前收到的電子郵件裡寫著，這座自走式巨大人工母船，表面上的建造目的是為了探索．開發新的礦床以及海底油田——但實際上內部可能收容著次世代型完全潛行機器，也就是能夠讀取人類靈魂的研究設施「Soul Translator」。當初凜子還有點半信半疑，但實際被帶來這裡之後，她也只能相信這是事實了。

到底為什麼要在伊豆群島這種空無一物的海面上進行Brain-machine Interface的研究，凜子一直百思不得其解。然而，這座黑色金字塔的深處，有綜合茅場晶彥設計的NERvGear及凜子發展出來的「Medicuboid」後所產生的機體在運轉，卻是無庸置疑的事實。

兩年的外國生活雖然麻痺了凜子的傷，卻沒讓她因此痊癒。在這艘船裡直接面對那個機體之後，傷口究竟會癒合還是會再度綻開而鮮血直流呢——

在開始下降的直升機裡，凜子緩緩地深呼吸，接著稍微瞄了一下身邊的同行者。凜子對太陽眼鏡底下的目光輕輕點了點頭，然後開始準備動身。

駕駛員可能是相當有經驗的老手了吧，機體沒怎麼搖晃便順利地降落設置在Ocean Turtle艦橋屋頂的停機坪上。擔任嚮導的黑西裝男先以敏捷的動作滑出機外，然後和穿著同樣服裝往這邊靠過來的男人互相敬了個禮。

緊接著來到座艙口的凜子對伸手想幫忙的男人搖了搖頭，然後一邊慶幸自己穿牛仔褲，一邊跳下大約四十公分左右的落差。球鞋鞋底踏上的人工地面，可以說穩定到幾乎讓人感覺不出這裡是船上。

此時同乘者也拖著閃耀的金髮來到機外，把太陽眼鏡對準陽光並用力伸直了背。而凜子也跟著她張開雙臂，深深吸了一口充滿海水味的空氣。

在停機坪等待的男人一張曬黑的臉龐立刻嚴肅起來，然後對著凜子行了個禮。

「神代博士，歡迎來到Ocean Turtle。這位是……」

看見男人的視線移到同乘者身上後，凜子便點頭介紹：

「她是我的助手真由美．雷諾斯。」

「Nice to meet you.」

同乘者隨著流暢的英語伸出了右手，男人以有些僵硬的動作回握一下後也報上了姓名。

「我是奉命擔任兩位嚮導的中西一等海尉。兩位的行李稍後會請空服員幫忙搬運，所以請先跟我來──」

男人用右手指著停機坪角落的樓梯，接著說：

「菊岡二佐正在等候。」

艦橋內的空氣，依然隱含著盛夏的炙熱與太平洋的鹽味。但在經過電梯及長通道並穿越通往Ocean Turtle本體──也就是黑色金字塔的厚重金屬門後，一道乾冷的空氣馬上就撲往凜子臉上。

「整艘船裡都有冷氣嗎？」

凜子忍不住對走在前面幾步的中西一尉這麼問道。年輕的自衛官轉過身來，輕鬆地點頭回應道：

「是的。由於內部有許多精密機器，所以氣溫經常保持在二十三度左右，濕度則在百分之五十以下。」

「電力只靠太陽能發電嗎？」

「怎麼可能，太陽能電池提供的電力不到一成。主機是使用加壓水型核子反應爐。」

「這樣啊……」

這裡什麼都有呢。心裡這麼想的凜子輕輕搖了搖頭。

貼著亮灰色面板的通道上，看不見其他人影。根據事先大略讀過的資料，這裡面大概有將近一百個研究計畫，但想必是因為本體過於巨大，內部完全不會有擁擠感。

左彎右拐了約兩百公尺左右，終點處的門前已經有一名穿著深藍色制服的男人在那裡等待。那身制服乍看下會以為是保全公司的人，但從對方看見中西後迅速敬禮的動作，就能知道他應該也不是民間人士。

中西回禮後便用嚴肅的口氣說道：

「聘用研究員神代博士以及其助手雷諾斯小姐將進入Ｓ３區。」

「進行身分確認。」

警衛打開手上的金屬製儀器，嚴厲的目光往來於凜子的臉及螢幕之間。不久後他點了點頭，但一看見站在凜子背後的研究助手，有道整齊鬍子的嘴角便動了起來。

「很抱歉，可以請您把太陽眼鏡拿下來嗎？」

「I see.」

助手隨即把大雷朋眼鏡往上抬，不知道是她充滿光澤的金髮還是吹彈可破的白皙肌膚太過耀眼，只見警衛先是瞇起眼睛，然後才再度點了點頭。

「身分確認完畢。請進。」

凜子鬆了口氣，接著苦笑著對中西說道：

「在大海中央戒備還這麼森嚴啊。」

「我們已經省略掉搜身的程序囉。不過等一下還得經過三次金屬・爆裂物探測器。」

說著，中西便把從胸口拿下來的名牌插進門旁細縫，然後右手拇指放在看起來是掃描器的面板上。約一秒鐘之後，門便隨著細微馬達聲往旁邊移動，通往Ocean Turtle中樞部的入口終於打開了。

剛經過異常厚重的門，凜子便發現前方通道充滿了更加低溫的空氣、橘黃色的照明以及細微的機械運轉聲。她聽著三人迴盪在通道裡的腳步聲，於這無法想像是在南洋船舶內部的空間中走了數十公尺，直到前頭領路的中西在一道門前停步。

抬起頭一看，立刻就能發現上面有一塊樸素的板子寫著「第一控制室」。

他們終於來到茅場晶彥最後遺產運轉的地方了。凜子摒住氣息，再度看著那名進行安全檢查的自衛官背部。

自己冰凍的記憶與如遊魂般徬徨的兩年時光，是否將在這個地點終結？

或者，這只是另一條新路的起點呢——

緩緩滑開的門後，被一片似乎在暗示些什麼的黑暗包圍，使得凜子一時動彈不得。眼前的黑暗沒有表達抗拒或者邀請的意思，只是默默地強迫她做出選擇。

「教授……」

直到研究助手從背後出聲，凜子才回過神來。這時中西已經往黑暗的空間走了幾步，轉過身等待她。仔細一看才發現，「第一控制室」裡並不是完全黑暗，地板上有橘色的標誌燈在閃爍，深處還透出朦朧的藍白色光線。

凜子深吸口氣，然後下定決心踏出右腳。等助手也進入房間，背後的門馬上就關了起來。

他們跟著地板上的標誌燈，在巨大網路機器與伺服器群之間前進。好不容易才穿越這座機械深谷時，凜子馬上因為眼前的景象而瞪大了眼。

「…………咦……！」

她下意識由喉嚨發出這樣的聲音。因為正面的牆壁忽然變成一大片窗戶——後方則出現了令人難以置信的物體。

那是一座城鎮……不對，應該說是一座城市吧？但怎麼看都不像日本。所有建築物都是由白色岩石所建，還有著不可思議的圓形屋頂。雖然裡頭盡是些兩層樓以上的建築，但因為到處都能看見巨大樹木，所以房子倒顯得相當迷你。

同樣由白色石板鋪設而成的道路，化為無數的階梯與橋梁穿梭於群木之間；至於在路上行走的眾多人類——也一樣一看就知道不是現代人。

當中沒有任何人穿著西裝或迷你裙。大家都是外型寬鬆的洋裝、皮製背心，或者是拖地的貫頭衣這種中世紀風格打扮。他們的頭髮有金、茶、黑等各種顏色，但就算凝神細看，也很難從他們的臉型分辨出究竟是西洋還是東洋人。

那裡到底是什麼地方？難道說，研究船在不知不覺之間移動到某個地底世界去了？一片茫然的凜子移動了一下視線，馬上看見寬廣街道後方有一座發出純白光芒的巨塔。旁邊設有四座副塔的主塔上部已經超出眼前窗框，直接延伸到遙遠的藍天當中。

想看見塔尖的凜子往前走了幾步，這才終於發現眼前光景並非窗戶，而是大螢幕所播放的影像。緊接著，天花板馬上亮起微弱的燈光，把黑暗從房間裡趕了出去。

「歡迎來到Ocean Turtle。」

右邊忽然從傳來這樣的聲音，凜子也隨即把目光移了過去。

足足有小型戲院螢幕大小的面板前，延伸出了有數個鍵盤以及輔助螢幕的控制台，台前還站著兩名男性。

坐在椅子上那位背對著凜子等人，忙碌地敲著鍵盤。不過，另一位把腰部靠在控制台上的男子在眼神和凜子對上那瞬間，便瞇起了鏡片後的眼睛並露出笑容。

那種溫和但卻讓人看不透內心的笑容，凜子已經看過許多次了。這人正是外派到總務省的自衛官・菊岡誠二郎二等陸佐。但是——

「……你那是什麼打扮啊？」

面對兩年不見的人，凜子沒有打招呼而是繃著臉這麼問道。與穿著正式服裝的中西一尉迅速敬過禮的菊岡二佐，目前一身藍色久留米絣紋浴衣繫上藺綢角帶，腳上還套著木屐。

「那麼我先告辭了。」

中西也對凜子敬了個禮後便先行離開。當機器群後方的門傳來關閉聲時，站直的菊岡再度慵懶地靠在控制台上，然後用有些沙啞的低音說著藉口。

「唉呀，我已經在海中央待了整整一個月嘛。哪能受得了每天穿制服。」

他說完便雙手一攤，然後再度露出笑容。

「——神代博士還有雷諾斯小姐，千里迢迢來此真是辛苦妳們了。很高興兩位能夠來到我們『RATH』，我鍥而不捨的邀約也算是有回報了。」

「反正來都來了，就暫時受你們照顧吧。雖然我沒辦法保證能不能幫得上忙就是了。」

凜子對菊岡點了一下頭，而她身邊的助手也依樣畫葫蘆。菊岡略為揚起眉毛，朝助手那頭漂亮的金髮看了一眼，但馬上又恢復笑容並且表示：

「我認為這個計畫有三名不可或缺的成員，而妳正是其中的最後一人唷。這下子，三個人終於都來到這隻海龜的肚子裡了。」

「原來如此……那你一定也包含在內囉，比嘉。」

凜子一這麼說，之前一直背對著她的第二名男性便停下手，連同整張椅子一起轉了過來。和高大的菊岡並排在一起，讓比嘉看起來更為嬌小。他脫色後的頭髮像劍山般往上梳，臉上還戴著樣式簡單的圓眼鏡。褪色T恤、七分牛仔褲再加上跟部磨平的球鞋，這種打扮與大學時期的他可以說沒有什麼兩樣。

隔了五、六年才重逢的比嘉健，先以那符合身材的稚氣臉龐展露笑容，接著才開口表示：

「當然是我囉。身為重村研究室最後的學生，當然得繼承學長們的遺志才行啊。」

「真是的……你還是一點都沒變。」

當年東都工業大學電氣電子工學系重村研究室裡，始終被茅場晶彥與須鄉伸之兩個搶眼人物蓋過去的比嘉，曾幾何時竟然參加了這種極為機密的大規模研究計畫。心裡有著無限感慨的凜子，伸出手與過去的學弟握了一下。

「……所以呢？第三個人又是誰？」

她再度轉向菊岡這麼問之後，自衛官臉上重新出現那種充滿謎團的笑容，輕輕搖了搖頭。

「很可惜，現在沒辦法介紹給妳認識。這幾天再找時間……」

「那麼，就讓我來代替你說出那個人的名字吧，菊岡先生。」

——開口的人不是凜子，而是至今一直像影子般跟在她後面的「助手」。

「什麼……？」

凜子用「這下可整到你了」的表情看著啞然瞪大眼睛的菊岡，同時退了一步讓那位助手站到前面來。

迅速走向前的「助手」右手拿下金色假髮，左手扯下大大的太陽眼鏡，然後用栗子色眼珠筆直地盯著菊岡看。

「你把桐人藏在哪裡？」

應該不太熟悉「驚愕」這種感情的二等陸佐嘴巴開闔了數次，這才輕聲咕噥：

「……我們應該已經從加州工科大學學籍資料庫裡取得了研究助手的照片，並且經過多次身分確認……」

「嗯，我和教授確實經過了很多次的身分確認，一直讓人盯著臉看真的很煩。」

靠著偽裝成在大學裡擔任凜子助手的真由美．雷諾斯，得以順利潛入Ocean Turtle中樞的「閃光」亞絲娜——結城明日奈，這時挺直背桿承受著菊岡的視線並回答：

「只不過，學籍資料的相片早在事先就換成我的臉了。我們這邊可是有個很會突破防火牆的小幫手唷。」

「順帶一提，真正的真由美目前正在聖地牙哥曬太陽呢。」

凜子補充完後便露出了笑容。

「那麼，你現在應該知道我為什麼會忽然接受你的招聘了吧，菊岡先生？」

「嗯……完全了解了。」

菊岡用指尖按著太陽穴，無力地搖了搖頭。始終呆呆旁觀凜子等人對話的比嘉，這時忽然笑了起來。

「看吧，我不是說過了嗎，菊老大。那名少年是這個計畫中最大的安全漏洞啊。」

四天前，七月一日。凜子的私人信箱收到一封來自「結城明日奈」的電子郵件，讓半捨棄了塵世，終日只是往返於自宅與大學校園之間的她，內心產生很大的動搖。

凜子在離開日本前曾提供技術給厚生勞動省，製造醫療用完全潛行機器「Medicuboid」。而明日奈在信件裡寫著，有個名為ＲＡＴＨ的謎樣機關正以凜子的設計為基礎，開發出一種叫做「Soul Translator」的恐怖機器。

這部能連結人類靈魂的機器，目的可能是要創造出世界上第一個Bottom-up型人工智慧。幫忙過實驗的少年桐谷和人於昏迷狀態當中就直接被人從醫院綁走，很有可能被帶進剛下水不久的巨大海洋研究母船Ocean Turtle裡。明日奈懷疑，這一切計畫的幕後黑手正是從ＳＡＯ事件起便對虛擬世界相當有興趣的公務員・菊岡誠二郎——信件裡頭，就寫著這些讓人乍看之下很難相信的內容。

「我在桐人ＰＣ裡的通訊錄找到了神代博士的電子信箱。我相信，教授是唯一能夠把我帶到ＲＡＴＨ——桐人身邊的人。請您務必助我一臂之力。」

電子郵件以這樣的內容做結。

凜子產生了很大的動搖，但依舊從結城明日奈的文字裡感受到事件的真實性。因為打從一年多前，就不斷有署名菊岡誠二郎二等陸佐的郵件寄來，邀請她參加次世代型Brain-machine Interface的開發計畫。

凜子從螢幕前抬起頭來，眺望著自家公寓窗外的帕薩迪納市夜景，嘗試回想離開日本前曾見過一次面的桐谷少年。

向自己說明完須鄉伸之的違法人體試驗等所有經過後，少年有些遲疑地繼續說下去。對方表示曾在虛擬世界內和茅場晶彥的「幻影」對話，那個幻影甚至給了他「Cardinal」系統的共享版本。

仔細想想，茅場晶彥用以結束自己生命的高密度．高功率大腦脈衝波掃描機才是Medicuboid以及Soul Translator的原型。到頭來，所有的事情全連在一起，一切都沒有結束。既然如此，結城明日奈現在傳來這封電子郵件，或許也是必然的結果——？

凜子花了一整晚考慮後下定決心，回信答應明日奈的請求。

雖然賭注十分危險，但可以像這樣看見菊岡誠二郎那驚訝的表情，也就不枉自己橫跨太平洋跑來這裡了，凜子微笑著想。ＳＡＯ事件之後便暗地裡在各處活動，感覺所有事情都在他控制下的菊岡，這回終於栽了個跟斗，不過現在要安心還太早了一點。

「事到如今，我看你還是乾脆把一切都說個清楚比較好吧……菊岡先生？好比說身為自衛官的你，為什麼寧願使用總務省的閒缺課長這種假身分也要和ＶＲ世界扯上關係？打算在這隻大烏龜肚子裡做些什麼？當然……也得交待到底為什麼要綁架桐谷小弟。」

面對凜子完全不給喘息空間的質問，菊岡搖搖頭後長嘆一口氣，接著臉上再次浮現那看不透內心的笑容。

「首先呢，為了不引起誤會必須先說明……用有些強硬的手段把桐人帶到ＲＡＴＨ來這點，我相當抱歉。不過，那是因為我非常想要救他的緣故啊。」

「……這是什麼意思？」

明日奈臉上出現「要是腰間有劍早把手放在劍柄上了」的表情，往前踏了一步。

「桐人遭到『死槍事件』的逃犯襲擊陷入昏迷，這件事我也是當天才知道。同時，我也得知他的腦因為缺氧而受損，以現代醫學來說根本沒辦法治療這種傷害。」

明日奈的臉立刻繃了起來。

「無法……治療……？」

「因為構成腦部重要網狀系統的一部分神經細胞遭到破壞。在那種情況下，就算直接送進醫院，也沒有任何醫生曉得他什麼時候會醒過來，說不定會就此一睡不起……哎唷，別用那種恐怖的表情看著我嘛，亞絲娜小姐。我剛才說過是『現代醫學』無法醫治了吧？」

菊岡臉上出現這十幾分鐘來最嚴肅的表情，接著說下去：

「然而，全世界只有我們ＲＡＴＨ存在能夠治療桐人的技術，也就是妳也很清楚的ＳＴＬ，Soul Translator。死去的腦細胞無法治療，但只要用ＳＴＬ直接活化搖光，就能夠促進網狀系統再生。不過得花一點時間就是了。」

他從浴衣袖子中伸出來的強壯右臂指著天花板。

「桐人目前正在這座主軸上端的全功能ＳＴＬ裡面。六本木的儀器功能有限，沒辦法進行精密的手術，所以一定得把他帶到這裡來。等到治療結束，他的意識恢復之後，我們就會把他送回東京並向他的家人以及亞絲娜妳說明整個經過了。」

聽到這裡，明日奈的身體便搖晃了一下，她旁邊的凜子則急忙伸手撐住。

少女發揮了恐怖的洞察力與意志力，排除萬難飛奔到愛人身邊，到了現在才像是放下心頭大石般流下了斗大的眼淚。但她馬上又很堅強地把淚水擦掉並挺直了腰桿。

「那麼，桐人他平安無事吧？應該能夠恢復吧？」

「嗯，我敢保證他目前的醫療品質絕對不輸任何大醫院，還有專任的護士在照顧。」

明日奈以彷彿要看透菊岡真正心意般的眼神盯著他幾秒之後，總算輕輕地點了點頭。

「……我知道了，現在就先相信你吧。」

聽見她這麼說，菊岡才像是鬆了口氣般垂下肩膀。此時凜子向前走了一步追問：

「但話又說回來，為什麼ＳＴＬ的開發會需要桐人小弟呢？這種得躲在茫茫大海中央進行的極機密計畫，為什麼會找一名高中生幫忙？」

和身旁的比嘉對看了一眼之後，菊岡才一副「真拿妳們沒辦法」的樣子聳了聳肩。

「若要說明這件事，得花上很多時間……」

「沒關係，反正有的是時間。」

「……若是全部聽完，神代博士可得幫忙開發唷。」

「我要聽完才能決定。」

自衛官故意露出有點哀怨的表情嘆了口氣，然後從浴衣袖袋拉出一根小管子。兩位女性本來還以為是什麼，仔細一看才發現裡頭是便宜的水果糖。他丟了兩三顆進嘴裡之後，便朝凜子等人遞了出去。

「要吃嗎？」

「……不用了。」

「這很好吃耶……言歸正傳，我想兩位應該已經知道ＳＴＬ的概要了吧？」

明日奈點頭肯定。

「那台機器能夠解讀人類的靈魂……也就是『搖光』，然後讓人潛行到與現實完全相同的虛擬世界。」

「嗯。那麼，妳知道計畫的目的為何嗎？」

「開發Bottom-up型ＡＩ……也就是『高適應性人工智慧』。」

比嘉立刻吹了一聲口哨。他那對躲在圓鏡片後的眼睛露出讚賞的神情，然後一副難以置信的樣子搖了搖頭。

「真不簡單，這些事情應該連桐人也不清楚才對啊。妳是怎麼查到這些資料的呢？」

明日奈以想確認比嘉是何許人的眼神看著他，然後用僵硬的口吻說：

「……我聽桐人提過Artificial Labile Intelligence這些詞……」

「哦哦~原來如此。看來還是重新檢查一下六本木的保密措施比較好哦，菊老大。」

面對比嘉嘻皮笑臉說出來的話，菊岡只是繃著臉裝成沒聽見。

「我早就知道桐人可能會洩漏一定程度的情報了。但就算有風險，計畫還是需要他的協助，你不也這麼認為嗎……嗯，剛才說到哪裡了？啊，高適應性人工智慧對吧。」

他又拿出一粒水果糖並彈上天空，隨即靈巧地用嘴巴接住，然後這名二等陸佐才用國文老師般的態度與口氣繼續表示：

「創造Bottom-up型ＡＩ，也就是直接重現我們人類意識構造的人工智慧，長久以來都被認為是種幻想。說起來根本沒有人知道意識的構造是什麼形狀，也沒人知道它由什麼所構成——但是，這位比嘉兄根據神代博士提供的檔案，拚命提升解析力之後創造出來的Soul Translator終於能夠捕捉到人類的靈魂……也就是我們稱為『搖光』的量子場了。我們認為，這跟成功開發出Bottom-up型人工智慧沒兩樣。妳們知道為什麼嗎？」

「既然能夠讀取人類的靈魂，那麼接下來只要加以複製就可以了……應該是這樣吧？」

感到有些戰慄的凜子這麼說道。

「當然，還是有『要用什麼媒體來保存複製靈魂』這樣的問題存在就是了……」

「博士說的沒錯。一直以來在量子電腦研究裡使用的邏輯閘，容量完全不足。於是我們投入大量經費開發出所謂的『光量子閘結晶體』……通稱『LightCube』。這種一邊五公分的鐠結晶構造體裡，可以保存的資料量和人類大腦幾乎相同，足足有一百億Qbit。這也就表示……我們已經成功複製人類的靈魂了。」

「…………」

為了忽視指尖開始變冷的感覺，凜子用力地把雙手插進牛仔褲口袋裡。站在旁邊的明日奈，這時臉上也失去了血色。

「……那麼，研究不是已經成功了嗎。為什麼現在還要叫我過來呢？」

凜子為了不讓對方發現自己的恐懼，以腹部使力這麼開口質問。菊岡再度和比嘉對看一眼，接著左嘴角露出充滿虛無感的笑容，緩緩點了點頭。

「沒錯，我們的確成功複製了靈魂。但是，愚蠢的我們沒注意到一件事。那就是人類的拷貝和真正人工智慧之間有一道深不可測的鴻溝……比嘉，給她們看一下那個吧。」

「咦咦～拜託饒了我吧。每次做那個實驗都會讓人很沮喪耶。」

搖著頭的比嘉似乎打從心裡不願意那麼做。但他在嘆了口氣之後，手指還是心不甘情不願地在控制台上按了起來。

突然間，放映出謎樣異國城市的巨大螢幕變暗了。

「那我開始讀取了。複製模組ＨＧ００１。」

在比嘉按下輸入鍵的同時，螢幕中央浮現有著複雜形狀的放射光。中央部分接近白色，愈往前端則愈紅的光線荊棘，開始不規則地伸縮並且蠕動著。

『……取樣結束了嗎？』

頭上擴音器忽然傳來這樣的聲音，嚇得凜子與明日奈抖了一下。那是比嘉自己的聲音。但上頭似乎帶了些微金屬質特效，語尾出現了一點粗糙感。

坐在椅子上的比嘉把從控制台延伸出來的可塑性麥克風拉過去，然後對著與自己相同的聲音回答：

「嗯，搖光的取樣已經順利結束囉。」

『這樣啊，那太好了。但是……為什麼還這麼黑啊？而且身體也不能動。ＳＴＬ有異常嗎？抱歉啦，請讓我從機器裡出來。』

「不好意思……這我沒辦法幫忙。」

「喂喂，你在說什麼啊？你是誰？這聲音我沒聽過耶。」

比嘉繃起了背肌，隔了一會兒才用緩緩回答：

「我是比嘉。比嘉健。」

『…………』

紅色的光線荊棘忽然緊緊收縮。經過片刻沉默之後，才又像是在反抗什麼般將銳利的尖端往外伸展。

『你在說什麼蠢話。我才是比嘉。讓我從ＳＴＬ裡出去你就知道了！』

「冷靜一下，先別慌。這根本不像你啊。」

到這個時候，凜子終於了解在眼前演出的這一幕有什麼意義。

比嘉正在和自己靈魂的複製品對話。

「來，仔細回想一下。你的記憶應該在為了擷取搖光拷貝而進入ＳＴＬ之後就中斷了吧。」

『……那又怎麼樣。這是當然的啊，掃描當中根本沒有意識。』

「進入ＳＴＬ之前，你曾經這麼對自己說過吧？你說，要是醒過來時周圍一片黑暗，身體也沒有感覺，就要冷靜地接受自己是保存在LightCube中的比嘉健複製品這個事實。」

光線再度像某種海洋生物般縮了起來。經過一段漫長的寂靜，才又有兩、三根微弱的尖刺伸了出來。

『騙人……不可能有這種事。我不是複製品，是真正的比嘉健。我……我有記憶啊。從幼稚園開始一直到大學以及進入Ocean Turtle為止的詳細記憶……』

「我知道，不過那也是理所當然的事。搖光保持的記憶也會一併複製……雖說是複製品，但你確實是比嘉健。既然如此，你更應該有不輸給任何人的判斷力才對啊。冷靜考慮目前的狀況並接受它吧。然後，讓我們同心協力完成共同的目標吧。」

『…………我們……什麼我們……？』

當凜子從金屬性的拷貝聲音裡聽見真實的情感動搖時，只覺得雙臂都冒出了雞皮疙瘩。她從沒看過如此殘酷又古怪的實驗。

『……不要……不要啊，我不相信。我是真正的比嘉啊。這應該是某種測試吧？已經夠了，讓我出去。菊老大……你在那裡吧？別開這種惡劣的玩笑，快點把我從這裡放出去啦。』

聽到這裡，菊岡露出陰沉的表情並縮起身子，把嘴巴靠到麥克風旁邊說：

「……是我，比嘉。不對……現在應該得叫你ＨＧ００１。很可惜，你真的是複製版。在掃描之前，你已經接受過了好幾次心理諮商，也和我及其他技術人員交談過，應該已經做好自己只是拷貝的心理建設才對。而且，你還是擁有自己絕對能辦到這一點的自信才進入ＳＴＬ的。」

『但是……但是，沒有人……沒有人告訴我會是這種情況啊！』

複製品的激烈慘叫聲，迴盪在第一控制室當中。

『本……本大爺還是自己！如果是拷貝，就讓人有自己是拷貝的感覺啊……這……這實在太過分了……不要……快放本大爺出去！讓本大爺離開這裡！』

「冷靜，快冷靜下來。LightCube的錯誤訂正功能沒有真正的腦部那麼強，你應該很清楚喪失理性思考的危險才對啊。」

「我很有理性啊！我可是比嘉健耶！不然就讓那邊的冒牌貨和我比比看背誦圓周率吧？開始囉！3．14159265，358979332，38462264出、出出去、出出出出去——」

紅光像爆炸般充滿整個螢幕，中心部分則慢慢變暗並消失。一陣細微的雜音後，擴音器也就沉默了下來。

比嘉健再度嘆了長長一口氣，然後才無力地敲著控制台的按鍵呢喃著：

「崩潰了。四分二十七秒。」

聽見「嗚」的模糊聲音之後，凜子才鬆開不知不覺間緊握的雙手。她的手掌已經因為冷汗而濕透了。

往旁邊一看，明日奈正用右手摀住自己的嘴角。注意到她這種樣子的菊岡，馬上從寬廣控制台下方好幾把附有滾輪的椅子中拉出一把，然後靜靜把它滑到凜子前面。凜子這才讓臉色發青的明日奈在那上面坐下。

「不要緊吧？」

一問之下，少女隨即抬起臉來堅定地點了點頭。

「嗯……抱歉。我沒事了。」

「別太逞強。我看妳還是閉起眼睛休息一下比較好。」

以擱在明日奈肩膀上那雙手確認她已經放鬆後，凜子才重新瞪著菊岡的臉說道：

「……菊岡先生，這個實驗太噁心了吧？」

「抱歉。但這麼一來，妳們應該能夠了解這只能實際演示而無法加以說明了吧。」

搖著頭的自衛官混雜著嘆息繼續說道：

「這位比嘉兄是ＩＱ將近一百四十的天才。即使是他的拷貝，也無法承受自己是拷貝的事實。我們已經複製了包含我在內共十幾個人的搖光了，但結果全都一樣。它們每一個的邏輯思考能力，都在讀取後三分鐘左右失控並崩潰。」

「我平常根本不會那樣大聲鬼叫，也幾乎沒用過『本大爺』這種第一人稱。我想凜子學姊應該很清楚才對。」

比嘉臉上出現異常疲憊的表情，接著說下去：

「這已經和採樣者的智慧及對複製的心理建設無關，而是整個拷貝進LightCube裡的搖光原本就有的構造性缺點了。還有……神代學姊，妳知道『腦共鳴』這個詞嗎？」

「咦？腦共鳴……我只記得好像和複製人技術有關，詳細內容就……」

「嗯……算是有點怪力亂神的話題啦。就是說，如果能夠複製出和原版完全相同的複製人，兩人腦部所產生的磁場就會像麥克風那樣共鳴，然後一起掛掉。雖然不知道這是真是假——可是，說不定我們人類就是無法忍受自己的意識並非獨一無二……哎唷，幹麻露出這種懷疑的表情啊？如果不介意，凜子學姊不妨也嘗試複製一下靈魂吧？」

「絕對不要。」

試圖甩開恐懼感的凜子，堅決地否定了這個提議。就在三人陷入沉默時，坐在椅子上的明日奈輕聲說：

「……菊岡先生應該在ALO裡見過好幾次身為「Top-down型人工智慧的結衣了吧……她也是這麼說的。意識構造和人類完全不同的她，似乎也很害怕出現自己的拷貝。她說，如果有什麼事故而讓預備檔案解凍並開始活動，那麼她們兩個恐怕就得為了消滅對方而戰……」

「哇，這可真令人感興趣。太有意思了。」

比嘉立刻把眼鏡往上推並且探出身子。

「太狡猾了，只有菊老大看過。下次也讓我跟她見一下面嘛。嗯～這樣啊……果然沒辦法複製已經成熟的知性嗎……或者該說，知性本來就是在獨一無二的大前提之下才能存在……」

「但是，這麼一來……」

凜子稍微思索了一下，然後輕輕張開雙手對菊岡說：

「雖然成功拷貝靈魂已經是很了不起的成果，但你們的研究最後還是以失敗作收嗎？我是不知道究竟花了多少錢，不過用公家資金只得到這樣的結果真的沒關係……？」

「不不不。」

菊岡露出一個大大的苦笑然後搖著頭說：

「如果這就是結論，現在我的人頭可能已經飛到平流層裡去了。我想不只是我而已……整個統合幕僚監部的高層也有好幾個人要一起陪葬。」

他再度讓裝有水果糖的管子於掌上傾斜，知道裡面已經空了之後，又從另一邊的浴衣袖袋拿出一盒白色糖果，並且含了一顆在嘴裡。

「其實呢，在得到『既成的靈魂無法拷貝』這個結果後，本計畫可以說才來到出發點而已。既然無法整個拷貝……那妳覺得該怎麼辦才好呢，博士？」

「……可以給我一顆嗎？」

凜子以左手接下菊岡高興地遞過來的糖果，隨即剝開包裝紙並將糖含入口中，馬上就有種酸酸甜甜的優格味道在嘴裡擴散開來。這是在美國很難嚐到的口味。她一邊享受糖分在疲憊腦袋中擴散的感覺，一邊整理著自己的思緒。

「……限制記憶如何？比如說……把名字與成長過程這種個體性的記憶刪除掉。如果不知道自己是誰，或許就不會像剛才那樣陷入激烈的恐慌狀態了吧……」

「不愧是學姊，竟然馬上就可以想出這樣的答案。」

比嘉用像是回到大學時代般的口氣這麼說道：

「我們花了一個星期的時間，做了相當多的假設才想到這個答案，然後也真的實行了。只不過……真正人類的搖光呢，不像PC用OS的分層資料夾那樣有條理。簡單來說，就是記憶與能力很複雜地融合在一起了。仔細一想，就會發現這也是理所當然的事，我們的能力本來就不是一開始便全數安裝完畢，而是經由學習所得來的結果。」

這時，比嘉從桌上拿起一塊留言板，然後用右手的兩根手指做出夾住它的動作。

「所謂學習，其實也就是記憶。消除第一次用剪刀的記憶，就會忘記使用剪刀的方法……換言之，刪除成長過程的記憶，相關能力也會跟著消失。最後製造出來的搖光，其悲慘程度根本不是剛才那種完全拷貝檔所能比擬的。妳們要不要也看一下啊？」

「不……不用了。」

凜子急忙搖了搖頭。

「那麼……如果把記憶和能力全部消除，讓它從零開始學習呢？不對……這也行不通。要花太多時間了。」

「嗯嗯，正是如此。說起來呢，用我們大人這種已經沒有發展餘地的腦來學習語言和計算等基本能力，其實是相當困難的事。我一直都在學韓語，但學了那麼多年，還是沒辦法把那麼有系統的語言學好……到頭來，所謂的學習啊，根本就是名為『腦神經網路』的量子電腦其發展過程……換言之，要是不與『新生兒的成長』同步，效率就會變得很差。」

「也就是說，不只是記憶……資料區域，就連思考、邏輯區域也要進行限制嗎？ＳＴＬ已經能做到這種事情了……？」

「如果真要做也不是不可能。但那得花上大量時間來解析搖光，然後從幾億qubit的檔案裡找出哪個部分是負責什麼機能才行。這可能得花上數年……甚至是數十年的時間。但是呢……這個大叔想到一種更簡單且聰明的方法。像我們這種科學家大概都想不到那種方法唷……」

凜子眨了眨眼，然後看向依然把腰部靠在控制台上的菊岡。他臉上的表情仍舊相當平穩，但還是拒絕讓人家看透自己。

「……簡單的方法……？」

納悶的凜子完全想不出來。當她準備放棄思考直接詢問答案時，在稍遠處椅子上休息的明日奈忽然「咯噹」一聲從椅子上彈了起來。

「難道……難道你們真的做出那麼恐怖的事……」

明日奈的臉色雖然還是一樣發青，但強而有力的眼神已經回來了。這時她那不像日本人的漂亮臉龐上表現出強烈的憤怒，然後狠狠地瞪著眼前的自衛官。

「為了得到沒有經過任何學習的純潔搖光……你們拷貝了嬰兒……新生兒的靈魂對吧？」

「哎唷，真是驚人的洞察力。不過話又說回來，妳本來就是和桐人一起攻略ＳＡＯ……也就是超越那個茅場晶彥的英雄，所以這樣的稱讚好像對妳有點失禮呢。」

面帶微笑的菊岡完全沒有隱藏讚賞之意。

在這種出乎意料的時候聽見茅場之名，頓時讓凜子胸口深處感到一陣刺痛。

雖然自己對認識不到幾天的結城明日奈有很大好感，但嚴格說起來，這個少女是有權利能夠對凜子與師問罪並且加以痛斥的人。即使有複雜的理由，凜子還是選擇幫助茅場晶彥實行他的恐怖計畫，而結果就是讓明日奈被囚禁在那款殘酷的死亡遊戲裡長達兩年。

只不過，無論是明日奈還是很久以前見過面的桐谷和人，都沒有對凜子說過任何一句責備的話。簡直就好像在說「那一切原本就註定會發生」一樣。

這麼說來，明日奈也認為這一連串的「RATH事件」是必然囉？忍不住這麼想的凜子，一直把目光放在明日奈身上，此時少女又對著菊岡逼近了一步。

「你這人……難道以為是自衛隊或國家就可以這樣為所欲為嗎？還是你覺得自己的目的比什麼都重要？」

「千萬別這麼說。」

菊岡露出真的很受傷的表情，用力地搖著頭。

「綁架桐人這件事確實太過火了。但在那個時間點，我根本沒辦法向亞絲娜妳以及桐人的家人說清楚這個機密。動用與防醫大的關係把桐人帶到Ocean Turtle，只是為了讓他盡快接受STL治療的非常手段。因為我也很欣賞他啊。」

二等陸佐停頓了一下，臉上露出無邪的笑容，然後才推著黑框眼鏡繼續表示：

「除了這件事之外……跟現在世界上進行同種研究的企業或國家相比，我可以說是完全遵守法律與道德的規範唷。ＳＴＬ在掃描新生兒的搖光時，當然有事先取得他們父母親的同意，而且也支付了充足的謝禮。說起來，六本木的開發分處就是為此而建立的……因為附近就有婦產科醫院。」

「但是，你們沒有把詳情——ＳＴＬ是什麼樣的機器——跟嬰兒的父母親說清楚吧？」

「嗯……我們的確只說要採集腦波的樣本……但那也不全然是謊言啊。因為搖光確實是腦內的電磁波。」

「這只是強詞奪理。那就跟什麼也不說就採取嬰兒的ＤＮＡ並造出複製人一樣吧！」

這時，一直默默聽著他們對話的比嘉，忽然間用雙手對著菊岡比了一個大大的叉。

「菊老大，這本來就是我們理虧了。我也認為偷偷拷貝新生兒的搖光帶有某種程度上的倫理問題。但是……這位是結城小姐對吧？妳的理解也有些許錯誤。搖光不像基因，沒有那麼大的個人差異。剛出生時更是如此。」

他像個上司般把銀框眼鏡往上推，視線像在思考如何遣詞用字般游移。

「嗯……應該這樣說吧～例如同型筆電呢，在出廠時不論性能或者外觀都相同對吧？但是，交到使用者手上使用過半年、一年之後，就會有新的軟硬體安裝進去，最後變成完全不同的兩個個體了。人類的搖光也是這樣。我們總共拷貝了十二名嬰兒的搖光，經過比較之後，發現不管大腦的容積為何，每個搖光竟然都有百分之九十九．九八的構造相同。至於那百分之〇．〇二的差異呢，應該就是自娘胎內到出生後保存下來的記憶。這也就是說，人類的思考能力和性格，全都是由出生後的成長過程所決定的，『能力與性格來自遺傳』的論點完全遭到了否定。我還真想把這個事實整個塞進那些優生學信奉者的屁眼裡面呢。」

「等計畫完成你就能盡量塞了。」

菊岡用看起來有些疲憊的表情這麼說道。

「總之就如比嘉所說，結論是新生兒的搖光裡完全沒有包含能特定出個人的遺傳碼。於是我們在謹慎地刪除了十二個樣本那百分之〇．〇二的差異後，把得到的結果稱為……」

他用雙手做出小心翼翼包覆某種重要物品的動作——

「『精神原型』……『Soul Archetype』。」

「……又搞出一個這麼誇張的用語。那是榮格心理學裡所說的『自性』吧？」

對於凜子的質疑，菊岡只是輕輕苦笑了一下並聳了聳肩。

「沒有啦，我不打算以思想上的方式說明，這只是在強調它的功能而已。對了……妳就把精神原型想成全人類與生俱有的CPU核心就好。在人類的成長過程中，這個核心會不斷增設副處理器與記憶體。到最後，整個核心的構造也會產生變化……剛才妳們也看見了，單純地把

『完成品』拷貝到LightCube裡無法得到我們想要的『高適應性人工智慧』。於是，我們便有了從一開始就把精神原型放在LightCube……也就是在虛擬世界裡讓其成長的想法。」

「但是……」

明日奈似乎還是無法接受，但凜子靜靜地把手放在少女肩上讓她坐了下來，然後開口說道：

「說是讓它成長，但這跟寵物或植物完全不同，那個精神原型跟人類的小孩一樣吧？這麼一來，所需要的虛擬世界規模應該相當龐大。你們能夠創造出……與現代社會完全相同的虛擬世界嗎？」

「的確不可能。」

菊岡嘆著氣點頭。

「就算ＳＴＬ完全不需要３Ｄ物件就能產生與既存ＶＲ世界不同的虛擬世界，依舊沒辦法完全模擬複雜難解的現代社會——亞絲娜出生前曾有過一部電影，不知道妳還記不記得？為了在電視上播放一個男人從出生開始的所有人生，電視公司便在龐大的巨蛋裡頭建造了一整座城市，在其中配置了好幾百名演員，而不知道真實情況的就只有男主角一個人……但隨著男人的成長，他逐漸學習到世界究竟是什麼樣的東西，於是整座城市露出了各式各樣的馬腳，最後男人終於注意到了真相……」

「我看過。而且我還滿喜歡那部電影的。」

凜子說完，明日奈也跟著頷首。於是菊岡便點頭表示了解並繼續說道：

「換言之……若試圖精細地模擬出這個現實世界，必然會因為無法完美地對其中的人類隱瞞某些情報——比如地球是巨大球體，上頭還有許多國家存在等知識——而讓他們開始產生懷疑。因為就算是ＳＴＬ，也沒辦法創造一整個虛擬地球啊。」

「那麼，把模擬的文明程度回溯到遙遠的過去呢？像是人類發展出科學或哲學之前，只在一個地方生活然後死亡的時代……那樣應該也可以達到你們讓精神原型成長的目的吧？」

「嗯。雖然那樣得繞許多遠路……不過ＳＴＬ裡面有的是時間。總之，正如神代博士所言，我們也考慮過在極為狹小的環境當中培養第一世代的ＡＩ。具體來說，就是像十六世紀左右的日本小村莊。但是……」

菊岡說到這裡便停了下來，再度聳肩。比嘉代替他繼續說下去：

「這件事可不像我們所想的那麼簡單唷。因為我們根本不了解當時的習俗與社會結構。明白光是要建造一間房子便需要龐大的資料後，我們也感到很頭痛……這時我們才注意到，根本沒必要重現真正的中世紀。我們追求的東西——在限定區域裡隨便設定一些習俗，然後把麻煩全部推給『魔法』來解決的世界——其實根本多如過江之鯽。它們就存在於結城小姐與桐人小弟都相當熟悉的網路裡。」

「ＶＲＭＭＯ世界……」

聽到明日奈以沙啞的聲音低聲咕噥，比嘉啪嘰一聲彈了一下手指。

「其實我也玩過一些遊戲，所以馬上就知道那是問題的最佳解答。而且啊，最近不是有免費的遊戲製作程式套件嗎？雖然不知道是誰做的就是了。」

「…………！」

注意到比嘉所說的東西正是「The Seed」……也就是茅場晶彥所造並經由桐谷和人公開的共享版Cardinal系統之後，凜子立刻用力吸了一口氣。但是，看起來比嘉——還有菊岡都不知道那款程式是出自誰人之手。

凜子馬上決定先隱瞞這件事，因此若無其事地用手指碰了一下明日奈的肩膀。光是這樣，明日奈似乎就已經了解，一言不發地微微點頭。

比嘉完全沒注意到她們兩個人的模樣，只是繼續用豁達的口氣表示：

「如果只是要在ＳＴＬ的主機裡製造虛擬世界，根本不需要３Ｄ檔案，但這樣一來外部螢幕就只能看見一些無聊的數據而已。於是我馬上就下載了那個叫The Seed的程式套件，然後用它附屬的編輯軟體做了一些小村莊與周圍地形，然後轉換為ＳＴＬ用的記憶視覺情報。」

「嗯……所以說，那個世界是雙重構造囉？從屬伺服器負責通用型檔案形式的ＶＲ世界，上游伺服器的ＳＴＬ主機裡則有專用形式的ＶＲ世界在運作。而這兩者之間又能夠即時互相變換……是這樣嗎？」

面對說了聲「ＹＥＳ」並且點頭的比嘉，凜子繼續追問腦袋裡所浮現的疑惑。

「……那麼，從屬伺服器端的世界是否能不用ＳＴＬ而改用一般的AmuSphere潛行？」

「嗯……理論上應該是可以啦。但這得將把運轉速度調低到一倍……而且記憶視覺情報和多邊形視覺情報也不是完全同步……」

比嘉開始唸唸有詞了起來，於是菊岡搓著手接過話頭說道：

「總之呢，幾經波折後，我們終於完成了第一個小型的實驗世界。」

自衛官像在緬懷遙遠的過去般，望向空中。

「一開始製作的村莊呢，我們共讓兩間農家計十六個精神原型……也就是ＡＩ的嬰兒成長到十八歲的程度。」

「等、等一等。你說成長……那是誰養育他們的？你不會要說是既存的ＡＩ吧？」

「我們也檢討過這種可能性，但即使The Seed附屬的ＮＰＣ用ＡＩ性能相當高，還是沒辦法養育小孩子。所以，我們是讓人類來擔任第一世代的雙親，由四名工作人員在ＳＴＬ內部扮演了十八年的農家主人與其妻子。就算在內部的記憶會被阻擋起來，實驗當中還是需要無比的忍耐力。老實說，不論付出多少獎金都不足以慰勞他們的辛苦。」

「可是啊，我看他們倒還滿開心的呢。」

凜子呆呆地看著悠閒交談的菊岡與比嘉好一會兒，這才從嘴巴裡擠出要說的話來：

「你們說十八年……？我是聽說過Soul Translator擁有能加速主觀時間的機能……那在現實世界裡大約要多久？」

「整整一個星期唷。」

比嘉立即出口的答案，再度讓凜子感到震驚。十八年等於九百四十週。這也就表示，ＳＴＬ的時間加速倍率已經到了一千倍這種驚人的數字。

「把……把人類腦部的運轉速度加快一千倍，真的不會有問題嗎？」

「ＳＴＬ所連接的並非生物體的腦，而是構成意識的光量子啊。像是神經衝動要求神經元釋出神經傳導物質……等等的生理性程序全都會省略掉。換言之，就理論上來說，思考信號無論怎麼加速都不會對腦組織有任何損傷。」

「你的意思是沒有上限……？」

關於Soul Translator的時間加速機能，凜子雖然已從事先入手的資料裡取得簡單的預備知識，然而不知道具體數字的她，在聽到這話後還是只能呆立在現場。原先她以為ＳＴＬ最大的功能是拷貝人類的靈魂，但時間加速倍率同樣帶來相當大的衝擊。因為，這就等於在虛擬空間內進行的一切都能無限提升效率。

「不過……還是有些未確認的問題存在，所以目前我們把最大倍率限制在一千五百倍左右。」

比嘉健那有些陰鬱的表情，讓凜子因為衝擊而感到麻痺的腦袋冷卻了下來。

「問題？」

「有人提出質疑，說靈魂雖然不像腦是生物組織，但它們會不會也有壽命……」

無法馬上理解的凜子一露出狐疑的模樣，比嘉便用「可以說下去嗎？」的表情看向菊岡。

自衛官臉上雖然閃過彷彿口中牛奶糖突然變苦般的表情，但還是馬上開口表示：

「嗯，這還只是假設而已。簡單來說，就是我們稱呼為『搖光』的量子電腦，在保存情報的容量上有其極限，只要超過這個極限，構造就會開始劣化……差不多是這樣。由於沒辦法檢驗，所以也不能確定真是如此，但為了安全起見，我們還是設定了ＦＬＡ倍率的上限。」

「……也就是說，雖然現實世界的肉體可能只過了不到一星期，但在內部過了幾十年之後，靈魂也有可能跟著老化？那加速機能就沒有意義了嘛。沒有迴避這種現象的手段嗎？」

露出研究員習性的凜子終於忍不住這麼問道，這回換成比嘉以苦澀的表情回答：

「呃～理論上……或許也不是沒有辦法啦。只要製造外接型的可攜式ＳＴＬ儀器，然後把加速中的記憶經由那個儀器保存到外部記憶體裡，就不會消耗到搖光本身的容量了。只不過，現行技術根本不可能把ＳＴＬ小型化到那種地步，一旦採用這種方法，也會有『一拔掉攜帶儀器，加速期間的記憶便跟著消失』的恐怖問題。」

「……這已經不是幻想而是在作夢了吧？什麼腦部超頻、外接式非揮發性記憶體等等的……我還是考生時真的很希望有這些科技。」

凜子搖著頭嘟囔，然後把偏離主題的思緒拉了回來。

「總之，目前沒有迴避壓迫搖光記憶體容量的手段對吧……也就是說……等、等一下。菊岡先生，你剛才說過，工作人員為了培育精神原型而在ＳＴＬ裡過了十八年對吧？那他們的搖光怎麼辦？今後的人生裡，智能衰退的時間不會也跟著提早了十八年吧？」

「哎呀，不會這樣啦……應該吧。」

「應該？」凜子狠狠瞪了菊岡一眼，但對方還是滿不在乎地承受她的視線並繼續說明：

「以搖光的總容量與消耗速度進行概算之後，可以知道我們的『靈魂壽命』大約有一百五十年左右。換言之，如果我們的健康狀況能常保完美，腦部也很幸運地沒有罹患各種病變時，思考能力最多可以保持到一百五十歲左右。當然，我們沒辦法活那麼久。所以就算在ＳＴＬ內部消耗個三十年左右，應該還是在安全範圍之內。」

「前提是接下來一整個世紀都沒有開發出什麼決定性的延壽技術吧。」

凜子以充滿諷刺的口氣插嘴，但菊岡一派輕鬆地這麼回答：

「就算真開發出這種技術，也輪不到我們平民來接受這種恩惠吧。不過，說起來這ＳＴＬ技術也是一樣啦……總之呢，關於『靈魂壽命』這點也只能請妳們先同意我們的看法，讓我們繼續說下去吧。經過四名工作人員奮不顧身的努力後，順利成長的十六名年輕人……就暫且先叫他們『人工搖光』吧，我們可以說非常滿意從他們身上得到的成果。他們獲得了語言能力——當然說的是日語——以及基本計算能力與其他思考能力，水準足以在我們創造出來的虛擬世界裡成功生活下去。他們真的是一群很棒的孩子……非常聽父母的話，一大早就去打水、劈柴、耕田……雖然有的孩子個性溫和，有的孩子個性比較粗魯，但基本上全都是順從且善良的人。」

菊岡敘述時面帶微笑，但嘴角似乎出現些許苦惱神色，不過凜子認為可能只是自己眼花。

「長大後的他們……那兩戶裡共八男八女的孩子們，最後甚至互相談起了戀愛。我們在判斷他們已經可以養育自己的小孩時，便終止了實驗的第一階段。我們讓十六名年輕人成為八對夫婦，並且給予房屋及農地讓他們自行獨立。擔任雙親的四名工作人員，在那之後便相繼染上傳染病而『死亡』，離開了ＳＴＬ。他們十八年來的記憶便於那時被封印，然後在與一週前進入ＳＴＬ時幾乎相同的狀態下回到現實世界；但從外側螢幕看見孩子們於自己葬禮上哭泣的樣子時，他們也忍不住跟著流下了眼淚。」

「那一幕真的很感人啊……」

面對露出感傷神情互相點頭的菊岡與比嘉，凜子輕咳了一聲催促他繼續說下去。

「……既然人類工作人員已經登出，我們也就不用在意ＦＬＡ的倍率，於是一口氣把內部時間流逝的速度提升到現實世界的五千倍。八對夫妻各自養育了十名左右的嬰兒，也就是精神原型。而嬰兒們也轉眼間便長大成人並共組新的家庭。接著我們就慢慢刪除扮演村莊居民的ＮＰＣ，最後成功塑造了一個只有人工搖光的村莊。而隨著世代交替，他們的子孫也不斷增加……經過現實世界約三週，內部世界長達三百年的模擬之後，目前已經形成一個人口八萬的大社會了。」

「八萬……！」

凜子半晌說不出話來。她動了好幾下嘴唇，這才好不容易擠出自己想說的話。

「……這……這已經不只是人工智慧，而是在模擬一個文明了吧？」

「是啊。不過，就某種意義上來說也是理所當然。人類原本就是社會性動物……只有和他人互相交流才會繼續發展。在三百年的時間裡，搖光們從原先的小村莊不斷擴張，目前已經控制住了我們所設定的廣大區域了。他們在沒有任何流血紛爭的情況下，建立起一個龐大的中央集權結構，甚至創造了宗教……不過說穿了，這也是因為實驗開始時得對孩子們說明各種系統指令，卻又沒辦法使用科學概念，才會把責任推到神身上。比嘉，把大地圖叫到螢幕上。」

比嘉點點頭，快速操縱起控制台。從剛才古怪的實驗後便一直處於休眠狀態的巨大螢幕，此刻又有了光線，上頭浮現足以媲美航空相片的詳細地形圖。

當然，上面的地形完全不像日本或世界上的任何國家。

上面似乎沒有海洋，只見近似圓形的平原四周整個被高山圍住。整體來看，地形以森林與草原居多，到處都能看見湖泊與河流，土地似乎相當肥沃。往地圖下方的比例尺看，可以知道被山脈圍住的平原直徑約有一千五百公里。以面積來說，大概比日本的本州大了將近八倍。

「這麼寬廣的土地只住了八萬人？人口密度倒是很低嘛。」

「應該說日本太過異常啦。」

比嘉對凜子笑了一下並把手伸向滑鼠，接著以游標在地圖中央不停地畫圈。

「首都就在這一帶。人口有兩萬，以我們的感覺來說似乎沒什麼大不了，但那可說是座相當繁華的都市唷。這裡還存在搖光們稱為『公理教會』的行政機關。似乎是由名為『司祭』的階級進行統治，而且治理能力相當了不起，居然可以讓這個廣大的世界沒有任何紛爭。在這個時間點——我便認為這個基礎實驗已經成功了。人工搖光在虛擬世界裡，也能成長到與人類擁有同等程度的知性。這麼一來，我們便可以進入下一個階段，也就是培育出能達成我們目的的『高適應性人工智慧』了。但正當我們感到高興的時候……」

「……卻注意到一個相當重大的問題。」

盯著螢幕看的菊岡突然插嘴。

「……但我聽起來似乎沒什麼問題啊？」

「應該說……沒問題正是最大的問題吧。這個世界實在太過於和平。他們把它經營得太好、太完善了。其實從最初的十六個小孩太過順從父母親時就該覺得奇怪……如果是人類，多少會產生一些紛爭才對，甚至該說這也是人類的本質之一。然而，這裡頭不但沒有戰爭，甚至連殺人案也沒發生過。我們原先還在想人口怎麼會成長得這麼快，這才曉得答案在此。由於我們把這裡設定成幾乎不會有傳染病或天災，所以人類只會壽終正寢……」

「簡直就像烏托邦一樣嘛。」

凜子這句話讓比嘉臉上浮現諷刺的笑容。

「以前人家不是說過，『烏托邦文學』真的只能夠建立在空想上嗎？」

「……否則故事就沒辦法發展下去了吧。但你們並沒有想在這個假想社會引發什麼驚天動地的大事吧？」

「當然沒有了，我們想要的是真實性。」

菊岡從控制台上跳下來，腳上木屐跟著發出聲響。他轉向大螢幕並再度開始解說：

「人工搖光們應該也跟我們人類一樣有慾望才對，為什麼會沒有任何紛爭呢……我們詳細地調查了他們的生活，發現這個世界裡面有一種相當嚴格的法律存在。那是由公理教會司祭們詳細制訂而成的法典，名為《禁忌目錄》。禁止殺人也是其中一條。當然了，我們生活的現實世界裡也有相同的法律；不過，每天從電視新聞上就能得知我們究竟有多麼不守法。但是搖光們全都相當守法……甚至太過於守法了。其實我根本可以說，他們天生就沒有辦法違背法律與規範。」

「……那不是很好嗎？」

看著菊岡嚴肅側臉的凜子感到不解。

「聽你這麼說，我甚至覺得他們比我們還要優秀呢。」

「嗯……從某方面來看確實可以這麼說。比嘉，可以幫我把畫面移回『聖托利亞』嗎？」

「沒問題。」

比嘉按下控制台的按鍵後，大螢幕隨即再次出現凜子等人進入這個房間時曾看過的異國都市影像。裡頭有許多服裝簡樸乾淨的人們，往來於纏繞著大樹根部的白色建築物之間。

「啊……那麼這就是……？」

忍不住盯著螢幕看的凜子一問，比嘉使有些得意地點了點頭。

「沒錯，這就是人工搖光們所居世界的首都，『央都聖托利亞』。不過，為了能讓我們從螢幕上觀看，所以現在使用了從屬伺服器裡的多邊形影像，當然解析度也就變得相當低，此外影像播放速度也減慢到千分之一。」

「聖托利亞……他們竟然還能創造出這種專有名詞啊。整個世界有沒有什麼名稱？」

聽到凜子隨口提出的問題後，菊岡先是出現有些不好意思的表情，接著才乾咳幾聲回答：

「有是有啦……但這不是搖光們自己創造出來的名稱，而是計畫之初我們所使用的代號直接殘留在內部。這個世界的名字叫做『Underworld』。」

「Under……world？」

雖然凜子早就從明日奈那裡聽說過這個借自《愛麗絲夢遊仙境》的名字，但她不曉得連世界內部也使用這個稱呼。比嘉他們所指的應該不是「地底世界」，而是以「現實的從屬世界」之意來命名，但目前螢幕上那種幻想般的美感，甚至會讓人聯想到天堂。

此時，菊岡像是看透凜子想法般開口表示：

「這座城市的確相當美。我們只給予一開始的住民們相當簡樸的木造農舍，真的很難想像他們能讓建築技術演進到這種程度。不過呢……對我來說，這個城市實在太整齊美觀了。道路上沒有一張紙屑，居民裡沒有任何強盜，當然也沒有發生過殺人案。而這一切，全是因為沒人能打破遠處可見那間『公理教會』所制訂的嚴格法律。」

「所以說，這到底哪裡有問題啊？」

凜子再度皺眉質疑，但菊岡卻不知道為什麼閉上了嘴巴，像是在思索該怎麼對她說明一樣。而比嘉則很不自然地移開視線，露出似乎不打算發言的表情。

寬敞的第一控制室隨即籠罩在一片沉默當中，這時率先打破這種狀況的，竟然是至今一直保持沉默的明日奈。現場最年輕的高中女生以經過克制的冷靜口氣低語：

「這樣菊岡先生他們會很困擾啊，神代博士。因為這個巨大計畫的最終目的不單單只是製

造具有高適應性的Bottom-up型人工智慧……而是要創造能在戰爭中殺掉敵人士兵的ＡＩ。」

「什……」

明日奈依序看著臉上出現不同表情的凜子、菊岡以及比嘉，然後繼續動著嘴唇：

「我來到這裡之後，一直在想菊岡先生……也就是自衛隊為什麼要製造高度人工智慧。一直以來，我和桐人都推測菊岡先生對ＶＲＭＭＯ有興趣的理由，應該是其技術可以轉用在警察或自衛隊的訓練上，所以一開始也認為製作人工智慧只是該目的的延伸，亦即想讓它們在訓練中擔任敵軍。但是……仔細想想，ＶＲ世界內的訓練根本不會對現實世界造成什麼危險，那麼乾脆由人類自己分組戰鬥就行了。因為我們自己就經常進行這樣的模擬戰。」

她暫停了一下，環視著周圍的眾多機器與正面的大螢幕。

「──而且，以開發訓練程式來說，這個計畫的規模實在太大了。菊岡先生，雖然不知道從什麼時候開始，但你已經想到了『下一階段』的事，也就是把在虛擬世界裡培育出來的ＡＩ運用在真正的戰爭裡頭。沒錯吧？」

在少女清澈的目光注視下，這名自衛官幹部在經過瞬間的驚愕後，立刻再度露出那種充滿謎團的一號微笑。

「一開始就想到了。」

那溫柔的聲音裡，藏著鋼鐵般的強韌意志。

「其實在完全潛行被開發出來以前的頭戴式顯示器與動作感測器時代，就已經有許多把VR技術轉用到軍事訓練的研究了。現在市谷站的技術研究總部裡，還有當時美軍開發出來的古董商品——五年前，名為NERvGear的機器發表之後，自衛隊和美軍便開始共同開發使用那種儀器的訓練程式。但自從我參觀了不久後開始營運的SAO封測，我的想法就改變了。這個世界、這種技術還能創造出更大的可能性。它可以完全顛覆戰爭這種概念……同年年末發生SAO事件時，我便自願外派到總務省加入對策小組，一直在最前線注意整起事件。而這一切都是為了要實現這個計畫的緣故。我花了五年的時間，終於有了今天的成果。」

「…………」

發現事情往出乎自己意料的方向發展後，凜子登時說不出話。她努力整理紊亂的思緒，接著從乾渴的喉嚨裡擠出想說的話。

「……伊拉克戰爭的時候我還是個小學生，但我記得很清楚。當時出現許多美軍利用遠距離操縱的無人小飛機與小型戰車攻擊敵人的影像。也就是說，你想在那種東西上頭搭載AI，然後製造能夠自動攻擊的兵器囉……？」

「不是只有我而已。世界各國，尤其是美國，可能好幾年前就已經在進行這種研究了。雖然這對明日奈小姐來說可能是段痛苦的回憶……」

菊岡稍微停頓了一下並看向明日奈，確認過她依然相當冷靜後便繼續說下去：

「……把妳監禁在虛擬世界裡，並且將許多ＳＡＯ玩家當成實驗品的須鄉伸之，就是想把研究成果當成禮物送給美國企業，藉此進入內部工作，我想這件事妳應該還記得吧？和他接觸的Glowjen Micro Electronics在ＶＲ技術上已經是一流企業，但從他們竟然肯接受這種非法交易來看，就能知道完全潛行技術的軍事利用是種沒公開的熱門產業了吧。而美國的軍需產業界現在最受矚目的，就是剛才神代博士所提出的無人兵器了。當中又以航空器——Unmanned Air Vehicles為開發重點。」

伶俐的比嘉馬上默默移動滑鼠，再度切換了大螢幕。這時映照出來的是一架小型飛機，從異常纖細的機身上伸出了數枚機翼。從螢幕上可以看見它的翼下吊著幾根像是飛彈的筒狀物，機身上則沒有任何窗戶。

「這是美軍實際使用中的無人偵查攻擊機。由於不需要駕駛艙，所以相當地袖珍，而且具有隱形功能，幾乎不會被雷達偵測到。前一世代的機體是由遠方的操縱者邊看螢幕邊用腳踏板與搖桿來飛行，但這傢伙就不一樣了。」

畫面隨著他所說的話而改變，映照出一名像是操縱者的士兵。但這名整個躺在總統座椅上的士兵，只是輕輕把雙手靠在扶手上而已。至於他的頭上，則是戴著凜子也相當熟悉的流線型頭盔——NERvGear。仔細一看，就能發現外殼的塗裝顏色與細部形狀有些不同，但很明顯是同型的機械。

凜子的視線稍微往旁邊瞄了一眼，馬上就發現明日奈表情僵硬，呆呆地瞪大了雙眼。在凜子把目光移回來的同時，菊岡也繼續解說：

「在這種狀態下，操縱者就能從假想的駕駛艙裡，像實際搭乘在上面一樣操縱機體，進行偵察敵情或發射飛彈等任務。問題在於，它終究還是種使用電波的遠距離操縱裝置，所以對於ＥＣＭ……也就是電子干擾完全沒有抵抗力。早在十年以前，就曾經實際發生過這種事——美軍用來入侵中東某國的偵查用ＵＡＶ因為遭到電波干擾而緊急降落，最後機體也被對方擄獲。那時候，我還因為可能會開戰而覺得很緊張呢。」

「為了讓這種飛機能夠自動飛行……所以才要發展人工智慧……？」

菊岡把目光從螢幕移回凜子等人身上，接著緩緩點了點頭。

「最終的目標，是讓它們能夠與人類飛行員操縱的戰鬥機纏鬥並將其擊落。我想，只要給予目前的人工搖光適當的成長程式，應該就能實現這個目標了。只不過還有一個很大的問題，那就是要怎麼讓這些沒有肉體的士兵理解『戰爭』這個概念……殺人原則上是件壞事，但在戰爭時也只能奮勇殺敵，目前人工搖光們還無法接受這種矛盾的思考。對他們來說法律是絕對的，沒有任何例外。」

自衛官把眼鏡往上推，深深地皺起了眉頭。

「——為了測試Underworld居民們的守法精神，我們進行某種『過載測試』。具體來說，就是選擇一處孤立的山村，然後消滅了七成的農作物與家畜。讓他們處於不可能全部村民一起過冬的狀況當中。只有違背禁忌目錄的禁止殺人項目捨棄一部分居民，才能夠讓村子本身延續下去。但結果……他們還是選擇把僅有的收穫分配給包含老人與幼兒在內的所有村民。最後，在春天來臨之前，他們全都餓死了。無論發生什麼事，他們都沒辦法違背法律與規範。妳們能想像這會造成多悲慘的結果嗎？也就是說……如果想讓現在的他們乘上兵器擔任駕駛員，就必須給予他們『人類是該殺的東西』這種第一原則。就連我這種人，也能想像出那會造成什麼樣的後果……」

自衛官把從浴衣袖子裡伸出來的強壯臂膀交叉在胸前，無力地搖了搖頭。

那種外型不同於既有航空器的無人戰鬥機群，不分平民軍人一律用飛彈或機槍進行殺戮的光景……凜子很難不去想像。她隨即以雙手手掌輕輕摩擦稍微起了雞皮疙瘩的上臂。

「……別開那種玩笑好嗎。說起來，到底為什麼甘冒這種危險也要在兵器上搭載ＡＩ呢？就算多少有點限制，但能遠距離操縱也就夠了吧。不對……真要說起來，我根本沒辦法接受無人兵器的存在。」

「哎呀，我也能了解妳的心情。我第一次看見美軍搭載了大口徑狙擊步槍的無人車輛時，也忍不住有種相當詭異的感覺。但是呢……至少在先進國家裡，兵器無人化已經是種不可抗拒的時代需求了。」

菊岡像個世界史老師般豎起指頭，接著說下去：

「我們就以世界第一軍事大國美國為例吧。那個國家在第二次世界大戰裡，總共失去了四十萬名士兵。但即使有那麼多人戰死，當時的羅斯福總統還是得到了國民狂熱的支持。直到腦中風病倒為止，他在四屆共十三年的任期裡，一直坐在這世界最有權力的位子上。雖然我不喜歡『時代精神』這個名詞，然而八十年前那種『只要國家能夠勝利，不管失去多少士兵也無所謂』的觀念，真的就只能用這個詞來表示了。」

他那強壯的拳頭無聲地豎起第二根手指。

「接下來的越戰，則因為以學生為中心的反戰運動愈演愈烈，逼得詹森總統放棄競選連任，但在這之前已經有六萬人戰死。在反共的錦旗之下，不斷有士兵上戰場並且喪命。但是──在名為冷戰的長期暫定和平當中，國民的感情逐漸產生變化……之後隨著蘇聯的崩潰，一個時代就此結束。失去共產主義這個敵人的美國，為了維持根深蒂固的軍產複合體制，選擇主動參加反恐戰爭。」

菊岡伸出第三根手指，繼續流暢地說道：

「──不過，那個戰場已經沒有讓國民接受士兵死亡的大義了。本世紀初的伊拉克戰爭裡，美軍大約出現了四千名死者，但這個數字已經足以讓當時的布希政權產生極大的動搖。當然這並不是唯一的原因，但任期結束時總統支持率已經降到有史以來的最低點。布希總統所支持的共和黨候選人麥肯會輸給主張完全由伊拉克撤軍的民主黨候選人歐巴馬，其實也是理所當然的事。這也就是說……」

菊岡放下手並吸了一口氣，然後為這段漫長的講解做出結論。

「現在已經不是人類進行戰爭的時代了。但那個國家還是沒辦法停止分配戰爭預算，或許應該說國防預算這塊大餅。結果就是今後的戰爭將會轉換成無人兵器對人類，或者是無人兵器對無人兵器的形態。」

「……先不管能不能接受你的說法，我算是了解美國的情勢了。」

凜子益發覺得為了進行無死傷戰爭而開發無人兵器的想法非常恐怖。她迅速點了點頭，但馬上又狠狠瞪著菊岡並再次追問：

「可是，為什麼身為日本自衛官的你非加入這種荒謬的開發競爭不可？還是說『ＲＡＴＨ』進行的研究是由美軍主導？」

「怎麼可能！」

菊岡難得地大聲否定。但他馬上又恢復平常的微笑，誇張地張開雙手。

「反而應該說，我們就是為了躲避美軍的耳目才在海洋上漂流。因為對方可以輕易地出入我們在本土的基地啊——至於為什麼我會如此熱衷於開發自律型無人兵器嘛……要說明這個理由實在不怎麼簡單。如果我說這就跟詢問茅場先生為什麼要製作ＳＡＯ一樣，想必妳沒辦法接受吧？」

「那還用說。」

凜子冷冷地回答，菊岡只能露出大大的苦笑並聳聳肩。

「抱歉，剛才的發言確實有點失禮。這個嘛……最大的理由，應該是日本獨自的國防技術基礎實在太過薄弱吧。」

「國防……技術基礎？」

「也可以說是從零開發出兵器及之後的生產能力吧。不過就某種意義上來說，這也是理所當然的事，畢竟日本完全無法輸出武器嘛。即使製造商投入大量開發預算，最後也只有自衛隊這個顧客，無法得到多大的利益。到頭來只能向美國購買最新裝備，頂多就是和他們共同開發。可是這該怎麼說才好呢……應該說表面上是共同開發，但只有單方面獲利而已。」

自衛官把浴衣領口拉齊後，用有些苦澀的語氣抱胸繼續說道：

「比如說，現在配備的支援戰鬥機就是和美國共同開發的產品，然而事實上對方不但隱藏了自己的技術，還把日本製造商的尖端科技搶走了。至於購買的武器更不用說。例如先前交貨的最新型主力戰鬥機，可以說是戰機頭腦的控制軟體根本沒有交給我們。對美軍而言，我們只要心懷感激地接收他們丟下來的科技就好。哎唷……一談到這個話題就忍不住抱怨起來。」

菊岡再度苦笑了一下，接著便坐在電腦桌上翹起腳，然後開始晃動掛在趾尖的木屐。

「包含我在內的部分自衛官及中小國防產業年輕技師，早在很久以前就對這種狀況抱持著強烈危機感——國防技術的核心一直靠美國支撐，真的沒問題嗎？這種危機感，正是我們建立ＲＡＴＨ的原動力。無論什麼都好，日本至少要創造出一種獨自的科技才行——這就是我們這群人的想法。」

菊岡這聽起來冠冕堂皇的發言，到底有幾分的可信度呢？凜子在考慮的同時，也盯著對方黑框眼鏡深處發光的細長眼睛看。但自衛官的瞳孔還是像一面黑色鏡子，讓人看不透。

凜子移動目光，瞧了一眼坐在菊岡旁邊的比嘉健。

「……比嘉，你參加這個計畫的動機也一樣嗎？我可不知道你的國防意識那麼強呢。」

「沒有啦……」

比嘉健聽見凜子的話後，有些不好意思地搔頭。

「該怎麼說呢，我的動機純粹是出自於個人因素啦。我還是學生的時候，有一名死黨是韓國大學生，那傢伙後來在服兵役時被派到伊拉克去，死於自殺爆炸攻擊。於是……我便覺得，就算沒辦法讓戰爭從這個世界裡消失，至少也別再讓人類死亡了……說起來只是個很幼稚的理由啦。」

「……不過，你旁邊那個自衛官想把無人兵器變成自衛隊的獨家技術唷？」

「哎呀，雖然在菊老大面前這麼說好像不太好，但技術根本就不是能夠長期獨占的東西啊。我想這點大叔應該也很清楚才對。他的目的不在於獨占，只是想領先世界各國一步而已……我說的沒錯吧？」

比嘉這直截了當的發言，讓自衛官臉上出現已經不知道是第幾次的苦笑……此時，一直默默聽著三個人對話的明日奈，忽然用悅耳卻冷淡的聲音這麼說道：

「但你們從來沒有跟桐人說過這種崇高的理想，對吧？」

「……為什麼這麼認為？」

面對提出疑問的菊岡，明日奈只是用堅定的視線盯著他。

「如果告訴桐人，他絕對不可能幫助你們。因為你們剛才的談話裡面，還缺少了一個很重要的觀點。」

「……妳是指？」

「人工智慧們的權利。」

一聽到這句話，菊岡立刻揚起了眉毛。

「等等……我們的確沒跟桐人提過剛才的事情，但那只是一直沒有機會而已啊。何況他自己本身就是個超級現實主義者吧？不然的話也不可能攻略ＳＡＯ了。」

「你真的什麼都不懂。如果桐人注意到地底世界真正的面貌，一定會對營運者大發脾氣。對他來說，只有自己所在的場所才是現實。他從不認為那是什麼虛擬世界、假想的生命……所以他才能攻略ＳＡＯ啊。」

「我還真的不懂。人工搖光沒有真實的肉體，如果這不是假想的生命還能是什麼呢？」

明日奈用有些悲傷——不對，應該說有些憐憫的眼神看著面前的大人們，緩緩地說道：

「……就算說出來，你們可能也沒辦法理解……但在艾恩葛朗特第五十六層的某個城鎮裡，我也曾對他說過和你一樣的話。當時，有一隻用盡辦法都無法打倒的魔王怪物，我為了打倒牠而提出把ＮＰＣ……也就是ＡＩ村民當成誘餌的作戰。作戰方法是把魔王怪物引到村內，讓牠襲擊村人之後再進行總攻擊。但桐人那時便說絕對不能這麼做，因為ＮＰＣ也是活生生的人，一定還有其他方法才對。我和公會的人全都笑了出來……到頭來，他才是對的。就算人工搖光是大量生產的仿製品，桐人也絕對不會坐視他們成為戰爭道具自相殘殺。」

「——我也不是不能理解妳想要說的事。確實人工搖光們擁有等同於人類的思考能力。從這方面來看，他們的確是有生命。但這是優先順位的問題啊。對我來說，十萬名人工搖光的性命還比不上一名自衛官。」

凜子認為，這是一場沒有答案的議論。人工智慧究竟有沒有人權——打從真正的Bottom-up型ＡＩ發表那一刻起，這就是個讓全世界以年為單位來討論也難以得到結果的議題。

就連凜子本身也不知道自己究竟傾向哪一邊。身為科學家的實事求是性格，告訴她拷貝的靈魂不是生命。然而，內心同時還有另一個自己在考慮著，如果換成那個人會有什麼樣的想法。總是渴望「非現實世界的某處」，最後終於創造出自己的理想並一去不回的那個人，到底會怎麼想呢——？

凜子彷彿要切斷把自己拉回過去的思緒洪流般，打破了沉默。

「話又說回來，為何一定要找桐谷小弟呢？你們甘冒最大機密遭洩漏的危險也要請他幫忙，究竟是為了什麼……？」

「——對喔，就是為了說明這一點才會談到這個話題，結果卻因為圈子兜太大而忘記了原本的重點。」

菊岡像是為了逃離明日奈那帶有磁力般的目光一樣笑了起來，並在乾咳了幾聲後說下去：

「為什麼Underworld的居民們沒辦法違背禁忌目錄呢……問題究竟出在LightCube裡的搖光身上，或者是在培育過程當中呢？我們為此不斷進行討論。如果原因是前者，就必須重新設計保存的媒介；但如果是後者，就有加以修正的可能性了。於是，我們進行了一個實驗。我們屏蔽了一名工作人員——也就是真正人類的全部記憶，讓他變回小孩子在Underworld裡成長。這是為了確認其行動模式是否會變得跟人工搖光一樣。」

「這……這麼做不會對實驗者的腦部造成影響嗎？這就好像人生重來了一遍吧……大腦記憶區不會因此不足嗎？」

「別擔心。剛才不是說過搖光的容量約能承受一百五十年份的記憶嗎？至於為什麼會多出這麼多，老實說我也不知道……這不禁會讓人想起聖經裡曾經提過，諾亞時代的人類能夠活數百年。總之，雖說是成長，最多也只是到十歲左右而已啦。因為這個年紀就會知道他能不能違背禁忌目錄了。當然，實驗對象在裡面的記憶也會被屏蔽，所以等他回到現實世界時，狀態依然和進入ＳＴＬ前完全相同。」

「……那結果呢……？」

「我們從工作人員裡面募集了八名自願者，然後讓他們在Underworld的各種環境裡進行成長測試。結果……驚人的是，在成長到十歲而結束實驗為止，他們之中沒有一個人違背過禁忌目錄，甚至可以說跟我們的預期完全相反……他們比人工搖光的小孩們更缺乏活動力，甚至表現不喜歡外出且無法融入周圍人群的傾向。我們推測，這應該是不協調感造成的結果。」

「不協調感？」

「就算屏蔽出生後的記憶，也不代表它們遭到刪除。畢竟若真那麼做，工作人員將再也無法回歸現實世界。這也就是說，讓接受實驗者無法融入地底世界的並不是『知識』，而是如何運動身體的『本能』。不管裡面再怎麼真實，仍舊是由The Seed製造出來的虛擬世界。一旦到了裡面就能發現，那裡的動作和現實世界還是有些微妙的差異。那種差異，就跟我第一次使用NERvGear體驗ＳＡＯ封測時所感覺到的一模一樣。」

「是重力感造成的吧。」

明日奈簡短地說道。

「重力……？」

「和視覺、聽覺的信號不同，關於人體感受重力與平衡的研究依然相當落後。這些信號大多偏重腦部接收視覺後產生的重力感，所以不習慣的人會無法順利行動。」

「沒錯，重點就是習慣與否啊。」

菊岡彈響手指，點了點頭。

「我們不停重複進行實驗之後，終於發現需要習慣在虛擬世界內活動的人參與實驗。而且經驗不能只有一個星期或一個月，而要以年為單位。這麼一來，妳們應該就知道我為什麼需要全日本最適應虛擬世界的人來幫忙了吧。」

「——等一下。」

明日奈再度用僵硬的聲音打斷菊岡。

「難道你所說的，就是桐人曾經提過的『連續三天潛行』嗎？但是……桐人跟我們說FLA功能最多只有三倍，所以內部時間只有十天左右。你們騙了他？其實是……十年……？」

承受銳利目光的菊岡與比嘉顯得心虛，低下了頭。

「抱歉，這件事是六本木分部的缺失。我下的指示是完全隱瞞加速倍率……」

「那更惡劣！竟然讓桐人為這種目的使用了十年份的靈魂壽命，如果治療無法讓他復原，我絕對饒不了你們。」

「雖然這算不上是藉口，但我和比嘉貢獻在研究上的時間可也超過二十年了——不過，桐人這十年所獲得的成果，就算把所有工作人員所消耗的搖光壽命加起來都遠遠不及。」

「也就是說，他在Underworld的成長過程中，做出了違反禁忌目錄的行動囉？」

凜子忍不住這麼插嘴，但菊岡只是微笑並用誇張的動作搖了搖頭。

「嚴格來說並不是這樣。然而，結果可以說比我們預期的還要好。他在幼兒期就表現出其他受驗者所沒有的旺盛好奇心與活動力，有過好幾次差點違背禁忌目錄的行為並遭受處罰——當然，如果他的搖光冒犯了禁忌，那就表示人工搖光確實有構造上的缺陷，所以這不是值得高興的事，但我們還是一直仔細地觀察他的一舉一動。記得應該是內部時間經過了七年左右的時候吧……我們這位比嘉兄忽然注意到一件令人很感興趣的事實。」

這時比嘉馬上接在菊岡後面說道：

「嗯。基於良心和安全的考量，我原本相當反對讓桐谷小弟參加這次的實驗，但在發現那個事實之後，我不得不佩服菊老大的慧眼識英雄。我們曾經把禁忌目錄各個法條的重要性數值化，然後將每一名住民有多接近違反禁忌做成指數加以檢查，而和桐谷小弟……在內部叫桐人是吧？跟他一起行動的人工搖光少男少女，違反指數忽然出現非常突出的增加。」

「咦……？這就是說……」

「就是說，即使現實世界的記憶與人格遭到封印，桐人依舊能對周圍人工搖光的行動產生強烈影響。說白一點，就是他粗魯的舉動帶壞其他小孩子了。」

凜子注意到，在聽見比嘉這個比喻後，明日奈的嘴角隱約浮出相當難發現的笑容。對明日奈來說，那個畫面恐怕很簡單就能想像出來吧。

「……即使是現在，我們依然無法完全了解人工搖光們無法違反規定的理由。雖然原因很可能出在LightCube的構造上，但『找出理由』已經不再是最優先目標了。我們並沒打算全面解決這個問題，只要有一個例外就可以了。只要能得到一個真正了解『規則優先順序』的高適應性人工智慧，接下來只要進行複製加工應該就能有一定的成果了。」

「我不太喜歡這種想法。但是……以過往經驗來說，突破性發展通常是以這種手法產生。」

凜子短短吐了一口氣，接著便催促比嘉繼續說下去。

「那麼，你們已經得到那個例外了嗎？」

「確實曾經落到我們手中過唷。和桐人最為接近的少女，在實驗快要結束之前終於違背了禁忌目錄。而且還是『侵入禁止進入區域』這種重大的違紀呢。事後在檢查記錄時得知，少女視野內的禁止進入區域裡有另外一名人工搖光死亡了，她應該是想去救人吧。知道嗎？這也就是說，那名少女認為其他人的性命比禁忌目錄更加重要。這正是我們所需要的適應力啊。不過諷刺的是，成為兵器所要求的『違背倫理觀念殺人』與這種行為根本完全相反。」

「……你說曾經？」

「啊～嗯。說起來真的很丟臉……我們竟然讓落網的大魚逃掉了……」

比嘉垂下肩膀，接著不停搖著頭。

「……正如剛才所說的，Underworld內的時間流動速度足足有現實世界的一千倍。所以，我們根本不可能在外界即時監看裡面發生的事情，只能把記錄的事件分成許多小部分，然後由數名監控人員用慢速播放來檢查。這麼一來，情報必然會與內部時間產生相當大的延遲。發現少女違反禁忌目錄時，我們馬上停止了伺服器，準備用物理方式取出保存有該少女搖光的LightCube……但內部這個時候早已過了兩天。而更驚人的是，公理教會居然在這短短兩天裡就把少女帶到央都，然後對該搖光施行了某種修正。」

「你……你說修正？你們竟然賦予觀察對象這麼大的權限？」

「怎麼可能……我們應該沒有賦予這種權限才對。為了維持內部的秩序，我們把地底世界的所有居民都設定了某種程度的權限，等級高的居民可以行使名為『神聖術』的系統連結權，但就算是擁有最高等級的公理教會司教們，最多也只能操縱壽命而已。可是那些傢伙不曉得在什麼時候找到了系統上的捷徑……嗯，詳情等等會讓妳們看實際資料。也就是『愛麗絲』過去與現在的禁忌違反指數。」

「愛麗絲……？」

馬上抬起臉如此低語的人，正是明日奈。而凜子也事先聽過這個單字所代表的意義了。這應該是菊岡與比嘉所追求的「高適應性人工智慧」開發代號。

菊岡像是發覺兩人的疑問般點了點頭。

「沒錯，那名總是和桐人及另一名少年待在一起，最後甚至違反禁忌的少女就叫這個名字。說起來呢，地底世界居民的名字幾乎都是聲音亂數組合起來後的奇怪名字。所以，當我們知道少女的名字叫愛麗絲時，也因為這個恐怖的偶然而嚇了一大跳。其實，包含RATH這個組織在內等所有計畫的基礎都是來自於一個概念，而這便是那個概念被賦予的名稱。」

「概念……？」

「人工高適應型知性自律存在，Artificial Labile Intelligent Cyberneted Existence。取頭一個字母就是『A.L.I.C.E』……我們的最終目的，就是把封在LightCube的光子雲結合起來，變化成『愛麗絲』。而工作人員們就把這種過程簡稱為『愛麗絲化』。」

即使已經道出這麼多的機密，二等陸佐‧菊岡誠二郎臉上還是掛著那充滿謎團的笑容，對明日奈以及凜子說：

「歡迎蒞臨我們的『Project Alicization』。」

3

——竟然製造出如此驚人的東西啊。

這機器明明是從自己提供的檔案而生，神代凜子還是感到驚嘆不已。

在隔著厚重玻璃牆的隔壁房間，有兩個幾乎頂到天花板的巨大長方體坐鎮當中。雖然外側沒有塗裝而能直接看見鋁合金板，但是那厚重的銀色光輝反而進一步強調了機械的存在感。它們的體積十分龐大，別說家用機NERvGear沒得比，就算跟醫療用高規格機種Medicuboid相較也大上數倍。

機體上當然看不見標誌，只有側面印著幾個簡單的英文字母「Soul Translator」，上方還有大大的數字。左邊機器上的數字是4，而右邊的則是5。凜子盯著這好不容易才能見著實體的「靈魂翻譯機」十幾秒，之後才皺起眉頭低聲說道：

「4……？這是四號機……而那邊的則是五號機……？」

這些數字只能這樣解釋，但玻璃後方的綠色房間裡明明只有兩台機器。正當她感到疑惑時，右邊馬上傳過來小聲的解說。

「試作一號機在六本木的分部裡，靠著衛星線路連結。二號．三號機雖也在Ocean Turtle當中，但博士也看見它的體積了，基於空間因素，目前將它們設置在下軸裡。其實該說……最新的四號機和五號機就是因為底下放不了才被丟到上軸來。」

聲音出自帶領凜子與明日奈來到這裡的人物，卻不是菊岡、比嘉或中西一尉其中之一，甚至根本不是男性。她高挑完美的身材包裹在純白制服底下，腳底踩著一雙低跟且穿脫容易的休閒鞋，而頭上則戴了頂護士帽──換言之她是護士。

護士出現在這種地方，多少讓凜子感到有點不可思議，但仔細一想，就能知道這麼大的船裡應該有醫務室，當然也會有相關工作人員。

這名護士結辮帶無框眼鏡，外型令人印象深刻。她將手裡的平板電腦轉向凜子並迅速點了一下。上面顯現的似乎是Ocean Turtle的立體圖。那指甲剪得相當整齊的指尖，筆直劃過這艘大船的中央部分。

「金字塔部分的中央，有道直徑二十公尺、高一百公尺，被稱為『主軸』的堅固管線通過。它除了是支撐這艘船各個樓層的支柱外，同時也是保護重要機關的隔板。內部藏有船本體的控制系統與Alicization計畫的中樞……也就是四台ＳＴＬ及主框架『LightCube Cluster』。」

「這樣啊……那下軸和上軸又是什麼呢？」

「主軸被分割為上下兩層，正中央有與牆壁同樣材質的鈦合金耐壓隔板。空間的上側稱為上軸，而下側當然就是下軸了。目前我們所在的位置是這裡——上軸區域的『第二控制室』。工作人員都叫這裡『副控』。」

「原來如此。這麼說來，我們一開始抵達的下軸區遇第一控制室就是『主控』囉？」

「一點都沒錯，神代博士。」

對露出滿臉笑容的護士報以苦笑之後，凜子便把整個身體往左邊轉去。

默默站在那裡的少女——結城明日奈正把雙手貼在玻璃牆壁上，眼睛緊盯著對面的四號機……正確來說，應該是躺在四號機下端凝膠床上的一名少年。

可以看見少年的白色住院袍底下貼著幾塊監控電極，左臂上裝有輸液用微量注射器。他的肩膀以上整個罩在ＳＴＬ裡面，因此看不見面容。但明日奈應該已經知道，這便是自己一直在尋找的桐谷和人。

明日奈似乎沒有注意到凜子的目光，只是持續凝視和人，但最後還是緩緩伏下細長的睫毛，嘴唇無聲地說了些什麼。她的眼角滲出微小水滴，在快要滑落之前稍微抖動了一下。

看見明日奈的樣子後，凜子原本打算對她說些安慰的話，但就在她開口之前——

「不用擔心，明日奈小姐。桐谷小弟一定會回來的。」

戴眼鏡的護士便搶先一步這麼表示，讓凜子嚇了一跳。接著護士又代替往後退了一步的凜子來到明日奈身邊，然後把左手朝少女肩上伸去。但是明日奈卻像要躲開她的手一般迅速轉過

4

身子，接著用指尖甩開淚水，更不知為何以有些挑釁的口氣回答：

「那當然。但是……為什麼妳會在這裡呢，安岐小姐？」

「咦……？妳們兩位認識嗎？」

感到相當困惑的凜子一這麼問，明日奈便輕輕點了點頭。

「嗯嗯。這位安岐護士原本任職於千代田區的醫院。雖然我不知道這人為什麼會突然出現在伊豆諸島的海面上……」

「當然是為了要照顧桐谷小弟囉。」

「那妳原本的工作呢？還是說，妳跟菊岡先生一樣，護士的身分只是偽裝而已？」

在明日奈嚴厲的目光下，這名似乎姓安岐的護士不慌不忙地展現微笑並輕輕聳肩。

「怎麼可能，我和那個大叔不一樣，是真正的護士唷，當然也有護士執照。只不過，我畢業的學校叫『自衛隊東京醫院高等看護學院』就是了。」

「…………這下子我就懂了。」

這時凜子用有些顧忌的聲音對點頭的明日奈搭話：

「呃，我不太了解……到底這位安岐小姐是什麼人呢？」

「護士的身分應該是真的吧。只不過，她的背景沒那麼單純。」

明日奈把臉轉向凜子，然後流暢地說明：

「從自衛隊醫院附設護校畢業的護士，原則上應該會直接在自衛隊醫院裡服務才對。但安岐小姐卻在千代田區的醫院裡負責照顧ＳＡＯ事件的受害者，這也就表示……那應該是菊岡先生安排的吧？」

「一點都沒錯，明日奈小姐。」

安岐護士微笑著再次說出剛才對凜子說過的話。明日奈瞪了這名護士一眼，接著說：

「另外還有一件事。我在學校的升學資料裡曾經看過，自衛隊醫院附設護校在入學時就等於進入自衛隊。也就是說，安岐小姐不但是護士，同時也是……」

安岐護士伸出右手，做出「不用全說出來」的手勢打斷明日奈，接著直接把手舉到額頭上，做出相當標準的敬禮動作——

「本官是安岐夏樹二等陸曹！會負起照顧桐谷小弟身體與生命的責任！這麼說可以嗎……」

這位護士兼自衛官說完便眨了一下眼，明日奈露出有些懷疑又有些無奈的表情盯著她看，好一陣子後，才輕輕低下頭表示：

「拜託妳了。」

接著她便再度轉向玻璃彼端的ＳＴＬ四號機，用帶有強烈感情的眼神凝視躺在三公尺外凝膠床上的那名少年。

「……你會回來吧，桐人。」

聽到這低聲的呢喃，安岐護理師深深點頭，然後把左手搭在明日奈的肩上。

「那當然。當我們站在這裡時，桐人的搖光正在治療用程式裡很有精神地活動呢。而且腦神經網路也順利再生中，過一陣子應該就會醒來了。何況……那個孩子不是攻略了『ＳＡＯ』的英雄嗎？」

這句話讓凜子胸口感到一陣刺痛。深吸一口氣把這種感覺吞下肚子裡後，凜子便站到明日奈身邊，透過玻璃仰望這架巨大的機器。

晚上八點。

凜子下定決心，將目光從左腕的手錶上拉起，舉起右手按了一下刻有「呼叫」字樣的金屬按鈕。幾秒鐘後，設置在門旁的擴音器裡便傳出簡短回應。

『……哪位？』

「我是神代。可以稍微跟妳談一談嗎？」

『請進，我現在就開門。』

對講機面板上的顯示燈隨聲音由紅變藍，接著門便帶著馬達運轉聲往旁邊移去。

凜子一進入房間，就對站在床旁的結城明日奈輕輕點頭，接著右手開始操縱起綜合控制器。背後的門隨即關上，門鎖也發出細微聲響。

客艙內部與凜子在通道對面的房間完全一樣。淺灰色樹脂面板貼滿了約三坪大小的空間，傢俱就只有固定住的床、小桌子、沙發以及一個連接艦內網路用的小型儀器而已。由於帶領兩人到房間的中西一尉事先表示過「妳們住的是一等客艙唷」，所以凜子忍不住想像起豪華客輪裡的總統套房，不過似乎房裡有小型衛浴設備就算是一等客艙的樣子。

可是，明日奈的房間和凜子那間有一點不同，床後面設有一道細長的窗戶。也就是說，這裡是Ocean Turtle的最外圍，亦即鄰接發電面板的地方。由於抵達房間之前已經搭電梯往上爬升了好一段距離，所以此處在傍晚時應該可以看見漂亮的南洋落日，但目前外面有的只是一片黑暗。更可惜的是天候不佳，因此連星星也看不見。

「請隨便坐。」

聽到明日奈這麼說，凜子便把從電梯旁自動販賣機買來的寶特瓶烏龍茶放在桌子上，然後在略硬的沙發上坐了下來。差點脫口說出「嘿咻」的她在千鈞一髮之際趕緊閉上了嘴。雖然自認為還年輕，但看見穿著T恤與牛仔褲的明日奈那種閃耀動人的美貌，腦袋裡總是會不斷響起聲音，提醒自己已經快三十歲了。

「不介意的話，請喝吧。」

凜子把一瓶飲料推出去後，明日便輕笑了一下並低頭表示：

「謝謝，我正覺得有點口渴呢。」

「嚐過洗臉台的水了嗎？」

凜子露出惡作劇的笑容問道，結果明日奈也跟著轉了一下眼珠。

「東京的自來水都比這好喝多了。」

「哎呀，那好像是將海水過濾去鹽後得到的飲用水，我想裡面至少應該沒有三氯甲烷唷。說不定比超商賣的海洋深層水對身體更好呢。雖然我喝一口就受不了了。」

凜子轉開烏龍茶瓶蓋，大口喝下裡頭冰冷的液體。其實她最想喝的應該是啤酒，但似乎只有下層的餐廳才有販賣，所以也只能放棄了。

凜子呼一聲吐出一口氣後，再度看向明日奈。

「……很可惜沒能看到桐谷小弟的臉。」

「不過他看起來很健康呢，看起來似乎作了一場美夢。」

明日奈那微笑的臉上，終於看不見這幾天來一直困擾著她的焦躁感了。

「妳男朋友真會給人添麻煩。突然失蹤不說，竟然還乘著船在南方海上遨遊。我看妳還是在他脖子上套個繩圈會比較好。」

「我會考慮的。」

明日奈再度露出淡淡的笑容，然後收緊嘴角對凜子深深低下頭。

「神代博士，真的很感謝您。多虧您答應我這麼無禮的要求……我實在不曉得該怎麼向您道謝才好。」

「別這樣，叫我凜子就好。而且……這點小事根本無法彌補我心中對妳和桐谷小弟抱持的罪惡感。」

凜子用力搖了搖頭，然後下定決心凝視著明日奈。

「……我有件事非得跟妳說才行。不對，不只是妳……應該對所有舊SAO玩家坦白……」

「…………」

明日奈無言地正面回望。凜子拚命承受著她的眼神，用力吸了口氣並呼出，然後解開身上木棉襯衫的兩顆釦子。她拉開領口並且拿起細長的銀項鍊後，胸骨偏左處便露出一道斜斜的手術痕跡。

「妳應該知道……這個傷痕的事情吧……？」

明日奈完全沒有移開視線，凝視著凜子心臟正上方的位置，微微點頭後開口：

「嗯。那是埋有遠距遙控型袖珍炸彈的地方。教授……凜子小姐是因此才讓團長……茅場晶彥威脅了長達兩年之久。」

「沒錯……我是因為這樣才會協助那個可怕的計畫，幫忙長時間潛行的他管理肉體……」

般大眾都是這麼認為的。所以我才會得到不起訴處分，姓名也沒遭到公佈，最後竟然還厚著臉皮逃到美國去……」

凜子把項鍊放了回去，然後硬是強迫自己繼續說下去。

「然而，其實並非如此。在警察醫院裡拆下來的炸彈確實是真貨，也可以引爆。但我很清楚它根本不可能會爆炸。那只是偽裝用的——為了事件結束後能避免我被問罪，那人特地在我體內埋了蒙蔽眾人用的凶器。這也是他送給我的唯一一件禮物。」

即使聽到這些話，明日奈的表情還是沒有改變。她那像是能看透別人內心的清澈眼珠完全沒有移動，只是持續凝視著凜子。

「——打從我進大學那年，我和茅場就已開始交往，在完成碩士課程為止的六年裡，我們一直是情侶……不過，原來那全都是我的一廂情願。當時我明明已經比現在的妳還年長，卻比妳愚蠢多了，根本無法看透茅場的內心世界。也完全沒有注意到他唯一渴求的事物……」

凜子看著窗外那一望無際的黑暗海洋，開始一點一滴地訴說這四年來埋藏在心底的話語。平常只要一回想就會帶來刺痛的名字，這時卻意外地順利脫口而出。

當茅場晶彥順利進入日本知名的工科大學就讀時，已經是股份有限公司ＡＲＧＵＳ第三開發部的部長了。茅場還在念高中時，便靠著簽訂軟體契約的幾款遊戲程式，讓ＡＲＧＵＳ由弱小的三流廠商一躍成為世界知名的大製造商，所以聘請甫進入大學的他擔任公司管理職務，也不是什麼不可思議的事情。

據說茅場在十八歲時，年收入便已經超過一億圓，如果再加上之前那些軟體的契約金，那麼他所擁有的總資產應該會是個相當驚人的數字。於是乎，校園裡經常有許多女學生對他展開有形無形的追求；然而他面對沒興趣事物時，那種比液態氮更冰冷的眼神，根本沒有任何人能承受得了。

所以，凜子直到現在依舊無法理解，為什麼茅場沒拒絕她這個小了一歲的土氣鄉下女孩。是因為完全沒聽過他的名聲？還是因為一年級就能夠出入重村研究室的頭腦？不過至少可以知道，這人絕對不是被自己的容貌所吸引。

凜子對茅場的第一印象，就只覺得他看起來像營養不良的豆芽菜。當年把那個總是頂著一張蒼白臉孔、套著破舊白衣且觀測裝置從不離身的他，硬拖上輕型汽車帶到湘南去的事，依舊像昨天剛發生過一樣鮮明地印在腦海裡。

「不偶爾去曬曬太陽，可不會有好點子出現唷！」

凜子以男孩子氣的口吻責備茅場，坐在副駕駛席的他只是茫然地凝視著凜子好一陣子。最後才忽然冒出一句「也得模擬自然光給予皮膚的感覺才行」，讓凜子感到相當地無奈。

隔了許久之後，凜子才知道茅場身為年輕富翁的另一面。但從小養成的個性，讓她就算知道這一點也沒辦法靈活地改變和茅場的交往方式。對凜子來說，茅場一直是那個營養不良的書呆子，每到他房間去時，凜子總會大聲斥責他並讓他吃下自己帶去的地方料理。

那個人之所以沒有拒絕我，是因為想要尋求幫助呢？或者只是我自己沒注意到而已呢？凜子事後曾數度這麼自問，但最後總是得到否定的答案。茅場晶彥這個人，直到最後還是只相信自己，而他所渴望的就只有通往「另一個世界」的大門，也就是一般凡夫俗子絕對無法到達的場所。

茅場曾數次在床上跟她提過飄浮在空中的巨大城堡。那座城由無數的樓層所構成，而且每一層裡都有廣大的城鎮、森林與草原。只要沿著長長的樓梯一層一層往上爬，就能到達頂端那有如夢一般美麗的宮殿——

「宮殿裡有誰在呢？」

面對凜子的問題，茅場只是微微一笑，回答「我也不知道」。

——我從很小的時候，就會每天在夢裡到那座城堡玩。我每晚都會踩著樓梯往上爬，慢慢地接近頂端。可是某一天之後，我就再也無法去那座城堡了。那只是個無聊的夢，我幾乎已經忘了有這回事。

但是在凜子寫好碩士論文的隔天，他便出發前往空中城堡，再也沒有回來。他靠著自己的手創造了浮遊城，帶著一萬名玩家進到裡面，把凜子一個人留在地面上——

「即使從新聞得知SAO事件，甚至看見上頭出現茅場的名字與大頭照，我依然無法相信這是事實。等驅車衝到他的公寓，看見那裡停了許多輛警車，我才第一次有了真實感。」

已經很久沒有連續說這麼多話的凜子，一邊感受喉嚨的些微疼痛，一邊慢慢說下去：

「那個人直到最後都沒跟我說些什麼。就連出發旅行時，也是一封電子郵件都沒寄給我。不對……說起來只是我自己蠢而已。我不但幫助他完成了NERvGear的基礎設計，也知道他在ARGUS製造了什麼遊戲。卻完全沒有注意到他打算做什麼……等到茅場行蹤不明，全日本都發了瘋一般在找他時，我竟然奇蹟似的想起了一件事──以前曾在他車子導航系統的履歷上，意外地發現長野縣深山裡的座標。我直覺『他一定在那裡』。如果這個時候就把消息告訴警察，SAO事件說不定就會有完全不同的經過了……」

當然，也有可能在警察踏入那個山莊時，茅場就如同事前所宣言的那樣把所有玩家都殺掉。但凜子當時實在沒有辦法把一切都說出來。

「──我甩開警察的監視，一個人跑到長野去。僅靠著記憶找出那個山莊，整整花了我三天的時間。等找到時，我已經弄得全身髒兮兮……但我之所以會那麼拚命，並不是為了去當他的共犯。我……原本是打算去殺了茅場。」

茅場迎接她時，臉上就掛著兩人初次相遇時那種困惑的表情。當時自己握在身後那把藍波刀的重量與冰冷，凜子到現在依然無法忘懷。

「但是……真的很抱歉，明日奈小姐。我真的沒辦法殺掉他。」

凜子無法抑制聲音中的顫抖，但她依舊努力試著不讓眼淚滑落。

「事到如今，我想多說些什麼都只會變成藉口。不過，茅場他明明知道我手裡拿著刀，還是跟平常一樣只說了句『真會給人找麻煩啊』，然後就戴上NERvGear回艾恩葛朗特了。之前一直保持潛行狀態的他，當時已經是滿臉鬍鬚且骯髒不堪，手上還有好幾處打點滴的痕跡。我……我……」

凜子再也說不出話來，只是不斷地呼吸。

不久後，明日奈才靜靜地說道：

「我和桐人都不曾怨恨過凜子小姐。」

凜子猛然抬起臉來，才發現這名小自己十歲的少女露出了微笑。

「……不僅如此……當然，或許桐人不是這麼想的……我到現在依然不曉得，自己是不是還恨著團長……也就是茅場晶彥。」

凜子這才想起來，明日奈在那個世界中隸屬於茅場所建立的公會。

「那個事件的確造成了四千人喪生。只要一想到……他們死於多大的恐怖與絕望之中，就能知道團長的罪行絕對不可饒恕。不過……雖然這麼說真的很任性，但在那個世界裡和桐人一起生活的短暫日子，對我而言永遠是人生中最棒的一段時光。」

明日奈動了一下左手，在腰部附近做出握住某種東西的動作。

「正如團長有罪一樣，我、桐人還有凜子小姐也都有罪……但我認為，那不是接受某種懲罰就能夠償還的罪過。我想，我們可能永遠得不到解脫。然而就算如此，我們還是得活著面對自己的罪行。」

當天晚上，凜子在隔了許久之後──竟然又夢到那個什麼都不懂的學生時代。

睡眠相當淺的茅場總是比凜子先起床，然後單手拿著咖啡杯閱讀早報。當太陽完全升起時，凜子才終於清醒，此時茅場便會像看見睡過頭的小孩子般微露苦笑，然後對她說聲早安。

「妳真的很會給人添麻煩呢。竟然找到這種地方來了。」

那平穩的聲音讓凜子微微睜開眼。黑暗之中，她似乎能看見床旁有個高瘦的人影。

「現在還是半夜啊……」

凜子微笑著呢喃，接著再次閉上眼睛。她感覺到空氣的些微流動，接著便是清晰的腳步聲與開關門的聲音。

就在快要再度進入夢鄉之前——

「———！」

凜子摒住呼吸跳了起來。舒服的半夢半醒狀態瞬間消失，心臟也跳得像戰鼓一樣快。她無法判斷剛才的一切究竟是幻覺還是現實。凜子用手摸到了遙控器，點亮了房間的照明。

沒有窗戶的客艙裡當然沒有其他人在。然而，凜子卻感覺空氣中飄著某個人的氣味。

她從床下跳下來，光著腳跑到門邊，然後著急地按下控制面板打開門鎖，並在門還沒完全移開時便跑上走道。

在微暗橘色照明籠罩的船內走道上，視線所及的左右兩側都看不見任何人影。

是夢嗎……？

雖然心裡這麼想，但耳朵深處確實殘留著那道低沉且柔和的聲音。凜子在下意識中，用右手緊緊握著經常戴在身上的墜飾。

經過臘封而無法打開的墜飾裡，裝著從凜子心臟正上方挖出來的袖珍炸彈。墜飾似乎自己散發出熱度，讓凜子感覺手掌有些燙。

第三章　薩卡利亞劍術大會　人界曆三七八年八月

1

——這兩個孩子真是不可思議。

我從高處樑柱上眺望他們依然帶著稚氣的睡臉，內心忽然湧現這樣的想法。

兩名少年把老舊倉庫地板上堆積的乾稻草當成床鋪熟睡。表面上看起來，這是一幅相當普通的景象。右方側躺的少年有著亞麻色頭髮，目前閉上的眼睛則是深綠色。兩種都是這ＮＮＭ區域……「諾蘭卡魯斯北域中部」經常能看見的顏色。此外身高、體重也在這個年齡的男孩平均數值範圍內。

相對地，左邊那個頭髮與眼睛都是黑色的男孩，呈現手腳大開的豪邁睡姿。這邊這位就有點稀奇了。暗色系在Ｅ區和Ｓ區設定為出現率相當高的顏色，這麼北邊的孩子有黑髮黑眼可就真的少見了，然而機率當然也不是零。在人類帝國全域人口增加到這種程度的情況下，確實有可能出現這種現象。至於他的體格呢，則幾乎和旁邊的男孩子一模一樣。

一百六十三天前，「主人」下令直接觀察這兩人後，我便大老遠地從央都聖托利亞趕到他們身邊，不過一開始還真覺得有點提不起勁。因為他們不論是外表或言行舉止，都和同性別·同地區·同年代的個體差不了多少，甚至給人計畫性與迴避危險能力略低於平均值的感覺。

然而，我還是在注意不讓他們發現的情況下，與兩人一起旅行了半年。

直到雨季已過，夏天也將消逝的現在，我才終於有點了解為什麼「主人」會特別注意這兩個人。

計畫性·規則性不足，也就等於擁有旺盛的好奇心與探求心。尤其是這名黑髮少年的想像力與行動力，更是經常讓已經活了兩百年的我嚇一跳。從開始觀察到現在，我已經數次被差點打破禁忌目錄的他搞得心驚膽戰了。

仔細一想——如果不是這樣，他也不可能在短期間內便把「主人」的仇敵「那個人」設置在世界各地的永久障壁破壞掉……

這時，沉睡中的黑髮少年像在作夢般大動作揮動手腳，當成睡衣的襯衫下襬也隨著他的動作而整個翻了起來。看見他毫不在意肚子外露而再度沉睡的模樣，便忍不住令我想嘆氣。

雖然此時仍是夏末，但在這接近諾蘭卡魯斯北域的地區，晚上颳的風相當寒冷。窩在這間縫隙相當多的倉庫裡，還在稻草床鋪上露肚子睡覺，「天命」有高機率產生輕微的生病狀態。

而明天——人界曆三七八年八月二十八日，他們兩個就要面臨這段漫長旅行裡最大的難關了。

他們在這座農場裡工作一整個夏天後，多少賺了一些錢，因此我好幾次想告訴他們——至少今天該去街上的旅館住宿。然而，直接與他們接觸是禁止事項。到頭來雖然我擔心個半死，但這兩人還是跟平常一樣在這間簡陋的倉庫裡就寢——就變成這個樣子了。

……沒辦法。如果只是這麼一點點的干涉，「主人」想必也會原諒我吧。

於是我在樑柱上揮動右臂，以極微小的聲音吟唱咒語，接著手掌前方便產生了一道小小的綠色光芒，也就是所謂的「風素」。

然後，我慎重地引導風素並讓它落下。當它降到黑髮少年身旁並鑽進乾稻草深處約三十限左右時，我便輕巧地將其「解放」。

生成的風立刻帶起一堆稻草，並讓它們紛紛落在少年外露的肚皮上。雖然以這些草充當被子似乎不太夠，但應該足以阻擋自縫隙鑽進來的冷風才對。

我放下手臂，看著這兩個沒發覺異狀持續沉睡的少年，思考起自己剛才採取的行動。

自從天命遭永久凍結而成為「主人」的使魔後，這兩百多年，我已經接過好幾次類似的任務了。但是，我幾乎從未對觀察對象抱持過太多的感情。不對，真要說起來打從一開始應該沒有「感情」這個功能存在。因為這副身軀根本與人界……或許該說「Underworld」的主角・人類完全不同。

預測出「少年在重要試煉前可能會感冒」這點，還在正常的範圍之內。問題是，為什麼我會無法放任這種情況繼續下去，決定使用法術干預？反過來說，如果他因此而生病導致試煉失敗，最後只能回到原本的村子，那麼這項長期觀察任務便可以就此結束，我也能回到令人懷念的大圖書館書架角落了。

也就是說……跟回家比起來，我比較想和他們繼續旅行？

這怎麼可能。太沒有道理了。這簡直像是被他們兩個人的不規則性傳染了一樣。

還是別胡思亂想吧。這不是我的任務。我該做的，就只有與他們——亞麻色頭髮的少年尤吉歐以及黑髮少年桐人同行，觀察一切。

我在樑上把身體縮到最小尺寸——五米爾後便飛了下去。這種大小就算掉落到地面也不會損及天命，所以根本不用施展法術。我無聲地降落在一根乾稻草上之後，便用纖細的腳靈巧地移動，接著潛進自己熟悉的位置——名為桐人的少年那頭稍長黑髮裡。

抱著幾根與自己同色的頭髮固定身體後，我小小的身體裡再度充滿了原因不明的感情。

那是祥和、安穩、放心以及隱藏在深處的某種昂揚感……至於為什麼會產生這種感覺，我想了許多次，還是想不出來。

——這兩個孩子真是不可思議。

心裡再次浮現這種想法後，我便閉上眼睛，陷入淺淺的睡眠當中。

2

八月的最後一天，從一大早就是個好天氣。

桐人大大地伸了個懶腰後張開眼，納悶地抓起一根蓋在身上的稻草，接著迅速撐起上半身。小人兒的意識在這種搖晃下也完全醒了過來，跟著同樣在那頭黑髮裡伸直了手腳。

她靈活地移動到接近黑髮根部的位置，然後在接近瀏海的地方停了下來。這裡就是她白天的固定位置。桐人有偶爾會瘋狂搔頭的習慣，所以那種時候得要特別注意一下。雖說天命已經凍結，但那是指因老化而造成的自然減少，若身體受傷依舊會有所損耗。話又說回來，她的最大值還是高出人類許多，而且就算縮小也幾乎不會影響身體的強度，所以輕微的衝擊並不會造成什麼問題。

桐人沒注意到自己頭髮中潛伏著一名麥粒大小的觀察者，就這麼直接從稻草山上滑了下去，然後把手放在側臥的夥伴肩上。

「喂，尤吉歐，快起來，天亮啦。」

少年被有些粗魯的動作搖晃後，他與頭髮同色的睫毛輕輕抖了幾下並緩緩往上抬起。那對綠色眼珠起先有些朦朧，但在用力眨一下後便隨著苦笑瞇了起來。

「……早啊，桐人。你還是老樣子，總會在有什麼大事的日子早起呢。」

「比反過來要好多了吧？來，快起床！趕快完成早上的工作，趁著吃飯前先練習一下『招式』吧。我第七招還是有些不熟。」

「所以我才一直說別光顧著模擬戰，招式也得好好練習……真不敢相信，居然有人在大會當天早上才想熬夜抱佛腳……不對，已經早上沒辦法熬夜了。嗯……」

「是要抱豬腳還是佛腳都沒關係，反正招式的演練也就那麼一次嘛！」

桐人嘟囔著意義不明的話語硬是把尤吉歐拖下來，然後用雙臂抱起一大把幾分鐘前還當成床鋪的乾稻草，把它們放到牆壁邊的大木桶裡。最後他更輕鬆地舉起堆滿稻草的木桶，開始朝著入口走去。

一離開倉庫，剛升起來的太陽便從正面射向小人兒的雙眼，於是她稍微退了一點，把身體隱藏在黑髮後面。可能是因為長時間生活在微暗的大圖書館角落吧，小人兒不太喜歡日光。但是，桐人卻一副很舒服的樣子，用力吸了一口早晨的空氣後喃喃自語：

「早上變得涼了許多呢。沒在重要的日子感冒真是太好了。」

好個大言不慚的傢伙，小人兒不禁感到有些傻眼。下一次你再露出肚子睡覺，我可不會幫忙了——當她這麼想時，從後面追上來的尤吉歐便代替她這麼說道：

「老是睡在倉庫的稻草上也不好。明天起，還是付住宿費請雇主讓我們睡在大屋裡吧？」

「不用了，沒有那種必要。」

桐人咧嘴一笑——當然，待在瀏海根部的小人兒沒辦法看見宿主的臉，但還是可以推測出他一定是露出那種帶有惡作劇意味的笑容——然後大剌剌地回答：

「因為啊，今天晚上我們就要住進薩卡利亞的衛兵隊宿舍了。」

「……拜託你告訴我，這股自信到底是從哪裡冒出來的好嗎……」

無奈搖頭的尤吉歐，手裡也跟桐人一樣抱著塞滿稻草的大木桶。兩人的表情雖然顯得相當輕鬆，但這時直徑達一梅爾的堅固木桶裡已經裝滿了稻草，重量應該不容小覷才對。如果換成年紀和他們相當的一般年輕人，就算舉得起來大概也走不了二十步吧。

但不知道為什麼，體型顯得有點瘦的他們，額頭上竟然連一滴汗都沒有。原因就在於兩人都擁有令人難以置信的高度「物件操作權限」。他們甚至可以輕鬆揮動隨意掛在倉庫牆壁上的那口長劍——等級45的「神器」級物件。

那麼，為什麼生於邊境村落的兩名平凡年輕人會有那麼高的權限呢？開始觀察到現在已經過了半年，但還是沒辦法找出理由所在。不過至少可以曉得，光靠一般鍛鍊與點到為止的較量絕對不可能達到這種等級。如果是和高等級野獸進行實戰倒有可能，但那也得把配置在村莊附近的野獸幾乎消滅殆盡才行。最重要的一點在於，天職不是「獵人」者，只要狩獵超過規定量的野獸就算雙重違反禁忌目錄。即使是行動力旺盛的桐人，應該也做不出這種事，個性溫厚的尤吉歐就更不用說了——

剩下的可能性，大概就只有和權限上升率非野獸能比擬的敵人……也就是「從黑暗領域來的入侵者」作戰並獲勝了吧。但是從另一方面來看，那也是絕對不可能發生的事。連侍衛都算不上的兩人，怎麼想都不可能去對抗恐怖的黑暗軍隊，何況定期入侵的黑暗騎士與哥布林偵察兵，應該全都會在「盡頭山脈」的另一側，被央都聖托利亞派出的整合騎士擊退才對。

如果桐人他們生活的村莊附近真有出乎意料之外的「入侵」……問題就遠比他們兩人權限異常上升還要嚴重得多了。因為那很可能是個前兆——總有一天會降臨，但人們都認為來日方長的「預言之時」即將到來……

當小人兒躲在黑髮中想著這些事情時，兩名年輕人已經把堆得像小山一樣高的稻草運到隔壁的馬廄裡，填滿了十匹馬兒的飼料桶。接著，他們開始用刷子刷起每一匹馬的身體。這就是寄住在薩卡利亞近郊「渥魯帝農場」的桐人與尤吉歐每天早上第一件工作。

由於已經累積了五個月以上的刷毛經驗，所以這兩人的動作熟練得足以媲美天職為「馬伕」的人。當他們各自刷完最後一匹馬時，全部的馬兒也差不多把稻草吃了個精光。接著，從距離約三基洛爾的薩卡利亞教會那兒傳來宣告早上七點的鐘聲。所有的村莊與城鎮，都配有央都公理教會製造的神器「宣告時刻之鐘」，能夠讓半徑十基洛爾之內的區域聽見完全相同的鐘聲，但是一超出這個範圍就聽不見了。雖然這是一種防止人類個體自發性遠距離移動的心理障壁，但對桐人他們似乎起不了什麼作用。

兩人在水桶裡洗完手，隨即把刷馬用的大刷子掛在柱子上，然後各自用右手提著被馬吃光的桶子走出廄舍。這時，忽然有兩道似乎等待已久的聲音很有精神地對他們打招呼。

「「早安，桐人、尤吉歐。」」

這異口同聲的招呼出自農場主人的女兒們。這對雙胞胎今年九歲，分別叫做緹琳與緹露露。兩人有著一模一樣的紅棕色頭髮與深棕色眼睛，連短上衣與裙子的花紋也完全一樣，所以只能藉由把頭髮綁成馬尾的緞帶顏色來分辨她們的身分。五個月前自我介紹時，綁紅色緞帶的是緹琳，藍色則是緹露露；但這兩個女孩很喜歡惡作劇，常會故意交換緞帶讓桐人與尤吉歐搞錯。

「早啊，緹……」

尤吉歐原本想如往常一樣跟她們打招呼，但桐人卻從後面堵住了他的嘴。

「等等！感覺有點不對勁哦……」

聽到這話，兩個女孩子互看一眼，然後同時呵呵笑了起來。

「這我就不知道囉？」「也有可能只是你想太多唷？」

她們無論是聲音、帶有惡作劇意味的笑容，甚至是臉頰上雀斑的位置與數量，全都一模一樣，因此桐人與尤吉歐只能沉吟著交互打量兩人。

至於人類個體為何會出現雙胞胎……極稀少的情況下還會出現三胞胎，理由似乎連「主人」也還沒有完全弄清楚。由於鄰近區域連續出現個體死亡之後便有高機率出現雙胞胎，所以這可能是人口調節功能造成的結果，但即使如此應該也不必把外表弄得完全相同。這個樣子除了產生難以辨認的缺點之外，似乎根本沒有什麼優點。

——話又說回來，「觀察者」的視野中，向來會顯示所有個體的狀態視窗……也就是他們所說的「史提西亞之窗」，因此一眼就能看出雙胞胎的緞帶與平常相反。換言之，桐人的直覺沒錯。

相信自己的直覺！雖然這道在黑髮根部混雜著嘆息的呢喃不可能會被聽見，但桐人還是舉起了左手，指著左邊的紅色緞帶說：

「早啊，緹露露！」

接著他又指向右邊的藍色緞帶……

「早安，緹琳！」

雙胞胎再度互看了彼此一眼，異口同聲地喊道「猜對了！」表示無誤。兩人之前一直放在身後的小手隨即移到前面，原來她們各握著一個四角形的籐籃。

「這是答對的獎勵，今天的早餐是桑椹派唷！」

「桑椹能夠讓人充滿活力！為了能夠讓你們兩個人在大會裡獲勝，我們特別花了一整天去摘唷！」

「哦，那真是太棒了。謝啦，緹露露、緹琳。」

桐人把木桶放在腳邊，伸出雙手摸了摸兩名少女的頭。雙胞胎先是開心地歡笑，接著才同時看向尤吉歐，露出有些擔心的表情。

「……尤吉歐不高興嗎？」

「難道說，你不喜歡桑椹？」

一問之下，亞麻色頭髮的少年急忙搖晃著手和頭否認。

「沒、沒有啦，我也很喜歡啊！只不過……想起一些以前的事情而已。真的很謝謝妳們。」

聽到這裡，雙胞胎才像放下心般綻開笑顏，轉身跑向設置在廄舍與放牧地中間的桌子。桐人把目光從迅速準備起早餐的少女們身上移開後，走到尤吉歐身邊並拍了拍搭檔的背。

「我們要在今天的大會得勝，然後盡快拿下衛兵隊中的第一名，明年要趕到聖托利亞……也就是愛麗絲的身邊。你說對吧，尤吉歐。」

聽見這細微但堅定的聲音，尤吉歐也用力點了點頭。

「嗯，沒錯。這五個月以來，我之所以一直向你學習『艾恩葛朗特流劍法』，就是為了達成這個目標。」

兩人雖然只各說了一句話，裡面卻帶著好幾個令人相當感興趣的情報。

身為使魔這兩百多年來，自己從沒聽過這種不可思議的劍術名稱。

而且，他們兩個人的最終目的是——名為「愛麗絲」的個體。

如果說，那個愛麗絲和存在於使魔記憶裡的愛麗絲是同一個體……那麼他們的夢想也未免太遙遠、太虛幻了。因為那個女孩已在聳立於央都聖托利亞的「中央聖堂」極高之處……

「桐人！尤吉歐！你們在幹什麼！」

準備完畢的雙胞胎大聲催促著，桐人只好趕緊推了一下尤吉歐的背並走向桌子。

跑步的震動，讓使魔停止思考並回過神來。這五個月以來，她不知道已經告訴過自己多少次「思考不是觀察者的任務」了，但總是不知不覺就考慮起……不對，應該說擔心起兩人今後的發展。

使魔緊緊抓住黑髮的根部，然後嘆了一口今天早上已經不知道是第幾次的氣。

吵吵鬧鬧的早餐結束後，雙胞胎留下一句「我們會去加油哦」便回去了。

把十匹馬趕到放牧地並打掃完馬廄後，兩個人通常會用木劍開始練習，然而今天情況有點不同。在井邊洗淨頭髮與身體的兩人——這段時間內，使魔會離開桐人的頭到樹梢上避難——

隨即將身上配給的工作服換成自己的短上衣，前往離農場稍遠的大屋。

以這種規模的農場來說，農場主人之妻托莉莎．渥魯帝算是非常豪爽大方的個體。或許就是這樣，才會一口就答應雇用這兩個來路不明的年輕人吧，而她今天也大聲鼓勵在參加大會前過來打招呼的桐人與尤吉歐，甚至為兩人準備了便當。在送他們離開時，托莉莎又加了一句「如果輸掉就別當什麼衛兵了，來我們家當緹琳和緹露露的老公吧！」不過兩名年輕人聽見之後，露出相當複雜的笑容。

離開大屋往城鎮前進的三基洛爾路程中，兩個人之所以在不知不覺間變得寡言，應該是多少有些緊張的緣故吧。每年八月二十八日在薩卡利亞舉行的「諾蘭卡魯斯北域劍術大會」，通常會有超過五十名以上的參賽者自鄰近村鎮前來參加。原則上，這些人都在自己的故鄉擔任「侍衛」這項天職，沒有這種身分的大概只有桐人與尤吉歐兩個。

只有分別在大會的東西兩組獲得優勝的兩人能加入薩卡利亞衛兵隊，他們如果想達成願望，就不能輸掉任何一場比賽。老實說這已經是個很大的難關了，但最大的問題在於他們可能會分在同一組。不知道這兩名年輕人是不是已經考慮到這種情況該怎麼辦了呢——

當小人兒這麼擔心時，道路前方忽然傳來「碰、碰」的煙火草爆炸聲。

從桐人的瀏海悄悄露出臉，馬上就能看見低垂山丘後方有片以赤褐色砂岩建造的街道。那就是NNM區域最大的城鎮——薩卡利亞。目前定居於此的人口有一千九百五十八個個體，說起來連央都聖托利亞的一成也不到，但舉行年度最大盛會的日子當天倒也顯得相當熱鬧。

兩人走向西大門的路上，尤吉歐低聲說：

「……其實啊，我在真正看見薩卡利亞的街道之前，甚至還懷疑過它是不是真的存在呢。」

「為什麼？」

桐人的問題讓亞麻色頭髮的少年輕輕笑了起來。

「因為……就連盧利特村的大人們也沒人真正看過薩卡利亞啊。前任侍衛長朵意克先生雖然有參加薩卡利亞劍術大會的權利，但他直到引退為止根本連一次都沒有參加過啊。而我這個『基家斯西達的樵夫』原本應該一輩子沒有機會到薩卡利亞來。村裡沒有人去過，自己又不能親眼見到的場所，那不是……」

「跟完全不存在一樣，是吧？」

代替尤吉歐咕噥的桐人，隨即揚起嘴角並補上一句：

「幸好薩卡利亞真的存在。既然確實有這個城鎮，代表聖托利亞也不會是幻想了。」

「說的也是。這種感覺……真的好不可思議哦。明明自盧利特村出發已經過了五個月，我現在還是覺得『這世界不只有那個村子』是件非常……非常驚人的事情。」

尤吉歐少年說的話雖然有點難以理解，卻讓使魔內心湧起一股奇妙的感慨。自己以「主人」使魔的身分活了這麼長一段時間，除了央都聖托利亞之外，已經親眼看過了這直徑長達一千五百基洛爾的人界各地，記憶情報量可說遠遠超過「整合騎士」以外的全部人類個體。即使如此，還是有未曾踏上的區域。那就是包圍人界的「盡頭山脈」後方……亦即黑暗領域。雖然聽說那個地方也有幾處城鎮與村莊，甚至還有一座漆黑的巨大都市……但自己是不是有機會親眼確認它們是否存在呢？

儘管幾乎是不可能……而且這想像也完全沒有根據，但如果一直持續觀察這兩個人，說不定會有這麼一天……

可能是想著這種事情害的吧。

一陣突如其來的震動，讓小人兒差點從桐人頭上飛出去。她急忙抓住黑髮，才往前看究竟發生了什麼事。

視野中，有匹馬高高舉起前腳在空中劇烈地踢動。牠發出類似哀嚎的嘶叫聲，拚命想把背上的薩卡利亞衛兵甩下去。剛才的晃動，就是桐人想要躲避馬蹄而彎下身子所造成的。

城鎮的西門就在距離短短十數梅爾的前方。而架在壕溝上的石橋前，有穿著紅色制服的騎馬衛兵站在那裡。當桐人準備通過衛兵身邊時，馬兒不知道為什麼忽然失控。

「嘿……嘿，靜下來！」

坐在鞍上的衛兵拚命拉動韁繩想讓馬匹安靜下來，卻完全沒有效果。馬匹這種活動物件雖然需要較高的操作權限，但天職為「衛兵」的個體應該滿足了這樣的條件才對。

這麼一來，牠之所以不理會騎手的控制而持續暴跳如雷，就沒多少種原因了。若非飼料飲水不足造成天命減少，就是感覺到有危險性高的大型野獸接近——但是，目前看來似乎兩者都不可能。

在使魔進行這種推測的期間，狂暴的馬匹再度高高舉起前蹄。可是在正下方縮起身子的桐人卻沒有試著迴避。周圍注意到異變的行人們一個個發出慘叫。馬兒要是以這種速度踩下來，就算是成年男性個體也會減少一半的天命……若是踩中要害，甚至有可能全損。

「啊，危險…………！」

某人這麼大叫的瞬間，桐人終於有所行動。但他並未往後——而是往前。少年穿過落下的馬蹄來到馬兒身邊，隨即用兩條手臂緊緊抱住其脖子中段附近。同時迅速地說道：

「尤吉歐，後面！」

聲音傳來的同時，他的夥伴已經展開行動。尤吉歐趁著桐人按住馬匹時繞到後方，接著迅速把右手伸往瘋狂甩動的尾巴根部。快如閃電的指尖從茶色毛髮上抓下某件小小物體後，悍馬立刻變得溫馴無比，先前的狂暴彷彿是一場幻覺。

此時，馬兒依然不停噴出急促的鼻息，而桐人隨即溫柔地撫摸著牠的鼻梁。

「乖乖～已經沒事了。衛兵先生——請放鬆韁繩的力道吧。」

馬鞍上的年輕衛兵鐵青著臉點了兩、三下頭，然後放鬆拉緊的韁繩。同時，桐人也把手從馬脖子上放下來並往後退了一步。然後馬兒便自己回過頭，踩著腳步回到石橋右邊原本的位置上。周圍人們同時發出安心的聲音。

使魔忍不住和路人們同聲鬆了口氣，然後才急著把桐人瀏海中下意識伸長的雙臂收了回來。剛剛自己差點就要使出防止馬蹄直接踏中桐人的法術了。不對，要不是他早一步展開行動，自己一定已經施展法術了。這可是身為觀察者的禁忌。

少年完全不知道自己瀏海裡有名小小同行者放下心頭大石，只是低聲對走來的夥伴問道：

「……是『沼澤馬蠅』嗎？」

「答對了。」

尤吉歐同樣小聲地回答，然後稍微瞄了一下四周。確認方才圍觀的行人們已重新邁開腳步，衛兵也把注意力轉到愛馬身上，尤吉歐這才悄悄對桐人伸出右手，讓他觀看手裡的東西。

他手掌上有隻身體帶著鮮艷紅黑色橫條紋，長約四限的有翅昆蟲。雖然這東西長得像蜜蜂，但尾端沒有尖刺。相對的，嘴巴部分則有銳利突起物伸出。

在為了限制人類個體活動區域而存在的「害蟲」型移動物件裡，這種昆蟲的危險度並不高，因為牠們不會直接傷害人類。雖然這些蟲會藉由吸血來危害天命，但只針對馬、牛或是羊而已。衛兵的愛馬之所以會忽然失控，就是因為臀部被這隻沼澤馬蠅刺中的緣故。但是——

「這就奇怪了……」

桐人低聲咕噥，隨即從尤吉歐掌上捏起剛才因為捕獲衝擊而喪命的害蟲。

「這附近沒有沼澤吧？」

「嗯。在渥魯帝農場工作的第一天他們就說過了。最近的沼澤在西邊森林，所以千萬不能把馬匹帶到那邊去。」

「西邊森林距離薩卡利亞有七基洛爾……對吧？只生長在沼澤附近的沼澤馬蠅，照理說不可能飛這麼遠才對……」

聽桐人這麼一說，尤吉歐也不禁覺得有些奇怪，但他馬上就用不確定的語氣回答：

「是沒錯啦……會不會是跟著行商的馬車一起跑進來啊？」

「…………嗯，可能吧。」

當少年們進行著這樣的對話時，桐人手指捏著的害蟲屍體忽然急速失去了牠的紅色。蟲類物件的天命通常都比較低，而「死亡的蟲子」當然就更少了，牠們的屍骸大概只能保持一分鐘左右。

不久後，全身變成淡灰色的沼澤馬蠅屍體便發出細微的聲音並像沙堆般崩塌，在釋放出極少的空間資源後便完全消失了。

桐人輕輕吹了一下指尖並輕鬆地看著四周，接著用鼻子輕哼了一聲才開口表示：

「算了，幸好我們沒在參加重要的大會之前受傷。看來每天在農場裡和馬生活在一起也是有好處呢。」

「哈哈，說的也是。如果順利加入衛兵隊，我們要不要試著申請擔任騎兵？」

「事到如今已經不能說『如果』囉，尤吉歐。不論有什麼樣的阻礙擋在前面，我們還是要一起加入衛兵隊，」

聽見面帶笑容的桐人這麼說，尤吉歐露出驚訝的表情。

「你說阻礙……我也知道要在大會裡獲得優勝一定得打敗許多對手才行啦……」

「啊啊……嗯，沒錯。我想說的是，即使是在大會開始前也要小心謹慎。因為有可能像剛才那樣遇見突發狀況。」

「哇，想不到桐人竟然會擔心這個啊。」

「當然囉，這世上沒有比我更謹慎的人了。」

大言不慚地說完後，桐人便拍了一下尤吉歐的背。

「走吧，在大會前先去吃點東西。」

3

薩卡利亞是座東西向的城鎮，外頭圍有長方形城牆。

就大小來說，它的南北達九百梅爾，東西則有一千三百梅爾，面積足足有兩人過去生活的北邊小村盧利特五倍以上。由於位在草原中央，附近又沒有河川與湖泊，所以生活用水全都仰賴井水。因此，這裡多少帶有點乾燥的感覺，但和南帝國的沙漠城鎮相比，植物物件已經相當多了。

薩卡利亞的道路與建築幾乎全由赤褐色砂岩構成，往來其中的居民服裝也多以紅色絲線為基調。走在人群裡，兩名北方少年的藍色絲線短上衣多少有點顯眼。尤吉歐似乎因為在意他人的目光而略為低著頭，但桐人看上去完全不介意，不斷注意兩旁的攤販究竟在賣些什麼。

「哦，這家的肉包看起來很好吃耶……但是，剛才的串燒便宜了兩席亞……尤吉歐想吃哪一種？」

桐人漫不經心地說著並轉過頭，這時才終於注意到夥伴的態度，一對黑眸傻眼地眨了眨。

「……我說尤吉歐啊，這已經是我們第三次來薩卡利亞了耶。可以不用這麼緊張了吧？」

「你還敢說呢，我們只來過三次而已啊……我離開村莊之前從來沒看過這麼多人……」

「區區薩卡利亞就讓你嚇成這樣，那到央都去的時候該怎麼辦呀？更何況，劍術大會可是要在幾百名觀眾前面比賽耶。渥魯帝大叔和大嬸他們說下午會帶緹琳、緹露露來幫我們加油，你可不能在他們面前丟臉喔。」

桐人用力拍了一下拍檔的背，尤吉歐隨即露出怨恨的表情。

「……我、我是知道啦。不過這種時候我還真羨慕桐人你隨便的個性……」

「明明鐵青著一張臉，居然還有辦法揶揄人呀，尤吉歐同學。『隨便』可是艾恩葛朗特流劍術的重要秘訣唷。」

「咦，真的嗎？」

「真的真的。」

兩個人就在閒聊中走完了長達五百梅爾的西大路。他們的前方聳立著一棟相當高的建築，這便是薩卡利亞最大的設施「集會場」了。中央的長方形廣場長寬比與城牆相同，周邊圍繞著階梯狀觀眾席。這個能用來舉行領主演說．劇團公演等活動的多功能空間，當然就是今天劍術大會的會場。

由於觀賞比賽免費，因此明明離正午開賽還有將近兩個多小時，卻已經有許多市民聚集在這裡了。對日常生活被「天職」與以「禁忌目錄」為首的多種法律嚴格限制的人類個體而言，這場每年一次的大會可說備受期待。

然而，在會場內散播的熱氣，似乎也給尤吉歐少年帶來沉重的壓力，他原本就比桐人還白的臉頰，這時變得更加沒有血色。

「……要、要在那種地方比賽嗎……」

聽到這沙啞的聲音，桐人像是再也受不了夥伴的膽小一樣，直接抓住尤吉歐的左臂，把他拖向集會場正面入口處的參賽者報名窗口。

大部分的選手若非在鎮上旅館投宿就是薩卡利亞的居民，想必老早便已完成報名手續。臨時設置的長桌後面，只有一名上了年紀還留著鬍子的衛兵百般無聊地在那裡待機。桐人一副天不怕地不怕的樣子地走近長桌，大聲說道：

「麻煩你，我們兩個要參賽！」

衛兵先揚起灰色眉毛，接著又以懷疑的眼神打量桐人與尤吉歐，這才乾咳了幾聲並表示：

「想要參賽，就必須擁有北域城鎮或村莊的侍衛天職，或者是擔任薩卡利亞的衛兵見習生，又或者是……」

「我們就是那個『又或者是』。喂，把那個拿給他看吧。」

側腹被桐人用手肘頂了一下之後，尤吉歐急忙在短衣的懷裡摸索起來，隨即掏出一個有些老舊的羊皮紙信封。衛兵皺著眉頭打開後，從裡頭拿出一張紙。

「我看看……嗯，盧利特村長親筆寫的證書嗎？『攜帶此書狀的兩名年輕人已經完成史提西亞神所賦予的天職，特以此狀證明兩人乃追求新道路的自由之身』……呵呵。」

這時，年長衛兵才首次揚起嘴角露出笑容。

「也就是說，你們天職並非侍衛的兩個小鬼來自最北邊的小村莊盧利特，想以薩卡利亞盛名遠播的衛兵隊為新天職。是吧？」

「正是如此。」

桐人毫不示弱地回了個微笑，補上一句：

「但我們可不會只當個衛兵而已。接下來還要成為央都的——」

這次換成尤吉歐用力頂了一下桐人的側腹。他趕緊代替安靜下來的夥伴說明：

「事、事情就是這樣，所以請讓我們報名參加劍術大賽！」

「嗯，好吧。」

衛兵點點頭，打開桌上那本布料封面的報名簿，然後對兩人遞出紅銅製的筆。

「在這裡寫上姓名、出生地與劍術流派。」

「……流、流派也要寫嗎？」

尤吉歐伸出去的手停了下來，於是一旁的桐人立刻把筆搶了過去。報名簿的材質不是高耐久度的羊皮紙，而是白絲草所做成的常用紙，目前上面已經有了以各式各樣筆跡所寫下的選手姓名。

黑髮少年在最尾端以人界泛用語寫上姓名桐人與出身地盧利特，並在頓了幾秒後流暢地在紙上寫下流派——「艾恩葛朗特流」。

使魔開始觀察兩名少年已有五個月，在這段期間裡雖然不時有大大小小的疑問，但最大的謎團還是要屬這個流派的名字。人界裡大約存在三十種左右的劍術流派，但自己還是第一次聽到艾恩葛朗特流這個名稱。

本來以為這是長於劍技的桐人不知天高地厚自創流派，但似乎不是這個樣子。因為其他各流派都只擁有一招「祕傳劍招」，但謎樣的艾恩葛朗特流至少有十種這樣的招式……

使魔想到這裡時，跟在桐人之後寫完報名簿的尤吉歐——當然所寫的流派也跟桐人一樣——便把筆還給衛兵。對方將筆插進筆筒，接著把報名簿轉向自己，馬上再次高高地揚起眉毛。

「嗯。我練劍的經歷也相當長了，但從來沒聽過這個流派。盧利特附近有這種流派嗎？」

也難怪衛兵會有這樣的疑問。因為登記在報名簿上的參賽者雖然已超過五十名，但半數所習流派都是初代薩卡利亞領主所創立的「薩卡萊特流」。而另外一半則是在諾蘭卡魯斯北帝國裡廣為流傳的「諾魯基亞流」，沒有任何奇怪小流派的名字出現。

但是桐人只是用稀鬆平常的表情說：

「好像是最近才出現的流派。」

黑髮少年答完之後，尤吉歐也只能用微青的臉跟著點頭。當然，衛兵也不會因為流派的問題而拒絕報名，只見他點頭回答了一聲「這樣啊」之後，便分別交給兩人一枚銅製薄板。桐人收下的板子上刻著數字「55」，而尤吉歐的則是「56」。

「十一點三十分以前要進到參賽者休息室裡。一開始會先抽籤決定東、西組，比賽用的劍也會在那個時候借給你們。十二點的鐘響後會先舉行預賽，以劍招演示的成績把各組參賽者減少到剩下八個人。第一到第十的劍招就如先前發放的注意事項裡那樣，沒問題吧？」

衛兵一問，尤吉歐便點了點頭，而桐人則以有些微妙的角度頷首。

「那就好。再來兩點的時候會正式開始比賽，將參賽者由從八人減少到四人然後兩人，直到剩下最後的勝利者時才會停止。而最後這一人……也就是東西組的兩位勝利者，就能夠光榮地獲得薩卡利亞衛兵這項天職。」

這次兩人都很用力地點著頭。小人兒在桐人的瀏海深處順著他的動作搖晃，然後開始繼續幾個小時前曾想過的事情。

他們倆的目標是一起進入衛兵隊。因此，兩人必須各自被分到東、西組裡，然後一起通過預賽・決賽的考驗取得優勝。但如果在抽籤時便分在同一組，計畫可就完蛋了。這兩個粗枝大葉的年輕人，不知道有沒有想出什麼解決問題的對策……

——當兩人順利結束報名，在稍遠處的廣場把肉包和串燒對半分好開始享用午餐時，這個問題的答案總算出現了。

「……我說尤吉歐啊…………如果分到同一組怎麼辦？」

桐人瞬間把分成半月形的肉包吃光後便這麼問道。

「…………你覺得該怎麼辦呢，桐人？」

吃完第一根串燒的尤吉歐這麼回答。

也就是說，這兩人根本沒有什麼好主意。雖然早就預測到可能會有這種結果，但小人兒還是差點因為愣住而從桐人頭上滾下來。她輕輕拉扯手邊的毛髮，努力按捺住大喊「想一下對策好嗎！」的衝動，桐人卻在這時舉起了右手，使魔只得趕緊躲到頭頂去避難。到了這種緊要關頭，這名年輕人竟然還一邊搔著瀏海一邊說出相當樂觀的結論。

「嗯，那就到時候再說吧。別擔心，我們一定會分在不同組的。我今天早上已經跟創世神史提西亞、陽神索魯斯以及地神提……提雷利……」

「提拉利亞！」

「沒錯，還有那個什麼利亞祈求過了。」

當尤吉歐嘆氣時，桐人頭上也剛好有聲細微的嘆息與其重疊在一起。小人兒這時回到原來的地方，然後在心中這麼嘀咕著：

……沒辦法。不過這真的是最後一次囉，小鬼們。

三十分鐘後，在十一點半的鐘聲響起之前，兩人便進入了選手休息室。

這是個長寬約有二十梅爾的廣大房間，西半部排著四列看起來相當堅固的長椅，讓大會參賽者朝東坐。正對面的東方牆壁前面，可以見到四張較高級的椅子。那裡雖然還沒有人坐，但接待窗口可以看見有衛兵站在那裡。

桐人與尤吉歐一踏進室內，另外五十四名參賽者的眼光立刻全部投注在他們身上。

這些高大的漢子看起來都是一副劍術高超的樣子。當中約有十名身穿薩卡利亞衛兵見習生短衣的年輕人，而從鄰近城鎮選拔出來的侍衛們則幾乎都已邁入壯年。他們裡面有人臉上長滿鬍鬚，也有人正驕傲地展示著身上怵目驚心的傷痕。

在這些強壯大漢的注視下，尤吉歐不禁繃緊了身體，桐人倒是泰然自若地打量了一下寬廣的室內，然後低聲咕噥：

「……太好了……」

「什、什麼太好了？」

尤吉歐以僵硬的聲音詢問，桐人隨即靠近他耳邊輕聲回答：

「沒有女性參賽者啊。」

「……………我說桐人啊……」

「要是真的碰上女孩子，你也會覺得很困擾吧。」

「是、是沒錯啦……應該說，我根本沒考慮到有這種可能性。」

「可以的話，希望四帝國統一什麼的比賽也不要有女孩子。」

「這就不一定了，我聽人家說過，西帝國有全都是女性的騎士團唷。」

「……………哦？」

另外五十四名強者似乎馬上就對還有心情閒聊的兩名年輕人失去興趣。認為這兩人在預賽就會被淘汰的他們隨即移開目光，重新檢查起向大會借用的長劍或保養自己的皮手套。

桐人再度打量了一下休息室，然後像忽然想起什麼事情般離開尤吉歐身邊，筆直地走向坐滿參賽者的長椅。只見他緩緩地走在椅子與椅子之間，不停用鼻子吸進空氣。連尤吉歐都搞不懂他這麼做有什麼意義。

他花了五分鐘左右在所有參賽者身邊走過一遍，接著回到尤吉歐身旁。他隨即把嘴湊近露出疑惑神色的夥伴，低聲表示：

「臉先別亂動。可以看見坐在第二排長椅最裡面那個年輕人吧。」

尤吉歐按照指示只移動自己的眼珠，接著輕輕點頭。

「嗯。身上穿著衛兵見習生服裝的那個嗎？」

「和那傢伙比賽的時候要特別小心。他可能會動什麼手腳。」

聽到這裡，小人兒內心也湧起與尤吉歐相同的疑惑感，於是偷偷從桐人的瀏海裡露出臉來。桐人所指的地方，坐著一個垂著略長土黃色頭髮的年輕人，他身上穿著紅褐色且印有小小薩卡利亞紋章的布製短衣。從表示在頭上的「史提西亞之窗」看來，他的年齡是十八歲。天命數值與物件操作權限都在平均值以下，實在不像個需要特別注意的人物。

「咦……你認識他嗎？」

尤吉歐輕聲問道，桐人則靜靜地搖頭。

「不認識。但是……我這麼說你應該就懂了。他的個性想必和吉克差不多。」

小人兒知道名為吉克的個體，那是指兩人出身地盧利特村的現任侍衛長。同時，他的性格也讓兩名少年不太願意與其親近。

雖然人類個體們通常會嚴格遵守各項法律與規範，但這不代表所有人的本性都很善良。既然有渥魯帝農場一家人那樣願意親切對待來路不明人士的個體，當然也會有利用法律沒有規範的言行來貶低、阻礙或利用他人的個體。盧利特村的吉克就屬於後者，如果桐人所言不假，那個看起來人畜無害的衛兵見習生可能也——

「……和吉克一樣的傢伙嗎？那麼，也有可能趁比賽前在我的劍上塗滿西卡密草汁囉。」

繃起臉的尤吉歐一這麼咕噥，桐人馬上歪著頭詢問：

「這麼做……不會違反什麼規則嗎？」

「因為這樣並不會讓劍的天命減少，反而會增加它的光澤，但剛塗上去時會非常臭。小時候，我碰過好幾次這種惡作劇，每次都害我無法集中精神練習。」

「……原來如此。那麼，這把借來的劍還是別離手比較好。當然比賽的時候也要更加小心才行。如果我能和那個傢伙一組的話就好了……」

「如果對方真的耍什麼小手段，你可千萬別因為生氣而把比賽給搞砸唷，桐人。」

「……我會努力克制啦。」

桐人帶著淺笑點點頭後便轉過身子，和夥伴一起前往接待窗口，以報名時拿到的銅板領取參賽者用的長劍。雖說是比賽用，但他們拿到的是鐵劍而不是木劍，儘管優先度不高依然擁有能夠刪減人類天命的威力。當然，因為有「點到為止」的規則，所以可以確定——至少比賽場裡絕對不會出現流血場面。

兩人緊緊抱住長劍，來到等待用的長椅子最前排坐下。不久後，內側出入口便有四名新的個體走進來。他們全是穿著鮮紅制服的衛兵隊員。其中也有在會場入口接受報名的那名鬍子衛兵。

戴著金色隊長肩章的四十多歲男子簡單打完招呼後，年輕衛兵便搬了一個大箱子進休息室。隊長拍了拍箱子，開口說：

「這個箱子裡有紅、藍兩種顏色的球，兩色都有標上數字1到28，所以總共有56顆。請各位輪流把手伸進這個洞裡取出一顆球。紅色是東組，藍色則是西組。預賽的演示將依照數字順序輪番上場。如果各位沒有問題，就由坐在前面的人開始抽籤……」

話才剛說完，桐人便迅速站起來率先移動到箱子前。尤吉歐急忙追了上去，其他參賽者們也紛紛站起身來。

小人兒來到桐人瀏海前端往下一看，馬上發現木箱蓋子上開了個直徑約十限左右的洞。可是內部過於陰暗，就算是觀察者的眼睛也無法辨別球的樣子。桐人見狀輕輕嘖舌，小人兒這才了解桐人想要率先抽籤的意圖。他是想，箱子裡如果還塞著許多球，說不定能從開口分辨出最上方那顆球的顏色。

真是的，這個少年平常一副漫不經心的樣子，倒是很會耍小聰明嘛，只可惜知識還是不足。在這個世界裡，「光靠偷看絕對無法看清為了讓人看不見內部所製造的抽籤箱」。必須要有取消箱子特性——比如說在箱子裡生成光元素，或者是施行增強眼睛視力的法術——之類的要素才能成功。

「怎麼啦，年輕人，可以抽囉。」

在隊長的催促之下，桐人心不甘情不願地伸出右手。如果看不見顏色，是否和尤吉歐分在不同組就只能靠運氣了。但是——

……只幫你們這一次唷。

在腦袋裡這麼呢喃後，使魔便在桐人右手伸進洞裡前由他的瀏海中跳到木箱蓋子上。然後在手臂陰影的遮掩下全速向前跑，直接跳進洞裡。

桐人的手就像追上來般伸了進來，抽出第一個碰到的球。既然待在箱子內部，自然能看見球的顏色。桐人抽中的是藍色──也就是西組。

用眼睛確認的同時，小人兒也改變了身體的大小。她由最小的五米爾變成二十倍大的十限。跟本來的尺寸相比雖然小得多，但現在已經綽綽有餘了。她以雙臂輕鬆舉起直徑五限左右的木製圓球。顏色當然是紅色。

數秒之後，便能從「窗戶」看見尤吉歐的雪白手臂畏畏縮縮地伸進來。和一下子就決定的桐人不同，他搖搖晃晃的指尖顯得猶豫不決，於是小人兒悄悄地把紅球推到他手裡。那隻手像嚇一跳般抖了一下，但馬上就握住這顆球並迅速把手伸出紙箱。同時傳過來的一聲「嘿！」令使魔不禁露出微笑。

少年可能花了數秒鐘才敢張開手吧，遲了一會兒之後才又聽見「太棒了，桐人，是紅色！」的叫聲。接著這兩人似乎被排在第三個的參賽者稍微抱怨了一下，可以聽見他們一起小跑步離開的腳步聲。

……真會給人添麻煩。

小人兒低聲說完後，原本打算再度縮小身體，卻忽然興起另一個想法。

桐人為什麼會在意那個土黃色頭髮的年輕衛兵見習生呢？身為觀察者的她很想知道理由。既然如此，應該讓尤吉歐避開那個見習生，由桐人去一決勝負比較好。

於是小人兒便決定延後離開的時間，直接躲到箱子角落待機。如果現在有人開蓋看看箱裡，一定會被嚇得屁滾尿流吧。雖然她只有十限左右的大小，但人類個體生活的世界裡根本沒有這樣的生物存在。

小人兒屏息等待了幾分鐘，略過數十隻伸進來的手，這才終於從某隻略顯貧弱的手上確認到屬於那名衛兵見習生的窗戶。一看到指尖有些神經質地攪動圓球，她便悄悄把準備好的藍球滾了過去。確認對方毫不懷疑地抓住圓球並抽手後，小人兒才鬆了一口氣。重新把身體變回最小尺寸，然後看準隨後伸進來的手臂袖口跳了進去。

使魔貼在那條手臂上移動到待機用的長椅子旁，隨即冒了點危險地全力衝過地板，來到坐在裡頭的少年腳邊。接著她爬上略舊的皮鞋，由深藍色短衣背後躲進脖子的髮際，等抵達瀏海附近的老位置時，才又深深嘆了一口氣。

操縱抽籤結果怎麼看都是觀察者任務之外的行為。要是讓「主人」知道了，可能稍微會被念個一兩句也說不定。

不對，把桐人和尤吉歐分開，說起來也與觀察的效率有關；而把那個衛兵見習生和桐人分到一組，也是為了要得到更多情報的緣故。自己絕對不是因為有了與任務完全無關的想法才這麼做。比如說——那個見習生要是有什麼不良企圖，還可以在他和桐人的比賽當中使用法術加以干預之類的，自己絕對沒有這麼想。

4

當薩卡利亞教會的「宣告時刻之鐘」高聲響起正午的旋律時，觀眾席也傳出了更加熱烈的歡呼聲。

在拍手與煙火草的爆裂聲之下，五十六名參賽者排成兩列由休息室來到比賽場。尤吉歐的隊伍直接右彎走到東邊的舞台，而桐人的隊伍則是左轉來到西邊的舞台。分為兩組各二十八人的參賽者各自在舞台上排好隊，然後向坐在南側貴賓席上的薩卡利亞領主敬了個禮。

現任領主克魯卡姆・薩卡萊特進行了略長的演說，早已等不及的觀眾簡短地拍完手後，大會終於正式開始了。不過，首先得進行把二十八人淘汰到只剩下八人的預賽。依照抽籤決定的順序，東西組各有一名參賽者走上方形舞台，然後開始展示「劍招」。

所謂的劍招，指的就是劍的軌跡與手腳移動等一連串規定好的動作。要求的是正確、威武、以及美感。

觀察少年們的修行五個月之後，小人兒覺得尤吉歐沒有太大的問題，反倒是桐人總讓人心頭帶著一絲不安。他雖然身負謎樣個人流派「艾恩葛朗特流」的劍技，但大會指定的全是薩卡萊特流的招式。而且評審全是薩卡利亞衛兵隊與區公所裡的官員，就算不會以特別嚴苛的標準對待奇怪的參賽者，想來也不可能寬鬆到哪裡去。

當使魔有些擔心地注視著預賽情況時，東組的尤吉歐已經先被叫到號碼。少年的臉色雖然還是有些鐵青，但他似乎是那種在緊要時刻反而能發揮實力的人，在舞台上行了個禮後，拔劍動作已看不見絲毫僵硬。

每一招大約得耗費十秒鐘，合計一百秒，其間尤吉歐完全沒有出錯，動作更有如翩翩起舞般優美。除了早晚勤奮練習的成果之外，超乎常人的物件操作權限似乎也發揮了功效。對現在的他來說，比賽用的鐵劍應該就跟枯枝一樣輕。

既非侍衛也非衛兵見習生的尤吉歐表演完畢後，全場立刻響起一片至今最為熱烈的拍手與歡呼聲。雖然評審們內心多半不願給這個來路不明的傢伙高分，但在大會「必須只看演示優劣進行公正的評分」這項規定之下，絕對不可能有私心出現。當然如果有不受低等規則束縛的「帝國貴族」存在就另當別論，不過這個城鎮裡的貴族，就只有身為五等爵士的領主克魯卡姆·薩卡萊特一個人，而且他並非評審。

尤吉歐結束演示後走下舞台，在擦了擦額頭的汗水之後，向著西舞台側等待叫號的夥伴露出笑容。桐人雖然豎起右手大拇指做出回應，但其實他才是令人擔心的一方。

過了兩分鐘左右，終於輪到桐人上場了。儘管他走向樓梯的腳步感覺不出一絲緊張，但這反而更令人感到不安。拜託你今天別搞怪，只要跟平常一樣就好——躲在瀏海裡的小人兒，拚命壓抑想如此大聲命令少年的自己。

這座舞台的材質並非沙岩，是以切割過的紅大理石緊密排列而成。來到舞台中央的桐人先對貴賓席的領主行了個禮，接著迅速拔劍出鞘。這急躁的動作，讓並排坐在正面帳篷下的評審全都繃起了臉。但他毫不在意，只是緩緩揮動右手的劍，比劃出第一招——

滋一聲過後，他用力往前踏出的腳步讓賽場為之震動，接著揚起的劍風更直接奔向二十梅爾外的觀眾席。會場隨即響起一片驚嘆……不，應該說是響起一片輕微的尖叫，穿著華麗的貴賓們全都稍微站起了身子。其實也不能怪他們。因為本來要花費十秒的劍招，桐人只花了兩秒，招式內還蘊含著強大的威力。

「你到底在想什麼啊！」雖然很想用力拉扯少年的頭髮這麼大喊，但使魔這才終於注意到，大會只有規定得在幾秒內完成動作而已。換言之，縮短時間不算違規……但就算是這樣……

桐人揮完劍後順勢轉向，朝北側觀眾席使出第二招。再度席捲全場的劍風，激烈地晃動正面觀眾的頭髮。這次雖然又引起了慘叫，但歡呼聲的比例似乎比剛才來得多。隨著桐人繼續以超高速演示第三、第四招，觀眾席所發出的歡呼也愈來愈熱烈，甚至還有掌聲響起。仔細一想，對觀眾來說，這種看幾十個人一直重複相同動作的預賽想必很無趣吧。大會之所以讓兩組同時進行，可能就是為了要盡快結束。

桐人完全沒有減緩速度，直接就這樣演示完十招。當他收劍回鞘並行了個禮後，會場內便響起了震天的掌聲與歡呼聲。往歡呼特別熱烈的方向瞄去，馬上就能看見渥魯帝農場的雙胞胎緹琳以及緹露露就在西側觀眾席中段附近。她們的雙親果然依約帶女兒來幫兩人加油了。

桐人往她們的方向揮了揮手後悠然走下舞台，這時小跑步到他旁邊的人當然就是尤吉歐了。從少年臉上的表情，就可以知道他正拚命壓抑著想抓住桐人領口的衝動，但尤吉歐還是很識相地壓低聲音對桐人叫道：

「你、你在幹什麼啊！」

「沒有啦，只是看見其他人的演示之後，覺得時間好像不太固定……既然這樣，快點結束不是比較好嗎？」

「雖然你這樣不違反規定，但是跟大家一樣就行啦！」

「我想，用那種速度演示，評審們應該看不出指尖或腳尖的誤差，所以才……」

「…………」

尤吉歐臉上露出七分傻眼，三分佩服的表情，接著放鬆肩膀大大地嘆了口氣。

「……只能希望評審們能夠參考觀眾的掌聲給分了……」

聽見尤吉歐垂頭喪氣說出來的話，黑髮深處的小人兒也無聲地呢喃了一句「說得一點都沒錯」。

預賽接著又進行了一個多小時，差不多在下午兩點的鐘聲響起時結束。選手再度於舞台上列隊，然後由評審代表在他們面前宣讀進入決賽者的號碼與名字。

小人兒早就確定尤吉歐一定會通過預賽，但幾秒鐘後聽見評審叫出桐人的名字時，她不禁有了這幾十年以來從未體驗過的安心感，手腳忍不住全縮了起來。

——真是的，上一次接到這種讓人擔心受怕的任務是什麼時候了呢？不，這種經驗說不定是第一次。

四十名落選者垂頭喪氣地回到休息室，只剩下東西組各八名劍士留在場內待機。他們所有人都獲得了以深井水冰過的西拉魯水與簡單餐點，而觀眾們也趁著這段時間稍微喘口氣。經過三十分鐘的休息之後，決賽正式開始。決賽會以單淘汰的方式舉行三輪，最後東西組將各選出一名優勝者。

渥魯地農場的主人·巴農在農忙中曾對兩人這麼說過——數十年前，東西組的勝利者還會進行一場最後決戰。後來之所以會取消，則是因為某年的戰鬥過於激烈，以至於產生了絕對不能出現的流血事件。

不僅是薩卡利亞的大會，全諾蘭卡魯斯——不對，應該說全人界所舉辦的地方等級劍術大會裡，參加者們全都嚴格遵守「點到為止」這項原則。

因為，可說是絕對法律的禁忌目錄有「在沒有特定理由的情況下絕不可故意傷及他人天命」的規定。所以在劍術比賽裡，便需要能夠讓對手認輸又不能傷及對方的矛盾技術。

各流派之所以會這麼重視「劍招」，就是因為這樣敵我雙方才能彼此配合以防止事故發生。在以招應招這種形式上的攻防中，體力與集中力先支持不住的人通常會主動認輸。只有央都舉行的高級大會，或者是帝國騎士團、修劍學院等高級組織才能在「初擊勝利」這種允許流血的規則下進行比試。

然而，人類個體擁有其他活動物件類所沒有的「感情」。這正是他們比其他個體還要強的原因，但有時也會因此而無法保持冷靜，造成意料之外的現象發生。

巴農．渥魯帝所說的事故，就是參加最後決戰的兩名劍士「求勝」的情感過於強烈，才會無法停下劍而直接刺進對手體內吧。當然傷勢不足以致人於死——若是這麼大的案件，公理教會必定會出面，聖堂也會留下紀錄——但只要流出一滴血，就能讓鎮上居民們大感惶恐。因此也不難理解之後為何廢除東西組勝利者的決勝戰了。

當然這兩名年輕劍士完全不知道這種事。他們的目的，就只是一起在大會裡獲得優勝，接著在衛兵隊裡嶄露頭角並獲得央都聖托利亞修劍學院的考試資格。他們立誓要通過重重難關，然後和應該在公理教會中央聖堂裡的「愛麗絲」相會。

雖然這目標相當驚人，但他們倆選擇的方向倒是很正確。雖然這是一條狹窄且遙遠的道路，但它確實通往聖堂。只不過……就算桐人和尤吉歐真有機會踏進那座白色高塔，那時他們倆也已經…………

下午兩點半的鐘聲，打斷了小人兒的沉思。接著觀眾席一角便響起了樂團演奏的雄壯進行曲，宣告決賽開始。

早已吃完午餐的兩人迅速由待機處的折疊椅上起身，黑眸與綠眸彼此對看。他們碰了一下對方伸出來的右拳後，就像不需要過多的言語般轉身，各自站上了東西組的舞台。預賽時還稍微有點空位的觀眾席這時已擠滿了人，落在場內的歡呼聲簡直有如暴風雨。

負責雜務的衛兵把貼著巨大紙張的立牌搬到評審用帳篷旁邊。可以看到紙上以泛用文字寫著單淘汰制的決賽對戰組合。東組尤吉歐的初戰是第一回合的第三場比賽。桐人雖然也一樣是第三場比賽——但他的對手卻特別引人注意。那個叫伊格姆的傢伙，正是桐人不知為何特別在意的年輕衛兵見習生。

小人兒不到五米爾的身體裡，忽然充滿了在操縱抽籤結果讓他和桐人分在一組時所沒有的奇妙感覺。那是種沒有根據的預測——可能會有什麼突發狀況。照理說，自己這個非人類應該沒有這種功能才對。

但桐人卻和觀察者完全相反，看見伊格姆這個名字後依然沒有什麼反應。當評審委員長宣布完注意事項走下舞台後，他也馬上坐回西組待機處的椅子。雖然吃飯時尤吉歐跑來西組，但他現在非得回到東組的待機處不可，所以兩個人沒有機會交談。

使魔待在桐人頭部所欣賞的前兩場比賽，都於平淡無奇的情況下順利分出勝負。

一開始，攻擊方使出了三～四式基本劍招，然後防禦方平緩並毫無破綻地接下這些攻擊。攻守交換之後，雙方便重複剛才的動作。雖然看起來就跟練習沒兩樣，但再怎麼說使用的也是鐵劍，所以兩邊都會因為疲勞而減少天命。等減少幅度超過一定的數值後，動作便會開始變得遲鈍，防禦也將跟著出現漏洞，先防禦失敗的人就會被對方用劍尖抵住身體——這時評審便會宣告「比賽結束！」讓雙方停手。

雖然在央都等級的大會裡，攻防動作與速度感會完全不同，但僅限北域的比賽大概就是這種水準而已吧。由於那個名為伊格姆的少年實在不像有什麼特別的技巧，所以權限等級突出的桐人應該也能在第三場比賽裡順利獲勝才對。藉由這樣的預測平復方才心裡的不安後，小人兒終於和被叫到名字的桐人一起站上紅大理石舞台。

遲了一會兒，東側舞台也開始呼叫尤吉歐的名字，但小人兒馬上就發現尤吉歐的對手過於興奮，還沒比賽就已經是滿頭大汗，照這種情況看來，尤吉歐應該也能輕鬆獲勝才對。另一方面，西側舞台上準備和桐人對戰的伊格姆，土黃色頭髮深處的眼睛則眨也不眨地看著這邊。此時小人兒再度確認對方的史提西亞之窗，但數值確實在大會參賽者的平均值以下。桐人到底為什麼會對這人如此提防呢——

來到開始線的兩個人緩緩拔劍。壯年評審高高舉起右手，並在往下揮的同時大喊：

「——比賽開始！」

伊格姆馬上有所行動。一般來說雙方都會先擺出作戰姿勢，確認過先攻後攻才會開始比賽，因此他這種舉動立刻讓觀眾產生輕微的騷動。只不過，這並沒有違反規定。利用奇襲直接將劍尖抵在對手身體上雖然不夠光明正大，但也是合法的作戰手段之一。

「咿哦哦哦哦！」

伊格姆隨著尖銳叫聲揮劍由右上方劈下，但桐人也主動踏出腳步接下這一劍。在「鏘啷！」一聲與先前比賽完全不同的金屬碰撞聲過後，黃色火花瞬間照出雙方的臉孔。

照理說攻擊方的劍只會被輕輕彈回去，現在卻停留在碰撞的位置上不停晃動。這是因為，桐人那把以驚人速度迎擊的劍雖然出手較晚，卻先一步從上方壓住對手武器的緣故。兩把劍所發出的僵持聲，響徹了變得一片寂靜的會場西半邊。

在這種狀態下，桐人反而主動探出身子。他把臉靠近鼻梁擠出深深皺紋的伊格姆——然後輕聲說道：

「你身上有爬牆虎煙草的味道唷。」

「…………那又怎麼樣？」

伊格姆以刮動金屬般的聲音這麼回答，於是桐人又用更低的聲音表示：

「爬牆虎煙草只有一種用途而已吧？將它曬乾後燃燒，就能以它的煙麻痺毒蟲。比方說……沼澤馬蠅之類的蟲。」

「…………！」

伊格姆瞪大那對瞇瞇眼的瞬間，桐人頭上的小人兒也猛眨著眼。

換句話說，桐人之所以會在休息室裡繞著參賽者打轉，就是為了找出身上有爬牆虎煙草味道的個體嗎？如果是這樣，那麼他的理由一定是——

「……今天早上，在薩卡利亞西門讓馬兒失控的沼澤馬蠅……就是你放的吧？」

面對這嚴厲的指責，伊格姆只是露出恐怖的笑容。

「我沒必要回答你這種流浪漢的問題。不過，就算是這樣好了……我所做的事情，也不過是放過一隻對人無害的小蟲而已。這並沒有違反帝國基本法或者禁忌目錄啊。」

衛兵見習生所說的確實沒錯。沼澤馬蠅不會直接危害到人……也就是說，如果是會直接損害人類天命的害蟲，就連把牠帶到人類生活的領域裡也算違法。然而釋放只會吸取馬血的蟲子並不抵觸任何條文。

不過，這件事不可能只有那麼單純。就算是再小的孩子，也能預測出在馬匹附近釋放活生生的沼澤馬蠅，那牠就會吸取馬血……也就是損及馬匹的天命。當然更能藉此推測出遭吸血的馬匹會失控，使得附近的行人受到重大傷害。

因為有「禁止損害他人天命」的禁忌存在，所以大多數的人類個體在注意到這一點時，應該就無法釋放馬蠅了。但這個叫伊格姆的年輕人卻在知道可能傷及桐人或尤吉歐的情況下……不對，他分明是積極地想造成這種結果才會釋放馬蠅。他腦中「自己所做的只是釋放對人無害的蟲子，之後會發生什麼自己可管不了」的想法，已經強過了對禁忌的服從。

……貴族的血脈。

從這名年輕人身上，可以發現遺傳自貴族的強烈負面因子。他和渥魯帝農場的人完全相反，是那種認為「只要法律沒有禁止，做什麼都可以」的個體。

「……為什麼？」

聽見桐人簡短的質問後，伊格姆隨即以輕蔑的口氣回答：

「因為看不順眼。像你們這種居無定所又沒有天職的傢伙，居然想跟本人伊格姆·薩卡萊特大爺競爭？還想加入衛兵隊？我哪可能允許這種事發生。上個月你們來拿大會報名須知時，我就下定決心要除掉你們了。」

「……原來如此，是領主家族的人啊。但是呢，無論你家世再顯赫，這種時候也派不上用場唷。抱歉，我差不多要取勝了。」

即使聽見對方是薩卡利亞領主的後裔，桐人還是沒有任何惶恐的樣子，只是用堅定的語氣這麼說道。他用力推了一下緊靠在一起的劍，想要打亂對方的姿勢，但就在這個瞬間……

伊格姆再度露出陰險的笑容，接著傳出一道尖銳的聲音。桐人的身體也因此稍微緊繃。仔細一看，刃鋒相交的兩把劍當中，只有桐人這把出現細微卻相當明顯的缺損。

明明同樣是比賽用的劍，為什麼只有一把受損？小人兒急忙凝神打量兩把劍。當雙方長劍的「窗戶」一出現在視野中，她立刻發現上面顯示了出乎意料之外的情報。

桐人的劍是等級10的物件。伊格姆的劍等級卻有15。定眼細看之下，可以發現劍刃的光輝確實有些許不同。

「嗚…………！」

桐人低吼一聲並準備收劍，但這回換成伊格姆壓了過去。「嗶嘰、嗶嘰」的金屬哀嚎斷斷續續地響起，桐人手中長劍的天命開始急速減少。

「話先說在前面，這可沒有違反規則唷。」

伊格姆得意地輕聲說道：

「大會規定，所有參賽者都得借用評審準備的劍來戰鬥。那麼……如果這些劍裡面剛好有一把特別鋒利的劍，而它又偶然被我借走，應該沒有違反任何的規定吧？」

「……負責供劍的衛兵跟你串通好了是吧？」

「這我就不知道了。倒是這樣下去真的好嗎，流浪漢？不管你再怎麼用力，也只會讓你那把破劍的天命減少而已唷。」

伊格姆這麼說的同時，馬上用盡全身力量把劍推了過去，但桐人卻有了出人意料的舉動。

他並未抵抗對方的力道，反而故意倒向地面並鑽過伊格姆的胯下。對方的劍在發出尖銳聲音後往前一滑，隨即用力敲在大理石上。在衝擊讓伊格姆身體緊繃的瞬間，桐人馬上全力往後一跳，拉開兩人之間的距離。

一直屏息注意比賽發展的觀眾，立刻產生強烈的騷動。因為他們從來沒看過雙劍相交的力量比拼與鑽胯下之類的奇特舉動。不清楚兩人之間對話的觀眾，隨即發出熱烈的掌聲與喝采。

可能是終於從麻痺中恢復過來了吧，只見轉過身來的伊格姆表情已因為憤怒而扭曲。

小人兒立刻感覺危險。當然，就算伊格姆是貴族也不可能違背禁忌目錄，所以他手上的劍不可能直接傷害到桐人——但反過來說，他極可能會有「發生意外而偶然傷到桐人倒沒關係」等想法。

伊格姆接下來的動作，立刻證實了這項預測。

他原本用兩手握住15級長劍，此時改為只用右手輕輕往上舉起，跟著在類似用肩膀扛住劍身的位置停了下來。接下來的數秒鐘，他就像在尋找什麼東西一樣緩緩移動著身體。不久後，劍身便開始纏繞著一層朦朧的藍光。

這不是神聖術的光線。而是各個流派擁有的「祕傳劍招」——

「……薩卡萊特流祕奧義，『蒼風斬』！」

這次連東側觀眾席也一起產生了強烈的騷動。舞台上的裁判雖然以有些猶豫的眼神看著評審席，但評審們似乎也不知道該怎麼辦。「祕傳劍招」正如其名，乃是該流派的祕密武器，因此絕對不能隨便使用，但法律與規範並沒有明確規定出招時機，而是交給使用者自行判斷，所以當伊格姆決定使用時，便沒有任何人能阻止他了。

問題在於，「祕招」的威力不是普通招式所能比擬，而且還有一旦發動就無法中途停止的特性。這種與神聖術相似的力量將無視本人意志，直接半自動地驅策使用者的身體。這也就是說，如果桐人防禦失敗，劍刃將無法點到為止，可能會直接切開他的肉體。當然伊格姆也知道這件事，但就算知道還是決定使用祕招，完全是因為——他覺得就算流血，也應該由無法防禦的對方負責。

不過，還是有讓伊格姆中斷招式的方法。

那就是桐人把劍放下，讓身體暴露在對方面前。在這個瞬間伊格姆的理論便會崩潰，而使用祕招也會明確地違反禁忌目錄。不論擁有怎樣的貴族血統，都不可能超越禁忌，也就是公理教會的權威。這是烙印在人類個體身軀內的絕對極限。

快點放下劍啊。小人兒拚命壓抑自己想給桐人建議的衝動。即使不說，桐人應該也能注意到這一點才對。來，快點把劍放下……

「…………使出祕傳奧義啦？」

桐人忽然用只有頭頂上觀察者才能聽見的聲音這麼咕噥。

黑髮少年雖然和伊格姆一樣鬆開左手，但他並未把劍放下，而是將長劍收至腹部左側擺出架勢。當他停止動作的瞬間，劍身也迸發出鮮豔的紫色光芒。

目擊到這個現象的所有觀眾以及評審全部都屏住了呼吸，只有在旁邊舞台上已經分出勝負的尤吉歐萬般無奈地搖了搖頭。而小人兒則是在一切都結束之後，才回想起剛才曾經出現過這種情景。

伊格姆的臉孔開始抖動、扭曲，然後牙齒完全露出了出來。

「嘰咿啊啊啊啊啊——————！」

劍招隨著他那讓人聯想到大型鳥類的叫聲發動了。右肩扛著的劍，隨著左腳踩出的步伐劃出傾斜軌跡朝桐人攻去。

小人兒瞬間認真地考慮起要介入，但現在使用神聖術也已經來不及了。剩下的方法，就只有從桐人頭上跳下來並露出原本的面貌。雖然這已經完全違反了命令——但就算遭到主人的嚴罰，也比喪失這個觀察對象要來得……

然而，就在使魔行動前……

「——喝！」

桐人也隨著尖銳的叫聲做出反應。

他毫不畏懼地衝向伊格姆的淡藍色劍光。右手接著一閃，在空中刻畫出鮮艷的紫色曲線。軌跡由左邊劃向右邊。同一時間又有另一道軌跡——由右側奔向左側。

「鏘！」一聲清澈的金屬碰撞聲越過大會會場的牆壁，直接傳進薩卡利亞市街的每個角落。

一道銀色光芒往高空飛去，在頂點反射出索魯斯的光輝後墜落。一截從底部斷折的劍身，就這麼直接插在紅大理石上。

桐人的劍技速度實在太快，甚至連觀察者的眼睛都無法捕捉到全貌。但小人兒還是沒有錯過最重要的畫面。

原先由左揮向右的劍，在抵達某個點的同時立刻掉頭從右掃向左。由於速度快得肉眼難以捕捉，因此看起來就像有兩把劍同時自左右揮砍一樣。事實上，金屬聲也只有那麼一下而已。這二連擊就如同猛獸的一咬般，在交叉點準確捕捉到伊格姆的劍——並且將其粉碎。少年用天命已經減半的劍，擊毀了優先度高出5的利劍。

手中可說只剩劍柄的伊格爾，依然維持著往正下方揮落的姿勢，但他的兩眼已經瞪得像盤子那麼大，身體更是不停地發抖。桐人同樣保持著往左揮劍的姿勢，輕輕地對就在附近的伊格爾右耳呢喃：

「艾恩葛朗特流二連擊技……『蛇咬』。」

聽到這句話的瞬間——

小人兒立刻有種全身汗毛都豎起來的感覺。

這名叫做桐人的個體……特異程度遠遠超過自己的預測。即使是在Underworld長達三百七十八年的歷史裡，也鮮少見到像這樣的人……他奇特的程度說不定能和主人以及「那個人」相提並論…………

這種充斥全身的感覺究竟是什麼呢？不，小人兒甚至沒考慮過這個問題，腦中只是不斷重複著某個想法——

我一定要看下去。我要看完桐人與尤吉歐這趟旅程的結果。

在他們的去路上，一定會——

人界曆三七八年的薩卡利亞劍術大會裡，出現了前所未見的結果。東組、西組都由從北方遠道而來且無天職的年輕人獲勝，兩人更因此得以加入衛兵隊。

結果，桐人也只有初戰稍微棘手一點，之後的戰鬥根本沒有使用「二連擊技」的必要。從這個時候開始，桐人與尤吉歐將獲得隔年春天參加帝立修劍學院考試所需推薦書，已是再明白不過的未來了。

第四章　帝立修劍學院　人界曆三八〇年三月

1

——可以的話，希望在四帝國統一神前大會之前，可以別和女性比賽。

我曾在薩卡利亞劍術大會時這麼對尤吉歐說過。從那之後，很快地已經過了一年半。

在盧利特村砍倒「惡魔之樹」基家斯西達並離開村子，剛好是兩年前的事。出發半年之後，我加入了薩卡利亞衛兵隊。抵達央都並造訪學院，則距今差不多一年。

這段日子雖然似長實短，現在回過頭一看，卻又讓人覺得有些茫然。畢竟一說到「兩年」，不就意味著跟我困在浮遊城艾恩葛朗特的時間差不多長嗎？

幸好——雖然不知道可不可以這麼說，但我在不明原因下潛行進來的Underworld，是由凌駕人類想像的超科技所運作。

我推測「搖光加速機能」——這種只加速潛行者意識來延長體感時間的魔法倍率，應該已經讓時間流逝速度達到了現實世界的1000倍。也就是說，現實世界中躺在Soul Translator裡的桐谷和人，從開始潛行到現在只經過了短短十八小時。

從盧利特近郊的森林醒來，一直到進入央都聖托利亞諾蘭卡魯斯帝立修劍學院為止，這兩年時間其實根本抵不過現實世界的一天，一想到這裡就讓人覺得有些難以接受，但這同時也讓我輕鬆不少。因為這也就表示，即使現實世界的我下落不明，經過的時間也不算長。

我實在不願意讓雙親、直葉、朋友們，以及結衣與明日奈替我擔心。最讓我在意的是，明日奈他們一定不會只是擔心而已。

無論如何，在知道有可能會讓明日奈他們傷心的情況下，我只能告訴自己，至少在這個世界裡盡量別和女性接觸。我在離開盧利特村時，下了這樣的決心——尤吉歐是男生，實在是太好了——而且也決定往後都要貫徹這個誓言，所以才會在薩卡利亞時那麼說，只不過……

想不到在聖托利亞的這一年裡，與我交手的劍士幾乎都是女性。

「把這次比試當成一年來的總驗收吧！」

以清澈聲音如此命令的人，一身紫色基調的訂做學院制服穿得整整齊齊，深棕色頭髮綁成了長馬尾，而且是位高年級生——也就是我的「學姊」。

「了解，莉娜學姊。」

回答完，我便從左腰的皮套裡拔出練習用的木劍。雖說是木劍，但它可是用最高級的素材白金橡樹磨製而成，所以能看見劍身帶有足以媲美金屬的光澤。由於沒有劍鋒，所以沒有切斷屬性，就算劃過衣服也不會減少天命，不過它的優先度要比薩卡利亞大會裡借給參賽者使用的粗製鐵劍更高。

看到我擺出基本的中段架勢後，女劍士也以流暢的動作拔劍。她半個身體傾向右前方，並且像要以劍遮住左臂般斜持武器，架勢顯得有些奇怪。不過這正是她家傳的獨特流派「賽魯魯特流戰鬥術」的起手式。

「……反正是最後一次了，用左手也沒關係唷。」

我露出笑容這麼說，她便很認真地回答「這樣嗎」，然後將左手往後腰粗大的裝飾腰帶底下伸去。至於會從那裡拿出什麼東西，得在比試開始後才知道。

雖然我下過什麼不隨便接近女性的決心，但在十梅爾……不對，十公尺前方擺出戰鬥架勢的劍士，實在是美麗萬分。

她比目前有一百七十公分的我還要高出三公分。長及腰部的馬尾不停擺動，纖細的淺紫緞帶與深棕色頭髮非常搭調，那美麗的容顏更同時帶有武人的威嚴與貴族的優雅。至於她的深藍色眼珠，則會讓人不禁聯想到即將入夜的天空。

貼身的夾克、輕飄飄的長裙制服皆是淺紫色。雖然這不是什麼鮮豔奪目的顏色，但不可思議的是，穿在她身上就是比任何禮服都要華麗。不過目前的身分讓我知道，她早已將服裝底下的肉體鍛鍊得有如鋼鐵。

「……這是最後一次了吧。」

她——索爾緹莉娜・賽魯魯特，諾蘭卡魯斯帝國貴族的嫡女，同時也是帝立修劍學院上級修劍士次席——維持完全沒有空隙的姿勢低語。

我——桐人，帝立修劍學院初等練士，同時也是她的「隨侍」——只能默默點頭，並且微微沉下腰部。

每天的學科課程及實技訓練是從早上九點開始到下午三點為止，再來還得花一個小時完成隨侍的工作。雖然精神與肉體都已相當勞累，但只要像這樣和索爾緹莉娜學姊對峙，疲倦馬上就會消失得無影無蹤。由於時間已經過了下午五點，所以建在學院高台上的上級劍士室內修練場目前只有我們兩個而已。

現在，尤吉歐應該正在初等練士宿舍的大房間裡，為了我又違反門禁時間而嘆息吧，但那傢伙自己也是其他修劍士的隨侍，所以應該能夠了解我的苦衷才對。

想到這裡，我便開始把意識與右手中的劍同化。莉娜學姊眼珠的顏色忽然變深，空氣也像帶了電般愈來愈緊繃。照耀寬廣修練場的油燈，彷彿無法承受這緊張氣氛般搖晃起來。

就算沒有裁判，雙方還是在彼此呼吸完全一致的瞬間同時展開行動。

小動作對於在學院內人稱「活動戰術總覽」的莉娜學姊來說，根本起不了作用。我一直線衝過十公尺的距離，在沒有準備動作的情況下使出略像突刺的縱砍。

要是在劍術實技訓練時用這種招式，鐵定會被老師教訓一頓；但如果在這場比試裡用上我那三腳貓的諾魯基亞流劍招，馬上就會被制伏。因為就我所知，莉娜學姊所使用的賽魯魯特流乃是Underworld最適合實戰的劍術。

莉娜學姊用右手木劍接下我這快速的一招，但我完全沒有感受到衝擊。那是因為她從手腕到肩膀乃至於腰部都像水一般柔軟，直接以劍身輕巧地格開了我這一砍。這正是賽魯魯特流的極意「活水」。儘管她也花了一整年教導我這項祕技，不過我到現在還是無法完全領會。

順帶一提，雖然這個世界裡無論聽說讀寫都是使用日文（只有少數外來語），漢字的數量卻相當少。大概只有ＪＩＳ第一級水準（註：日本工業規格協會制訂的字節編碼字符集）的三成，大約一千字左右。在這樣的限制下，竟然還能創造出多數劍技的獨特名稱，真是讓人佩服Underworld居民的想像力。雖然這裡目前還只有適合小孩子看的童話故事而已，可是再過個一百年後，說不定他們就會開始寫真正的小說了。如果這裡的小說在現實世界的日本出版並且大賣，那就太有趣了……

我就像要擺脫這瞬時的雜念般，用力往右前方跳。根據經驗，要是身子被學姊用「活水」帶得失去平衡還想奮力抵抗，就會吃上強烈的反擊。

我在空中轉過身子，隨即在修練場的牆邊著地。緊接著，我右腳往發出黑光的木板牆一踢，準備再度往前突進——但莉娜學姊的左手已經搶先一步有了動作。

她的指尖由後腰往前一甩，畫出了圓潤的弧形，一道白光跟著直線射出。這當然不是什麼使用了「光素」的神聖術，而是一條纖細的白色皮鞭。這是她除了長劍之外最擅長的武器。

這條練習用皮鞭以柔軟的烏魯山羊皮革所製，直接擊中也損不了多少天命，但會讓人痛得流出眼淚。我反射性地想用劍防禦，卻發現碰到的瞬間鞭子就會纏上劍身，手中劍將變得幾乎派不上用場。話雖如此，往後退也只會遭受第二、第三波攻擊而陷入絕境。

我拚命把身子往左邊扭轉，靠著腳步移動來躲開攻擊。當鞭子前端掠過我的右臉時，我馬上趁著它往後飛去那一刻全力往前衝。於空中發出銳利聲響的鞭子，在像蛇一般扭曲身子的同時被拉了回去。得在對方展開下一波攻擊前先縮短距離才行。我判斷光靠衝刺一定來不及，因此馬上把右腳和木劍平行地往後拉。當我將身體壓低往前傾的瞬間，劍身也發出了淡藍色燐光。

莉娜學姊瞬間瞇起雙眼，同時用力張開左手。她毫不猶豫地捨棄鞭子後，左手便按上了右手劍的劍柄。

緊接著，我的身體就像被透明的手往前推去般開始加速。這是艾恩葛朗特流劍術——雖然我這麼告訴別人，但它實際上是存在於舊ＳＡＯ裡的「劍技」——單手劍下段突進技，「憤怒刺擊」。化成一陣疾風的我，立刻衝過這七公尺的距離。

相對地，莉娜學姊則是把雙手握住的劍往右後方倒去。咚一聲左腳往前踏出之後，她的木劍也跟著散發翡翠色光芒。這是賽魯魯特流祕奧義「輪渦」。

我由右下往上挑的劍直接撞上了學姊水平旋轉的劍。兩把木劍發出金屬般的撞擊聲，飛散的藍、綠光芒瞬間照亮微暗的修練場。

我在雙劍相抵的情況下逐漸撐起身子，發現莉娜學姊的臉就在眼前十公分左右之處。她的表情依然是那麼輕鬆，雪白的額頭連一滴汗水都沒有流下。而且，不斷施加在劍上的壓力，讓我明白只要一個不注意就會被她打倒。

這個世界裡的人類能力——換言之就是「角色能力值」，似乎有些複雜。

即使打開名為「史提西亞之窗」的視窗，裡面也只有顯示天命的現在值／最大值以及「物件操作權限」、「系統操作權限」這兩種等級而已。

在這當中，ＯＣ權限是關於武器防具的操作，而ＳＣ權限則是關於神聖術的使用，所以我一開始把前者當成力量（STR），將後者視為魔力（INT）。不過，若單看力量強度，似乎又非ＯＣ權限的等級決定一切。其他像是年齡、體格、健康狀態以及長時間的經驗與修練等幾種數值，似乎也會產生影響。

仔細一想就能夠知道，如果只靠ＯＣ權限等級決定力量，要是有小孩子忽然因為某種原因導致該數值異常上升，就會出現一個擁有怪力的小孩子了。而這對這個世界的存在目的來說，不是一種好現象。

雖然沒有經過確認，但如果只是比ＯＣ權限的數值，我應該比莉娜學姊高出不少才對。不過看現在雙劍僵持不下的狀況，就能知道她平常有多勤於練習了。這兩年裡，我和尤吉歐雖然從未中斷早晚的練習，但學姊在修行時那種逼人的氣勢實在筆墨難以形容。那種修行除了讓她的力量值上升之外，同時也讓另一種數值無法顯示的「力量」提升了。

然而最恐怖的是，這樣的她在學院僅有十二名的上級修劍士裡只是「次席」──也就是說，還有一個人凌駕在她之上。

我和尤吉歐下個月就要接受高等練士的進級考試。唯有這次考試當中成績排在前十二名者，才能夠成為上級修劍士，也就是所謂的「劍術優待生」。成為修劍士當然是我和尤吉歐的目標之一，但最後我們還得獨占首席與次席（也就是學年一、二名）的位子才行。若非如此，畢業後便無法參加皇帝御前比武──正式名稱為「諾蘭卡魯斯北帝國劍武大會」。

在兩年制的修劍學院裡，一個學年總共有一百二十個人。換言之我和尤吉歐的實力必須高於其他一百一十八人才行──但想到連這麼強的莉娜學姊都不是「第一名」，老實說內心還真有點……不對，應該說非常不安……………

「──進步了嘛，桐人。」

忽然間，學姊像是看穿我的思緒般在極近距離下這麼說道。我承受著絲毫沒有減緩的壓力，輕輕搖頭。

「不……我還差得遠呢。」

「不必謙虛。至少你已經曉得對付鞭子的方法了。」

「可惜完全不會使用。」

我的回答讓那張充滿光澤的嘴唇露出微笑。

「因為你不需要。既然是最後一次練習，那我就直說了……你的『艾恩葛朗特流』，還藏有我不知道的招式對吧？」

我頓時不知道該怎麼回答。可能是產生動搖的緣故吧，我的劍馬上被往後推了五公分左右，變成莉娜學姊由高處俯視著我。

女劍士以宛如濃縮了夜色的深藍眼睛凝視著我，繼續說了下去：

「一年前，我之所以會指名你當我的隨侍，就是因為覺得你運劍的風格與我相似。你的劍術理念和學院的制式劍術諾魯基亞流不同……不是為了表演，而是為了獲勝。雖然我自認賽魯魯特流也是實用的劍術，但在這一年裡，我發現和你的劍相比，自己的流派還差得遠了。」

學姊的獨白，讓我只能瞪大眼睛。

我和她的使劍方法不同，其實也是理所當然的事。因為我根本不是Underworld的居民。正如艾恩葛朗特流這個名稱所示，我的劍技出自那座浮遊城。而在那個死亡遊戲裡，所有戰鬥都是賭上性命的實戰。

相對地，在Underworld裡可以說沒有實戰存在。所有的戰鬥都是「比試」，地方大會原則上是「點到為止」，中央的高等大會也是命中後就算分出勝負。由於沒有搏命的機會，劍術當然就會著重招式的華麗程度了。

不過，這並不表示Underworld的劍士們在技巧上就一定不如我。這一點我在過去的兩年內已經有過太多的經驗了。不斷重複地鍛鍊「招式」後，那去蕪存菁的一擊，威力足以將任何半吊子的實戰經驗一刀兩斷。

這全是靠著「想像」的力量。

Underworld雖然是虛擬世界，但構成與艾恩葛朗特完全不同。這個世界裡，靈魂——搖光所產生的想像強度，有時候會影響到事情的結果。

從小孩子時就開始，十幾二十年來反覆練習同一招式的劍士究竟有多大的想像力……可以從「我的ＯＣ權限大於莉娜學姊卻在比拚力氣時被她壓制」這一點看出來。這種數值無法顯示的想像力量，正是這個世界所隱藏的真正力量。而那也是在這裡醒來後只過了兩年的我，以及同一個時期才開始學劍的尤吉歐無法輕易獲得的力量。

修劍學院的學生大部分出生在天職為「貴族」的家裡，而且都是三、四歲時就開始接受劍術英才教育的菁英分子。話又說回來，儘管真正經過艱苦鍛鍊的只有一小部分，但我和尤吉歐依然得正面擊破這些實力分子的剛劍，取得學年首席的地位。

為了達成這個目的，我們唯一能依靠的武器就是艾恩葛朗特流——也就是劍技了。

到現在，我還是沒辦法弄清楚為什麼Underworld會有劍技。

不過，看樣子這個世界的劍士們只知道……或說只能使用基本的單發劍技。

一年半前薩卡利亞的大會上，那個叫伊格姆的衛兵見習生所使用的薩卡萊特流「蒼風斬」，根本就是SAO裡頭的單手劍技「斜斬」，剛才莉娜學姊使用的賽魯魯特流「輪渦」則是兩手劍迴旋斬「龍捲風」。其他還有諾魯基亞流「雷閃斬」是單手劍劍技「垂直斬」，海伊·諾魯基亞流「天山烈波」是兩手劍垂直斬「雪崩」。

這些全是各流派的祕傳奧義，而且沒有比它們更強的絕招或超必殺技了。這麼一來，我所知道的二連擊、三連擊等高級劍技，就是少數足以對抗這些菁英劍士必殺剛劍的武器。雖然這種想法有些卑鄙，但我們想要的並非「人界最強」的榮譽。只要能進入聳立在距離帝立修劍學院數公里遠的山丘上那座絕對不可侵犯的巨塔，公理教會中央聖堂就行。

尤吉歐是為了和幼年時被帶走的青梅竹馬愛麗絲見面。

而我則是為了與這個世界的「管理者」相會。

只要能夠達成我們倆的目的，就算在所有的比賽裡都被人批評卑鄙也無所謂。我將在每場比賽裡使出一招只有我知道的高等劍技，持續取得勝利。直到通過四帝國統一大會的考驗，獲得「整合騎士」的資格為止。

進入學院的這一年來，我從未施展過二連擊以上的劍技，出於這個理由。頂多使出像剛才那招「憤怒刺擊」之類的突進技而已。

但是，看來我這卑鄙的祕密主義，已經被美貌的學姊識破了。

莉娜學姊把臉又挪近了一公分，壓低聲音這麼說道：

「賽魯魯特家的先祖得罪過皇帝，被禁止傳承正統劍術『海伊・諾魯基亞流』，因此只能在鞭子、短劍這種非正統武器上下工夫，劍術也只能棄剛就柔。這就是賽魯魯特流的由來……但你可別會錯意……我對這種情況沒有什麼不滿，反而相當以身為流派的唯一傳人自豪，持續地鍛鍊自己一直到今天……」

她嘴裡雖然這麼說，雪白的玉手卻有些顫抖，讓我們相抵的木劍發出乾澀的摩擦聲。雖然這可能是個把劍推回去的機會，但我沒有這麼做，只是保持原本的姿勢等她繼續說下去。

「家父一直期待我在這所學院裡以首席的身分畢業，並在御前比武時贏得優勝，藉此恢復賽魯魯特家的名譽。但你不覺得這很矛盾嗎？如果我完成父親的期待，皇帝更因此允許我們再度傳承海伊・諾魯基亞流……到了那個時候，難道我們要捨棄賽魯魯特流嗎？這樣一來……我從小對自家流派所抱持的驕傲，到底算些什麼呢……？」

對於她的質疑，我也無法馬上做出回答。

雖然最近幾乎已經沒有這種感覺了，但眼前的莉娜學姊、重要的夥伴尤吉歐、這座學院裡的學生與教師們……以及所有生活在Underworld的居民，在某種意義上全都和我不一樣。這裡只是個虛擬世界，他們只是配置在裡面的「人類個體」而已。

話雖如此，他們和既存ＶＲＭＭＯ遊戲裡的ＮＰＣ又不太一樣。他們是複製了人類靈魂──搖光後，將其保存在專用記憶體裡的「人工搖光」。這是現實世界裡的某機關──想必是充滿謎團的新興企業「ＲＡＴＨ」所製造出來的全新人工智慧──

然而，他們的感情有時甚至讓我覺得比真正的人類更豐富。他們心無旁騖地感受這個世界，以及在這裡被賦予的命運，然後煩惱、接受或者是準備與之對抗。每當看見他們這種模樣，都會讓我萬分感動。他們……不對，應該說現在與我交手的索爾緹莉娜學姊的存在，可以說是個令人難以想像的奇蹟……

「學姊……」

我剛輕聲開口，莉娜學姊便對我露出了一絲自嘲的微笑。

「打從進入這所學院之前，我的內心深處便抱持著迷惘。兩年來一直沒辦法贏過那個傢伙，可能也是因為這種迷惘的緣故……」

「那傢伙」指的是本年度屹立不搖的首席男性上級修劍士，名為渦羅．利邦提。他是未來的二等爵士，家族代代都是諾蘭卡魯斯北帝國騎士團劍術師範，使得一手驚人的剛劍。他由大上段劈下的一擊，灌注了學園最強的想像力，我曾見過他以木劍劈斷用來練習揮砍的大圓木。

這座學院的菁英——上級修劍士，便是以他為首席往下一直排到第十二席為止。至於他們的順位，則是由每年舉行四次的檢定比武結果決定。

當然，先前舉行的三次比武，我都坐在能被土石噴中的極近特等席觀戰。它與薩卡利亞大會一樣採單淘汰形式，十二人經過兩場比武後便剩下三個，比賽前排名首席者將是種子選手。三次決勝的組合全都是莉娜學姊VS渦羅首席。而學姊也三次都沒能贏過渦羅。

就我的觀察，他們身為劍士的實力應該在伯仲之間。如果渦羅首席是至剛，那麼莉娜學姊就是至柔。學姊除了用行雲流水般的流暢動作架開不斷攻來的強烈攻擊之外，還不時展開敏銳的反擊，那畫面只能用嘆為觀止來形容。比武就在兩人沒有完全擊中對方的情況下，一直進行到時間將盡——但莉娜學姊三次都沒能接下渦羅在這時一定會使出的海伊．諾魯基亞流奧義上段斬。她的木劍其中有兩次被彈開，一次因此折斷。

雖然三場比賽都撐到評審判定的階段，但在這種情況下，評審也只能舉起宣判渦羅勝利的旗子。因此在這一年裡，渦羅首席、學姊次席的排名始終都沒有變動過。

順帶一提，第三席也一直是名為哥魯哥羅索．巴魯托的巨漢，換言之他每次都在準決賽輸給莉娜學姊。另外再補充一點，哥魯哥羅索學長的隨侍，正是我的好友尤吉歐。

因為兩天之後即將舉行第四次檢定，也就是「畢業比武」，所以莉娜學姊才會在這場練習開始前說出「這是最後一次了」這種話。這場比賽將會決定最後的排名，隔天包含這十二名修劍士在內的高等練士們，將從學院畢業。

換言之，後天的比賽就是莉娜學姊凌駕渦羅的最後機會。正確來說，由於前兩名畢業的學生能夠參加「帝國劍武大會」，所以她很有可能會在那裡對上渦羅，但學姊似乎認為很難在御前比武時勝過在學校裡一次也沒有贏過的對手。

「老實說吧……」

依然和我持劍相抵的學姊，這時又用更加細微的聲音說道：

「只要那傢伙擺出『天山烈波』的架勢……我就會感到極度緊張。無論再怎麼修練，我也無法獲得接下那種剛劍的自信。從初等練士開始……不對，從兩年前在入學考試裡看見那傢伙的劍開始，我就一直有這種感覺了……」

我除了為學姊初次對我展現的一面感到驚訝之外，更確定了自己剛才的想法。

學姊的實力果然與渦羅不相上下。除了想像力……也就是有沒有自信這點之外。

正如我的推測，如果這座Underworld也是由「mnemonic visual data」所構成的虛擬世界，那麼想像力應該是能夠左右事物結果的強力因素才對。因為我和莉娜學姊看見以及觸摸到的都不是多邊形數據，而是由搖光所抽取出來的「記憶影像」。

至於為什麼能共有每個人都有些微差異的記憶資料……我想，那可能是把由多數搖光抽取出來的資料送進所謂的「主記憶裝置」裡暫存，然後在那裡進行數據平均化之後的結果。這樣一來，如果有能夠發出強烈印象影響緩衝資料的搖光存在，那麼以個人意志力改變事物的結果，也就不是什麼不可能的事情了。

這就是為什麼以渦羅．利邦提為代表的剛劍使用者們如此強大。他們對自身劍技與流派的絕對自信，產生了堅定的想像，而這樣的想像便實現了帶有驚人威力的一擊。

相對地，莉娜學姊對於自己的劍技還抱有一絲疑惑。原因想必就是她剛才所說的賽魯魯特流成立經過吧。自己學習的流派，是因為被禁止學習海伊．諾魯基亞流而生的替代品，這種想法讓她心裡出現了某種「自卑感」。在這種情況下……也難怪她老是會被渦羅那擁有絕對自信的劍壓過去了。

然而，我還是希望莉娜學姊這次能夠獲勝。這跟什麼世界結構還是意志力能改變結果等理論無關，我只是希望她可以抬頭挺胸地從這所學院畢業。學姊的確有這種資格與權利。因為在這一年裡，她確實是十二名上級修劍士裡最為努力的人——

「……學姊所做的修練，要比包含渦羅首席在內的所有人都要漫長且嚴苛。即使如此，學姊還是沒有信心嗎……？」

聽見我的問題後，學姊沉默了片刻，接著才輕輕搖頭。

「嗯……看來還是不夠。愈是修練賽魯魯特流，我就愈容易胡思亂想。如果不是用木劍，而是用鋼劍進行比賽呢？或者允許使用鞭子或短劍呢？這麼一來，我們就不會輸給海伊．諾魯基亞流了。但這終究只是藉口。畢竟在這個人界裡，絕對不可能發生實戰……也就是真正的戰爭。只要還在拿這些事當藉口，我就絕對沒辦法接下渦羅的劍……」

當我準備回應她所說的話時，學姊已經微笑著繼續說下去：

「但是，桐人你就不一樣了。同樣身為獨特流派的劍士，你面對正統派時完全沒有任何的自卑感。在旁邊觀察了一年之後，我終於了解為什麼了。正如我剛才所說……你的『艾恩葛朗特流』並不只是這樣而已對吧？你還隱藏了許多實力。所以才會這麼有自信。就像你曾經跟我提過的，聳立在故鄉森林的那棵杉樹……基家斯西達一樣。」

「不過……我親手把它砍倒了耶。」

我的呢喃讓學姊很難得地噗嗤一笑。

不知不覺，雙方都已經放鬆手臂的力道，木劍只是輕輕靠在一起而已。但學姊並未移開身體，反而像要把重量靠在我身上般往前傾，然後用以女性來說算是相當低沉且圓潤的聲音繼續說道：

「但是，那棵樹現在還聳立在你心裡對吧？它不受任何暴風雨的影響，只是昂然看著空中的索魯斯。桐人……我想看看你隱藏的實力。」

「…………」

「和渦羅的比試無關。我就只是想看……不，應該說想了解而已。從這座學院畢業之前，我想徹底了解你這名劍士。」

眼前那雙讓人聯想起夜空的藍眼，深處似乎有小小的星星在閃爍。

那種奪魂懾魄的美感，讓我下意識地把臉往前移動了五公厘左右。但瀏海根部忽然傳來的刺痛讓我回過神來。我眨了一下眼睛，然後重新開始思考。

我之所以沒對莉娜學姊展現艾恩葛朗特流的「實力」，也就是高等劍術，並不是為了保留實力這種小家子氣的理由。

純粹只是比試與練習時所使用的15級木劍無法發動罷了。這種劍頂多只能施展出「蛇咬」與「圓弧斬」而已，三連擊以上的劍技再怎麼努力也施展不了。雖然我用同等級的鐵劍試過，但結果並未改變。

只有裝備砍倒基家斯西達用的45級神器「藍薔薇之劍」時，我才能使出四連擊等級的劍技。這個理由我到現在依然不明白，但至少可以確定舊ＳＡＯ裡沒有這種限制。

話又說回來，既然學姊想看看我的「實力」，就不能夠只用二連擊敷衍了事。那麼只剩下一種方法，也就是向尤吉歐商借藍薔薇之劍，然後展現目前所能使用的最強五連擊劍技。

雖然只要向尤吉歐開口，他一定願意把劍借給我，但我還是有點猶豫。畢竟藍薔薇之劍是尤吉歐的所有物，而我一向有「劍即是劍士的靈魂」這種根深蒂固的觀念。只要意識到自己正

在使用借來的劍，我就沒辦法使出最完美的劍技。然而，我也不可能從學院的武器庫裡拿出擁有最大優先度的劍；就算真這麼做，那也不是我的劍。

既然沒有其他方法，那就只能借藍薔薇之劍了。下定決心後，我便開口說道：

「——我明白了。不過很抱歉，得請學姊稍等一天。明天同一時間，我一定會讓妳看見……我能夠使用的最強劍技。」

莉娜學姊聽見我這麼說後，嘴角瞬時露出笑容，但她隨即像注意到什麼事情般皺起眉頭。

「不過，明天是安息日。不但禁止練習，也不能使用這間修練場喔。」

「……那不是練習。」

「哦？那算是什麼？」

「嗯，這個嘛………」

我稍微考慮了一下，然後把內心的想法直接說出口。

「是謝禮。因為學姊這一年來教了我許多東西。聽說這座學院裡，隨侍練士在修劍士畢業的前一天，通常會贈送對方臨別禮物。我決定把劍技當成送給學姊的謝禮。這麼一來，就算是安息日也沒關係了吧？」

我的話讓學姊微微苦笑了一下。

「你還是一點都沒變。我可從來沒聽過有人把劍技當成畢業禮物唷。不過……我還是趁現在老實跟你說吧……」

「咦……說什麼？」

「其實，我指名你當隨侍也已經算是打破慣例了。雖然只是很無聊的習慣……但『貴族子女在挑選隨侍練士時，通常應該要指名同樣是貴族而且出身低於自己的學生』。我在指名你的時候，高等貴族的代表們就跑來修劍士宿舍跟我抗議了。」

莉娜學姊說完，便像是覺得很愉快般呵呵笑了起來，但我的嘴角卻因為這初次聽見的故事而開始有點抽筋。

學姊所說的貴族，就是諾蘭卡魯斯北帝國的特權階級，他們有「一等爵士」到「六等爵士」之類的階級，再上去就是皇族了。渦羅首席所屬的利邦提家是二等爵士，而賽魯魯特家則是三等爵士，換言之他們的地位都比身為五等爵士的薩卡利亞領主還要高。

相對地，我在這個世界裡（其實現實世界也一樣）只是平民中的平民，亦即最低下的階級。實際上，就算不是貴族也無妨，只要是某地域的有力人士或大地主——比如說盧利特村長卡斯弗特·滋貝魯庫，以及暫時收留我和尤吉歐的巴農·渥魯帝——就能夠擁有姓氏，但地位更低的平民就連這一點也不行。

順利混進帝立修劍學院之後我才知道，這間學校裡的學生幾乎都是貴族或富商的小孩，只有兩成是平民出身。說起來，從報考資格這一點就有很大的不同了。我和尤吉歐是歷經半年的辛苦之後，才獲得參加考試所需的薩卡利亞隊長推薦函，當我知道貴族可以無條件報考時，真的很想給這裡的文科省（註：相當於教育部）寄封抗議信。

入學之後，校規倒是對貴族和平民一視同仁……話雖如此，多少還是存在些有形無形的差別待遇。儘管我（尤吉歐應該也一樣）已經裝出毫不在意的樣子過了一年，卻沒想到連指名我當隨侍的莉娜學姊也遭受牽連。

「既……既然有這種習慣，為什麼還要選我……如果是看入學考的成績，另外還有六個人排在我上面啊？他們全都是貴族，若是學姊從他們當中選出一人，應該不會遭受抗議才對……」

「但是，那六個人的分數都是靠表演招式賺來的吧。我對招式的美感完全沒有興趣。就我看來，在檢定比試裡和考官打得最精彩的人就是你。不對，與其說是精彩……」

莉娜學姊沒有繼續說下去，她先閉上了嘴唇，接著輕笑了一下才繼續：

「……別到了現在還要我解釋指名你的原因好嗎？我可是馬上就要畢業囉。還是明天的事情比較重要。如果桐人願意表演艾恩葛朗特流的秘傳奧義當成送我的畢業禮物，那我就不客氣地收下囉。」

「啊，好、好的，我很樂意。」

「……不過，好像有點不對勁耶。從剛才的口氣聽來，好像也可以解讀成——你忘記準備送我的禮物，情急之下才決定這麼做……」

「沒、沒這回事！我之前就這麼想了，真的！」

急忙否定之後，莉娜學姊便面無表情地嘟囔了一句「就信你一次」，接著才恢復成原來的模樣表示：

「這件事就到此為止，但我們還是得先結束這場比試才行。」

「咦？啊——」

這時我才終於想起來，練習賽才進行到一半。但在我有具體的反應之前，輕輕靠在一起的木劍上便傳來強烈的衝擊。這不是劍技，但學姊光是用力跨出一步，就能把跟自己貼在一起的對手彈開，而這便是賽魯魯特流裡少數的剛性招式，「止水」。

我並未抵抗強大的力量，反而順勢往後一跳。與剛才的「活水」不同，「止水」會對腳部造成很大的負擔，所以使用後通常會出現短暫的破綻。而且學姊的左手中已經沒有鞭子了。

決定以正面衝刺技來分出勝負的我，在落地同時迅速揮動長劍。

在這個瞬間，我的背部竄過一股寒意。

莉娜學姊確實是用雙手握住木劍——但她的背後卻看不見剛才捨棄的鞭子。鞭子到底跑哪裡去了？我雖然瞪大眼睛尋找，但出手的劍技已經無法中斷。單手劍上段衝刺技「音速衝擊」開始發動，劍身出現淡藍色光輝……

就在同一時刻。

莉娜學姊的左手離開木劍往正上方伸去，接著像是抓住什麼東西般用力往前揮。她的手邊馬上有道白光像蛇一般伸長，然後重重捲住我正要往前衝去的身體。

我原以為飛到遠方去的鞭子，其實前端捲在天花板的樑柱上，在我們持劍相抵時一直吊在我們的頭上。

注意到這一點時，我已經被鞭子拉倒，後腦勺跟著撞上地板。

在我茫然看著出現視野裡閃爍的星星時，似乎有人在我的額頭附近深深嘆了一口氣。

2

諾蘭卡魯斯北帝國，不對，人界最大的都市「央都聖托利亞」是被直徑十公里……這個世界的距離單位為十基洛爾的正圓形城牆所圍住。

現在已經消失的浮遊城艾恩葛朗特，第一層的直徑剛好也是十公里，所以這座城市的形狀與面積可說與那廣大的區域完全相同。以虛擬世界內的都市來說，規模巨大得令人難以置信，人口似乎也已經超過兩萬人。

此外，這座都市的構造相當特殊。它的圓形市街整個被堅固的X形牆壁切成四等分。換個角度來看，它是由四個中心角九十度的扇形城鎮構成。更驚人的是，這些叫「北聖托利亞」、「東聖托利亞」、「南聖托利亞」、「西聖托利亞」的市街，分別是把廣大人界分割為東西南北四處並加以統治的四大帝國首都。

這也就表示——所轄扇型領土面積幾乎相當的四帝國首都，全都在人界的中央，僅隔著一面牆比鄰而居。

當我知道時，還真是嚇了一大跳。所謂的首都就是皇帝居住的城市，同時也是身為各國主力軍的騎士團總部所在地。如果發生戰爭，不就馬上就得面臨最終決戰了嗎——就在我要這麼對尤吉歐說時，我才終於注意到，在這個連殺人強盜等案件都不會發生的世界裡，帝國之間根本不可能發生戰爭。

雖然通過分隔首都的大理石牆——好像叫「不朽之壁」——也就是國境時，依然需要專用證件，但仔細觀察之後便能發現，我所生活的北聖托利亞裡也能看見不少黑髮的東帝國人、皮膚曬得黝黑的南帝國人以及纖細的西帝國人。雖然這些交易商與觀光客算是外國人，但語言（儘管多少有點口音）不但完全相同，甚至不會和當地居民發生衝突。

這裡不要說戰爭了，就連國家間的敵對意識都不存在。而造成這種結果的原因，當然就是屹立在央都正中央……同時也是人界中心的那座純白巨塔了。

公理教會中央聖堂。

由於它的頂端總是像溶在空中般看不清楚，所以根本無法從判斷高度有幾百公尺。我想從底部往上看一定非常壯觀，但正方形的教會用地也同樣被高大的牆壁圍住，讓人完全無法窺看內部的模樣。分割聖托利亞市街的「不朽之壁」剛好緊密地連接聖堂白色牆壁的四個角……或許應該說，牆壁就是以聖堂為中心往外延伸出去比較正確。

順帶一提，這座不朽之壁不僅分割央都市街，它還貫穿了草原、森林與沙漠而且筆直地往前延伸，最後連接遠在七百五十公里之外的「盡頭山脈」，實在非常驚人。這個世界裡當然沒有重工業用機械，所以光是想像建造它得花上多少時間與人力，就讓人覺得相當恐怖。

但這同時也顯示出，公理教會的權威就是如此至高無上。

人界中心聳立了一座如此宏偉壯麗的高塔，就連四帝國皇帝所居住的城堡都遠在它的下方，因此我總是忍不住想像——對這個世界的居民們來說，國與國之間的差異，可能就跟「東京都民」與「埼玉縣民」給我的感覺一樣吧。

但這樣一來，不免會產生為什麼要把總人口不到十萬的人界分割成四個帝國的疑問，老實說我到現在還沒找出答案。它就跟帝國之上還有教會這種最高組織存在的理由一樣是個謎。

公理教會中除了有「司祭」與「元老」等文官外，也有「整合騎士」這樣的武官存在，不過莉娜學姊說他們人數不多，可能還不到一百個人。相對地四帝國騎士團與衛兵隊合計大約有兩千人，但即使有這麼大的人數優勢，還是完全沒有皇帝們反抗教會的記錄……難道連皇帝都無法違背教會與禁忌目錄嗎？還是說幾十人的整合騎士就足以贏過兩千名軍人了呢？又或者這兩種原因都正確——

在修劍學院的校地內，只要抬頭就能看見中央聖堂直衝天際的雄偉模樣。我結束和莉娜學姊名義上的最後一次練習後離開上級修劍士宿舍，快步走在略微寒冷的春天夕陽之下，眺望著那棟染上藍色與橘色的白堊巨塔。

從高塔頂端往下俯瞰人界的究竟是什麼人呢？像我一樣來自現實世界的人類觀察者嗎？或

者是Underworld人，也就是人工搖光呢？為了確認這一點，我已經花了一年半的時間克服各種難關。當然，如果我千倍加速的預測正確，現實世界也才十個小時多一點，但我的主觀卻已經覺得太過漫長了。

從盧利特村附近的森林醒來至今的兩年裡，真相不明所致的不安，以及想與明日奈、直葉、雙親、友人們見面的渴望，已經數次讓我在夜裡顫抖。

但是另一方面——我的心底也有點害怕在聖堂頂端找到「出口」。若從這個世界裡登出，也就代表我將和在這裡遇見的人們告別。像是盧利特村許久沒見的賽魯卡與孩子們、在學院裡交到的幾個朋友、擔任隨侍練士一年來經常互相關照的索爾緹莉娜學姊，以及我的「夥伴」尤吉歐。

我已經不認為他們只是單純的ＡＩ。他們和我一樣都是人類，只不過存放靈魂的容器不同罷了。由盧利特到薩卡利亞，然後再到聖托利亞生活，這兩年的時光，讓我更加確定自己的這種想法。

不，不只是對尤吉歐等人的依依不捨而已。我想這個不可思議且廣大、美麗的世界本身，一定也深深吸引著我……

我在這時候停止思考，然後深吸了一口氣，把這種想法壓進心底深處。

抬頭看了一下前方，馬上就能發現一棟古老的建築物映入眼簾。那是一棟石造的兩層建築，屋頂由綠色石板鋪成。北聖托利亞修劍學院的一百二十名初等練士就生活在這棟宿舍裡面。

老實說，為了避免麻煩，我還真想直接從二樓窗戶回房間，但宿舍規則卻不允許我這麼做。與相當自由的上級修劍士宿舍不同，這間初等練士宿舍以及建在稍遠處高台上的高等練士宿舍，就跟舊SAO的公會血盟騎士團總部一樣紀律嚴明。

我下定決心後，爬上正面入口的石頭階梯，接著慎重地推開雙向開啟的門。當我躡手躡腳地在入口大廳走了兩步時——右側忽然傳來一聲輕微的咳嗽。我畏畏縮縮地轉過頭去一看，馬上就和坐在櫃台後方的女性四眼相對。她的茶色頭髮綁得相當整齊，臉孔也非常嚴峻。年紀應該在二十五歲到三十歲之間吧。

我迅速把左手放在腰際並將右拳貼在左胸上，行了個「騎士禮」，然後大聲地申告：

「桐人初等練士，現在回到宿舍了！」

「……不過你好像比門禁時間晚了三十八分鐘。」

這個世界裡沒有時鐘，只能由各個城鎮或這座學院也有的「宣告時刻之鐘」每三十分鐘響起的旋律來辨別時間。如果要知道更詳細的時間，就只能使用專門的高等神聖術，但是她——擔任本宿舍舍監的阿滋利卡女士，似乎能用系統外技能還是某種祕技得知現在時刻是下午五點三十八分。

我保持著騎士禮的姿勢，稍微降低了音量說：

「這是因為指導者・賽魯魯特上級修劍士做出了延長指導時間的指示……」

阿滋利卡女士立刻用藍灰色的眼珠緊緊盯著我。那種嚴厲的氣氛以及名字的相似程度，總是讓我聯想到另一名人物。原本想在離開宿舍前問她「您是不是有位名叫阿薩莉亞的親戚在北方擔任修女呢」，但看來可能沒有這種機會了。因為就像現在這樣，我通常只有在挨罵的時候才會跟她說話。

「……既然如此就沒辦法了，畢竟接受修劍士的指導是隨侍練士的義務。但桐人初等練士，你似乎已經把這種義務當成違反門禁的通行證……這一年來，你一直無法洗刷這個嫌疑唷。」

我在這個時候結束行禮，以右手摸摸後腦並硬擠出個笑容。

「討、討厭啦，阿滋利卡老師，我只是為了要讓劍技更上一層樓而已啊。違反門禁只能算是附加的結果，絕對不是我的主要目的，真的啦。」

「原來如此。一年來為了勤練劍技而晚歸這麼多次，我想你的實力應該增進了不少吧？如果想確認自己修練的成果，我很樂意擔任你練習的對手哦？」

我整個人再度僵住了。

雖然阿滋利卡女士的天職是「北聖托利亞帝立修劍學院・初等練士舍監」而非劍術指導

官，但在這座學院裡工作的大人，基本上都是這裡的畢業生。也就是說劍術通常都有一定水準以上，而每個住宿生都知道，身為諾魯基亞流高手的她，在有學生做出不至於違反宿舍規範的惡作劇時，通常會對其施予非常恐怖的特別指導。

至於違反舍規的學生會有什麼樣的下場嘛——幸好不會發生這種事。因為這個世界的人們，也就是人工搖光們都有「絕對無法違反高等規則」的特性。唯一的例外，就是我這個搖光容器與他們不同的人類。

一想到這裡，我便覺得這一年來竟然連一次都沒有違反過舍規真是一種奇蹟。心裡雖然懷著這種感慨，但我還是堅定地搖搖頭並表示：

「不勞您費心了，阿滋利卡老師。我才剛完成第一年的學業而已啊。」

「這樣嗎？那麼等你結束第二年的所有修練課程時，我再來鑑定你的實力如何吧。」

「…………好的，到時候希望老師能不吝賜教。」

我在不得已之下點了點頭，然後全力祈禱她在接下來的一年裡能忘記今天的約定，隨即往後退了一步。阿滋利卡女士這才把視線移回手邊的文件上並表示：

「還有十七分就是吃飯時間了，別遲到。」

「好、好的！那我先離開了！」

我最後又敬了個禮，接著便轉身以舍規允許的最快速度爬上正面的大樓梯。我和尤吉歐住在二樓的２０６號房，這裡雖然是十人房，不過其他八人也是相當爽朗的傢伙。不過呢，除了女性專屬樓層的一樓１０６室與我們２０６室的學生為平民出身，其他一百人都是貴族與富商的小孩，人單勢薄的我們怎麼可能在房間裡自己起內鬨呢……事情就是這樣。

我閃過二樓走廊上談笑著往餐廳前進的學生們，打開西側角落的門並衝了進去。這時——

「你太慢了吧，桐人！」

馬上就有這樣的聲音迎接我。

發話者當然是坐在右邊最深處數來第二張床上的亞麻色頭髮少年……不對，應該說已經半脫離少年領域的夥伴，尤吉歐。

站起身子並雙手扠腰的他，跟兩年前相比已經長高了約三公分，體格也變得更強壯了。不過這也是理所當然的事，畢竟他今年也已經十九歲了——只不過，那溫和的臉龐與閃亮的綠色眼睛則和我們相遇時沒兩樣。雖然第一年後半段在薩卡利亞衛兵隊度過的日子，以及第二年進入這所學院就讀時都有過不少討厭的回憶，但他直率強韌的靈魂還是沒有任何扭曲。

至於我嘛，感覺在人格上倒是沒有多大的變化，不過體型上恐怕也和夥伴一樣長高長壯了不少。掉進這個世界的時候是十七歲，所以現實世界與Underworld的我現在已經有了兩年分的差距了。

花了兩年時間離開ＳＡＯ回到現實世界時已經覺得相當不習慣，但照目前的情況看來，可能得在這裡待上三、四年……我在腦袋的角落這麼想著，同時走向自己的夥伴。我豎起右手表示抱歉，然後解釋自己遲到的理由。

「抱歉，你等很久了吧。因為莉娜學姊今天的練習是特別版……」

「……算了，畢竟今天是最後一次，我也不是不能理解啦。」

瞪著我的尤吉歐把話說到這裡，忽然笑了起來。

「老實說，我也遲到了二十分鐘。因為待在哥魯哥羅索學長的房間裡和他聊開了。」

「什麼嘛，原來你那時候在樓上啊。不過……還真令人意外耶。我還以為羅索學長一定會用劍來做最後的指導呢。」

我走過尤吉歐面前，來到牆邊一張與桌子一體成形的床旁，然後把練習用的皮手套與護肘、護膝脫下來直接丟進抽屜裡。在現實世界裡要是這麼對待劍道防具，一定馬上會發出不怎麼討人喜歡的氣味，但沒有細菌的本世界不必擔心這個問題。練習剛結束時被汗水濡濕的制服，也在不知不覺間完全乾了——雖然莉娜學姊她從頭到尾沒流過一滴汗。

感覺輕鬆不少的我一抬起臉，尤吉歐便立刻苦笑著回答：

「你別看羅索學長那樣，他其實是個理論派唷……呃，好像有點不對。應該說他認為心理準備也和技巧一樣重要……」

「嗯，這我也同意。那個人的巴魯提歐流啊，散發出來的一擊必殺感可說比諾魯基亞流還要強烈呢。」

「嗯。雖然我們艾恩葛朗特流最重要的是臨機應變能力。但劍士有時候還是必須把勝負賭在由靜轉動的一擊上！學長經常跟我談論這個話題，今天應該算是總結吧。」

「原來如此，學長說得也有道理。難怪最近你的力道愈來愈沉重了。那麼……把臨機應變的艾恩葛朗特流和千變萬化的賽魯魯特流參雜在一起的我，會變成什麼樣子呢？」

——我們兩個人邊討論這些話題邊走出房間。

同寢室的其他八人早已去餐廳了，所以走廊上沒有其他學生的身影。照規定，宿舍裡的早．晚餐都要在七點以前吃完，但就算在六點開始用餐時沒到場也不算違反規定，然而沒參加餐前禱告可就不太妙了。畢竟貴族學生們看我和尤吉歐不怎麼順眼，理由是「不過一介平民，居然成了僅有十二名的隨侍練士」。

於是我們只能以最快速度朝著東側深處的大餐廳前進。我想平民學生的房間離餐廳特別遠應該也不是偶然吧。雖然聽說高等練士宿舍的構造也與這裡一樣，但從四月開始就不用這麼辛苦了——應該啦。因為我們早就決定要在月底的進級考試裡擠入前十二名，光榮地擔任上級修劍士了。

似乎跟我想著同一件事的尤吉歐小聲地說了一句：

「……這種『走廊快步走』的日子終於快結束了。」

「嗯，上級修劍士宿舍要比這裡自由多了。不過尤吉歐……其實成為修劍士這件事呢，有一點一直讓我覺得很難接受……」

「不用說我也知道。就是隨侍練士的事情對吧？」

「聰明。雖然幫莉娜學姊做事並接受她的指導是滿開心的……但反過來的話嘛……」

「是啊……如果隨侍是個貴族子弟，我還真不知道該怎麼辦才好……」

我們兩個人同時嘆了口氣。

這時漫長的走廊終於到了盡頭。一推開眼前的門，熱鬧的空氣登時將我們包圍。餐廳是打通了一、二樓的挑高結構，而宿舍裡也只有這個設施是男女共用。一百二十位學生大多是男生跟男生一桌、女生跟女生一桌，但裡面也有些人擁有能和異性同席談笑的高級技能。這一點倒是和現實世界的學校沒有兩樣。

我和尤吉歐快步走下樓梯，先到櫃臺領取晚餐托盤，然後直接滑進角落還空著的桌子旁坐了下來。宣告六點的鐘聲緊接著響起，勉強趕上的我們也跟著鬆了口氣。

擔任宿舍長的男學生（當然是高等貴族）站起身，開始向公理教會獻上祈禱，其他人則是齊聲以聖句「亞歲．亞多米娜」唱和，而我完全不知道這是什麼意思。一切結束之後，用餐時間終於到來。

今晚的餐點是淋上香草醬的炸白肉魚與沙拉，用根菜類熬煮的湯，還有兩個圓麵包。其實這和我在盧利特教會以及薩卡利亞農場所吃的料理差不了多少，以這間擁有大量貴族子弟的學校來說，還真讓人有點意外。不過他們倒也沒有露出什麼不滿的表情，只是理所當然般地吃著這些食物。

這些人雖然是貴族，生活卻相當樸素——當然並非如此，理由似乎是和Underworld獨特的「空間資源」概念有點關係。簡單來說就是系統上規定「在一定區域的一定時間之內，所能生成的物件質量有限」，換言之作物、家畜、野獸或魚類的收穫量（捕獲量）都有限度。

要是貴族大量獨占總量固定的食物，就會出現沒辦法填飽肚子的平民，這將會使那些平民的天命減少。禁忌目錄裡嚴格規定「無正當理由的情況下絕對不可讓他人的天命減少」，就連貴族與皇帝也無法違逆這條法律。因此在這個世界裡，獨占、強求與維持天命有關的食物，自古以來一直是禁忌……事情的由來似乎是這樣。

但是呢，貴族們雖然不會對食物有太多要求，但這並不表示他們都有高尚的人品。

「……真是太讓人羨慕啦，萊歐斯！」

一聽見後面忽然傳過來的聲音，我和尤吉歐同時露出厭惡的表情。

「我們辛苦地打掃餐廳，卻有人就這樣悠哉地前來用餐，唉呀真是太讓人羨慕了！」

這時又有另一道聲音回應這故意講給人聽的諷刺。

「別這麼說嘛，溫貝爾。人家身為隨侍練士，一定有我們所不能了解的辛勞啊。」

「哼哼，說的也是。聽人家說啊，只要指導生講了什麼，隨侍就一定得去完成呢。」

「要是跟到了平民出身或背負禁令的指導生，還真不知道會被要求去做什麼事呢。」

要是對這種刻意的嘲諷有所反應，可就正中對方下懷了。所以我們只是背對著那兩個傢伙，不停動著刀叉。話又說回來，內心的憤慨當然還是難以平息。如果只是針對我和尤吉歐倒還沒關係，但「平民出身」明顯是在說尤吉歐的指導生哥魯哥羅索學長，而「背負禁令」當然就是在暗示我的指導生索爾緹莉娜學姊了。

他們的嘲諷技術還不只是這樣而已。開頭那句「悠哉地前來用餐」才是重點。這間餐廳裡，除了我和尤吉歐之外還有十名隨侍練士，但在晚餐時間開始前才來到現場的就只有我們兩個而已，光是靠這句話就可以知道他們攻訐的對象是誰了。

在薩卡利亞時也有這種討人厭的傢伙。在劍術大會和我交手的伊格姆·薩卡萊特已經相當狡猾，但那些從入學起就一直視我們為眼中釘的傢伙，搬弄是非的功力則更讓人不得不佩服。我之所以幾乎忘記這個世界的居民是人工搖光——亦即ＡＩ，或許跟這些傢伙異常犀利的修辭有關也說不定。

「……反正只要再忍耐一下就好了，桐人。」

身旁的尤吉歐邊咬著麵包邊對我呢喃。

這短短一句話，包含了「我們變成修劍士之後，就會和他們住不同宿舍」的意思。雖然這對尤吉歐來說已經算是很大膽的發言，但這當然不是毫無根據的大話。

一百二十名初等練士裡僅有十二人的「隨侍練士」，是由當年度被選為「上級修劍士」的十二名二年級生各自指定一名入學成績名列前茅的新生擔任。

成為隨侍後，雖然能夠脫離打掃宿舍、保養練習道具等雜務，但放學之後必須到自己指導生的起居室幫忙打掃房間與跑腿，還得擔任練習對手。

後方那兩個還在放冷箭的傢伙沒有當上隨侍，換言之他們入學考的成績不如我和尤吉歐。此外，之後的檢定考他們大多維持在二十～三十名左右，也難怪尤吉歐認為他們沒辦法達到修劍士選拔標準。

……不過，真的是這樣嗎……

我在腦袋裡這麼呢喃，同時舉起右手中的餐刀，以光亮的銀器映照出背後的影像。

離我們稍遠的桌子前，兩名男學生還是繼續嘲諷並且不時把視線移到我們身上。左側那名把灰色頭髮整個往後梳的是溫貝爾．吉傑克，我記得他是出身於四等爵家族。而右側那名讓波浪狀金色長髮垂到背後的，則是三等爵家族的長子萊歐斯．安提諾斯。這座學院裡沒有一等爵家的小孩（聽說身分如此高貴的家庭，會直接幫小孩請家庭教師），而出身二等爵家的也只有包含渦羅．利邦提在內的幾個人，所以三等已經算是相當高的階級。

話又說回來，也不是所有貴族子弟都跟這兩人一樣。雖然我沒跟渦羅首席交談過幾次，但

他一直是個沉穩的武人，和萊歐斯同樣是三等爵家繼承人的莉娜學姊人品也相當高尚。

一想到這裡，就會覺得溫貝爾與萊歐斯真的是那種「沒實力又愛炫耀的驕傲貴族少爺」……但我內心仍舊暗暗懷疑他們是否真的這麼單純。不知該說幸運或不幸，我沒和他們比賽過，所以無法妄下斷語，但我一直覺得這兩個傢伙說不定在每季的檢定考……甚至連最初的入學考都沒有展現出真正的實力。

理由在於，若入學考裡擠進了前十二名，就一定會被上級修劍士指名為隨侍練士。雖然這在學院裡是項榮譽，但自尊心無疑是全學院最強的萊歐斯等人，的確極有可能因為不願接受指導生使喚而故意放水。

當然我沒有任何根據。但實技練習中看見他們所使出的「招式」時，我便感覺到一種類似惡寒的壓力——那種只出現在高等貴族身上的絕對自負，以及由此心態所產生的強烈意志力。

「……喂，桐人，盤子已經空了唷。」

我被尤吉歐用手肘撞了一下，這才注意到左手握著的叉子不停地戳著空無一物的沙拉盤。我急忙動起右手的刀子準備將炸魚切片，但它也在不知不覺間消失了。看來，過於在意萊歐斯等人，讓我錯失了一天中第二期待的晚餐時間了。這不就等於著了他們的道嗎？

而且，最期待的事——跟莉娜學姊的練習，也在今天結……

不對，還沒結束。雖然身為隨侍的任務正式結束了，但明天安息日還有一個重大約定——

要讓學姊看看我的最強招式。

我想起這件重要的事情後便放下刀叉，把臉靠近尤吉歐說：

「尤吉歐，我有點事要跟你說。吃完飯後陪我到中庭走走。」

「嗯，好啊。我剛好也對你『田地』的狀況有點在意。」

「呵呵，狀況很不錯唷。應該來得及趕上畢業典禮才對。」

「哇，那真讓人期待。」

結束這段輕聲細語的對話後，我們便拿著托盤起身。只要經過還在抱怨的萊歐斯等人身後，便會聞到他們噴灑在制服上的動物性香料，所以我們加快腳步離開現場。

把碗盤放回櫃臺並走出餐廳的瞬間，我們倆同時鬆了口氣。

由於幾分鐘前才剛響過一次鐘，所以現在應該剛過六點半。接下來到晚上十點熄燈時間前都算是自由時間，但初等練士不能離開宿舍，而且八點就必須回到自己房間。所以頂多只能自主練習或者是看些教科書而已——不過，我在晚飯過後還有一項每天必做的功課。

宿舍西側（也就是餐廳的反方向）牆上有一道很小的門，門後方是一處小庭園。這個被高大柵欄圍住的地方雖然沒有屋頂，但也還算是宿舍內。

正方形庭園被分為四座花壇，裡頭各有不同的植物冒出嫩芽或開花。這四種由特定住宿生照料的花草並非單純的觀賞用植物，全都是神聖術課堂上會使用的觸媒。由於開花的時期剛好分別隔了三個月，所以一整年都有果實能夠收成。把曬乾的果實用指尖捏碎後，周圍便會散發出神聖力——學生便以這股能量練習法術。

當然，地面與陽光隨時能供給神聖術所需的資源，但都市區域的地力本來就較稀薄，而太陽之力則受到天氣好壞的左右。為了讓整個學年一百二十名學生能夠同時使用法術，需要空間神聖力之外的能量來源。

由於現在的季節是春天，所以東北方花壇裡正盛開著藍色銀蓮花。這種花與夏季盛開的金盞花、秋天盛開的大麗菊、冬天盛開的洋蘭，好像都是高優先度……也就是能散發較多資源的代表性花朵。

在這推算約三百八十年的歲月中，Underworld的動植物經過相當程度的獨自演化，但從這些植物都還保持與現實世界相同的名稱與模樣來看，就能知道它們有多重要，然而它們的生態究竟是否以現實為準，我就沒什麼自信了。

因為這些花朵在花瓣掉落之後，每一種都會結出極為相似的圓形果實。把果實摘取下來曬乾剝皮，裡面就會出現直徑兩公分左右的玻璃質球體。用指尖將這種小球捏碎，便會灑出閃亮的綠色光芒（也就是神聖力）……不過，這應該是這個世界才會有的現象吧。

在神聖術的課堂上老師曾稍微提過，除了這「四大聖花」之外，還有一種一整年能開花好幾次，果實還能散發大量資源的奇蹟植物「薔薇」存在。但平民就不用說了，甚至連貴族與皇帝都被禁止栽培這種花朵，如果想看就得到山裡去尋找極為稀少的野生種。這麼說來，自從我來到這個世界以後，的確沒有看過真正的薔薇。知道這一點之後，就能夠理解為什麼它會被雕刻在神器之上了。

我們一邊欣賞惹人憐愛的銀蓮花，一邊穿越庭園裡的十字形小徑，筆直地往西前進。在盡頭的欄杆前有一座大金屬架，上面整齊地排列著圓鍬與灑水壺。

在金屬架角落某塊不起眼的地方有個小花盆，而我和尤吉歐現在就蹲在它的前面。

「真的耶，長得很不錯。已經可以看到花蕾了。」

夥伴所說的話讓我深深點頭。

「因為之前已經失敗三次了嘛。希望這次能夠順利開花……」

花盆裡所培育的，是一種有銳利葉子的植物，顏色接近藍色。它的名字叫賽菲利雅，我想應該是Underworld獨特的物種。雖然不會產生什麼資源，但似乎相當漂亮……的樣子。之所以講「似乎」，是因為我和尤吉歐……甚至幾乎全諾蘭卡魯斯北帝國的人都沒看過這種花。

這種賽菲利雅，是屬於「不朽之壁」另一邊「維斯達拉斯西帝國」的固有種。北帝國裡不要說野生了，根本沒有人栽培這種花朵。

由於帝國間還是有小規模的貿易行為存在，所以應該能販賣花束或盆栽才對，但市場上根本看不到。理由是因為沒有「花販」這種天職存在。而沒有這種天職的理由是「花朵沒辦法食用，只是個人栽培也就罷了，拿來做生意只是浪費神聖力而已」。雖然有「藥草商人」這種天職，而他們也確實在農場裡培育花朵，不過也僅限於剛才提過的四大聖花。這個世界，可以說完全是在「有效利用資源」的概念下運作。

那麼，我在花盆裡培養的賽菲利雅幼苗又是從哪裡來的呢——

「桐人，你買到的種子，種完這批花苗就用光了嗎？」

我點頭肯定尤吉歐的疑問。

「嗯嗯，這是las……最後的機會了，辛香料商人大叔也說，下回進貨得等到今年秋天。」

——沒錯。就算沒有販賣花朵，還是買得到種子。賽菲利雅的種子磨成粉末後，會散發出香草般的甘甜香味，因此還是有人由西帝國少量進口做為甜點使用的香料……我是在去年秋天才知道這件事。

我擔任薩卡利亞衛兵隊時的薪水幾乎完全沒動過，所以我便把這筆錢全部拿來向香料商人買種子——不過對方的庫存也只有一小袋——然後試著把種子栽培成花朵。

之所以會忽然對園藝有興趣，其實是基於兩個理由。

首先是想測試這個世界的核心，是不是真隱藏著一個我將其稱為「想像力系統」的東西。

商人大叔告訴過我，諾蘭卡魯斯的土壤沒辦法讓賽菲利雅的種子發芽。為了讓它在靠近西帝國的土壤裡成長，我還特地到央都郊外靠近國境的原野去挖土，但最初撒下的種子在沒發芽的情況下天命便消耗殆盡，直接在花盆裡銷聲匿跡。

但這並不是因為設計・營運這座Underworld的現實世界人類（我想應該是ＲＡＴＨ的工作人員）如此設定。因為和銀蓮花、洋蘭不同，這種花不存在於現實世界中。

那為什麼賽菲利雅只能在西帝國成長，無法在北帝國裡發芽呢？

這一定是因為——這個世界的人們這麼相信。居民們如此確信的印象，使得主記憶裝置裡頭「賽菲利雅」的緩衝檔案產生了限制。

若果真如此，要是我能夠把超過「居民常識」的強烈想像力灌注在這數十粒種子上，暫時蓋過緩衝檔案的限制呢……？

想憑一人之力蓋過數萬人份的印象實在是痴人說夢，但實際情形又是如何呢？

我所挑戰的是由百年前流傳至今的古老常識。現在的Underworld裡，每天想著「賽菲利雅只能在西帝國開花」的人應該沒有多少……甚至可能連一個人都沒有。換言之，主記憶裝置內關於賽菲利雅的檔案應該沒有受到任何強力保護才對。

如此一來，只要我每天拚命集中精神……不對，應該說持續祈禱它能夠開花，說不定就能顛覆這個自古以來的常識。

有了這種想法的我，從去年秋天開始到現在的半年裡，每天都隨著澆下的水灌注意念。

第一次失敗。第二次也失敗。但第三次則長出了五公厘左右的嫩芽。雖然它很快就枯死，但原本以為絕不可能發生的事情，已經出現在眼前了。在第四次測試時把所有種子都用光的我，每天早晨上課前以及每晚吃完飯後都會奮力集中意念，想著「不用管土或是水，總之你們一定可以在這裡發芽、成長並開花」。

現在我這麼對花朵說道時，偶爾還能從幼苗上看見朦朧的光芒。我想這一定是眼睛……或者應該說是意識上的錯覺，但我現在已經相當確定，花盆裡的二十三株幼苗這次一定會開出漂亮的花朵來。

「桐人，我提水過來囉。」

「…………啊，謝、謝啦。」

當我在花盆前陷入沉思時，尤吉歐已經幫我把裝滿水的灑水壺拿過來了。我道聲謝並將它接過來，夥伴隨即輕笑著說：

「話說回來，和你待在一起兩年了，我還不知道原來你有這種興趣耶。」

「嗯，連我自己也不知道啊……」

沒想太多便脫口而出的答案，卻讓尤吉歐神色為之一變。他稍微把臉靠過來輕聲道：

「這說不定是恢復記憶的前兆呢。你在現身於盧利特村之前，可能家裡有栽培花朵……或者是從事相關的天職。」

此話一出，我當場茫然盯著他的臉看，但馬上便乾咳了幾聲並表示：

「嗯、嗯嗯……誰曉得呢？畢竟我完全沒有植物的相關知識，還是請負責栽培的謬雷從頭開始教我的呢。」

雖然我幾乎完全忘了這件事，不過我表面上的確是「貝庫達的肉票」……也就是在闇神貝庫達的惡作劇之下失憶還被扔到遠方。由於我在學院資料上登記為盧利特出身，所以知道這個「設定」的學生就只有尤吉歐一個人。加上他最近也沒有詢問關於記憶的事，我也就以為他已經不在意了——看來並非如此。

聽完我的回答後，尤吉歐緩緩點頭。他沒再多說些什麼，直接把視線移到花盆上。

「快點澆水吧，花兒們都在催你了。」

「哦，尤吉歐你也能聽見這些傢伙的聲音啦？」

「唉，誰叫我已經陪你來這裡半年了呢。」

玩笑開到這裡，我便在花盆前面端正姿勢，接著默默地集中注意力。

……這裡雖然很狹窄，不過是只屬於你們的國度。這裡沒有任何能威脅你們的事物。抬頭挺胸地接受陽光、吸收水分，開出漂亮的花朵吧。

感覺意念已浸透到灑水壺內部的水裡面後，我便微傾右手。隨著細微聲響降下的水滴，濡濕了帶有藍色的細葉與花莖，落在黑色土壤裡逐漸消失……

這時我忽然感覺二十三株花苗似乎被包圍在朦朧且溫和的光芒當中。

又是之前的錯覺嗎？還是說——想到這裡，我稍微瞄了一下身邊的尤吉歐，但緊閉雙眼專心祈禱的他並未看到這種現象。當我再度把視線移回花盆上時，白光已經消失了。

說起來，對於像這樣陪我經營興趣（其實是實驗）的尤吉歐實在很不好意思，不過他並不知道這些是賽菲利雅的幼苗。他一直以為是我從市場隨興買回來的不明種子。

之所以沒告訴他實情，是因為我猜測尤吉歐所相信的常識將會和我的意念抵消。這並不是和夥伴比賽意志力的實驗，而我也不想這麼做。因為不用比較，我內心其實已經有點害怕了。我害怕必須在上級修劍士專屬的檢定考試裡和他交手……

「…………我說啊，桐人。」

不知何時張開眼睛的尤吉歐忽然這麼叫道，我這才回過神來把目光移到他身上。尤吉歐當然不可能聽見我腦袋裡的聲音，不過他的問題卻完全出乎我意料。

「如果記憶完全恢復，你打算怎麼辦……？」

「咦……什麼打算怎麼辦？」

「因為啊，桐人你在這所學院成為修劍士……還以成為整合騎士為目標，都是為了陪我尋找八年前被公理教會帶走的愛麗絲吧？可是……如果你恢復記憶，回想起故鄉…………」

……一定會想回去吧？

尤吉歐沒有直接說出口，只是用眼睛詢問我。

要是問我想不想回故鄉——我當然只能答想回去。但那個地方不在Underworld裡。因為我的家人和我的朋友們，都在這個世界的外側，也就是現實世界裡名為日本的國家。

為了從這裡登出，我必須與系統管理者或系統控制台有所接觸才行。若真有這種東西，除了在公理教會中央聖堂的中樞部之外，我也想不出有別的可能性了。所以，雖然我的動機和尤吉歐不同，但同樣必須當上整合騎士。

我承受著隱瞞夥伴……不對，應該說至交許多事的痛楚，把澆完水的灑水壺移到左手，然後用右手拍了一下尤吉歐的背。我把手掌放在那兒，靜靜地這麼表示：

「……別擔心，就算記憶恢復了，我也不會回去。我在原來的地方也是『劍士』。只有這一點是我可以確定……雖然可能有種花養草的興趣就是。既然是劍士，以央都的四帝國統一大會為目標也是理所當然的吧？」

「…………」

聽到這裡，尤吉歐的背部微微抖動。

我這位蹲在地上的夥伴，一頭亞麻色髮絲整個往下垂。他身體微微往前傾，用幾乎快聽不見的音量說：

「…………我是個軟弱的人。如果沒有在基家斯西達底下遇見桐人，我現在一定還是每天獨自揮動斧頭，老是把天職當成自己的藉口，不會認真考慮過要離開村子……然後在不知不覺間……忘記愛麗絲的事情…………」

依然望著腳邊紅磚的尤吉歐，繼續用細微的聲音吐露心事。

「…………能夠加入薩卡利亞衛兵隊，順利到達聖托利亞接受修劍學院考試，全都是靠桐人拉著我前進。所以我一直告訴自己……至少在從這所學院畢業之前，一定要變得跟你一樣強才行。但是，現在聽見桐人說就算恢復記憶也不會回故鄉之後……我真的感覺放下了心頭的一塊大石……」

尤吉歐在我手掌下方的身體又抖了一下。

我的右手開始用力，然後像剛才對待幼苗一般專心想著「你很堅強。即使待在這個受到大量法律規範與習俗限制的世界，你還是自己決定要離開村子出發旅行啦」。

「……我把話說在前面，我自己一個人絕對不可能到得了央都喔。」

我在集中精神的同時，嘴裡也開朗地這麼說：

「我不但不知道路，就連帝國基本法都記不太清楚……更重要的是身無分文。我們現在能待在這所學院呢，是兩個人同心協力的結果。接下來也是一樣。如果我們不合作，可是沒辦法勝過那些啞啞學語時就開始握劍的上級貴族子弟與帝國騎士團精銳唷。等到成為整合騎士之後，你再來考慮一個人努力也還不遲。」

「……………」

即使聽見我這麼說，尤吉歐依然沉默了好一會兒，不過他最後還是輕聲回答：

「嗯……對，你說的沒錯。我們是一起來到這裡，所以也要一起爬上那座白色高塔。」

「是啊。為了達成這個目標，我們得先在月底的檢定考取得前十二名才行。我呢……考實技倒沒問題，不過神聖術就沒什麼自信了……待會兒回房間之後，你再教教我每一種元素的適合媒介吧。」

「……哈哈，那有什麼問題。馬上就要『同心協力』了是吧？」

「算、算是啦。」

我碰一聲拍了一下尤吉歐的背，隨即站了起來。

遲了一會兒才站起身子的尤吉歐，臉上已經恢復平時那種沉穩的笑容。不過，我這位夥伴突然又稍微歪了一下頭，像是想起什麼事情般說道：

「對了，你剛才不是說有事要跟我商量嗎？」

「咦……啊、啊啊，對哦，差點忘記最重要的事情。」

我整個人轉過身子，以嚴肅的口氣說下去：

「尤吉歐。明天可以把你的『藍薔薇之劍』借給我嗎？」

「嗯，好啊。」

以驚人速度點頭同意之後，尤吉歐才又有些疑惑地歪頭問我：

「不過，你為什麼忽然要借劍呢？你不是說這樣會抓不準手感，所以還是盡量以檢定用的木劍來練習比較好嗎？」

「是沒錯啦……可是我剛才和莉娜學姊約好了，最後要展現一次真正的實力給她看。但用木劍最多只能使出二連擊而已。」

「喔，原來如此。那可得要展現一下艾恩葛朗特流的精髓給學姊看看才行。你可以使用藍薔薇之劍沒有關係，不過……」

尤吉歐先停頓了一下，然後才用有點不可思議的表情這麼說道：

「但是桐人，你忘記啦？明天的安息日不就是『那個日子』嗎？」

「咦？什麼日子……」

「喂喂，三月七日啊。你之前明明那麼期待的。」

「……啊、啊啊，對哦，是那個完成的日子！哎呀……也不是忘記了……只是沒想到真的得花一整年……」

「那不就是忘記了嗎？」

哈哈笑了一陣子後，臉上掛著笑容的尤吉歐才再度問我：

「如何？你要用藍薔薇之劍還是……」

「不了，那還是用『我的劍』吧。我想這一定是史提西亞的旨意。抱歉囉，剛才還開口跟你借劍。」

「沒關係啦。那我們回房間去吧。熄燈前我會好好指導你的功課。」

「……麻、麻煩手下留情。」

把灑水壺放回架上後，我便追向走在前面的尤吉歐。

我最後又回過頭看了一下花盆，那些鮮嫩的幼苗已經朝著夜空挺直依然帶著水滴的花蕾。

至於想要進行賽菲利雅實驗的第二個理由——老實說，我連想都不太願意去想。

因為那實在讓人有點……不，應該說讓人相當害羞。

3

Underworld裡的天職為數眾多，但裡面幾乎找不到「旅行者」。

雖然越過國境做生意的「交易商人」似乎有點類似，但性質好像跟旅行不太一樣。因為他們只是在圓形的央都裡把商品由北聖托利亞運到東聖托利亞或者由東運回來，移動距離大概只有五公里左右。

邊境的村子幾乎完全自給自足，村子裡無法生產的藥品或精細的金屬加工品，也有馬車定期會從最近的城鎮（盧利村的話就是薩卡利亞）送達。除此之外，這裡也沒有「旅行藝人」或「吟遊詩人」一類的天職，純粹休閒的旅行也受每週只有一天的安息日制度所限。

唯一的例外，就是從央都聖托利亞搭乘飛龍出擊，飛越七百五十公里到達盡頭山脈的「整合騎士」，不過這種天職實在太過特殊了。

就像這樣，Underworld幾乎沒有居民長途旅行，不過旅行本身並沒有遭到禁止。只要是在自己天職的範圍內，就算是聖托利亞的家具行老闆也可以遠赴北邊的薩卡利亞進貨。說起來，我自己就是在遵守這個世界的規則下，橫越整個帝國到這裡來。

換言之，要不要旅行完全是看個人特質。而Underworld的人有百分之九十九以上很保守。

不過，還是有極少數極富冒險精神的人物存在。

在北聖托利亞第七區開店的工匠薩多雷，就是其中之一。

「你們看看，這玩意兒都不能用了！」

幾塊四角形石板隨著那粗啞的聲音被丟到我和尤吉歐面前，發出喀啷的撞擊聲。這些質地細緻的黑色石板，似乎是東帝國特產的磨刀石，但它們的厚度只剩下不到兩公分，已經無法繼續使用了。

「這種黑煉岩磨刀石通常能用三年，可是這一年裡我就消耗了六塊啊！」

「這、這樣啊……真的很抱歉……」

我紅著臉誠心向老闆道歉，同時移動目光打量店內。

「薩多雷金屬工藝店」裡頭滿滿陳列著金屬材質的日用品與裝飾品，甚至還能看見武器。其中特別顯眼的，則是排列在深處牆壁上的許多刀劍。「明明是工藝店為什麼會有劍呢？」初到這裡來就滿懷疑問的尤吉歐和我，只能鼓起勇氣詢問一臉嚴肅的老闆。得到的答案是「我本來想當製作刀劍的打鐵匠」這種極為簡單的回答。

至於這個世界的打鐵匠和工匠有什麼不同嘛，驚人的是，竟然只有使用器具上的差別。打鐵匠是使用火爐、鐵砧、鐵鎚將金屬材料製成商品。而工匠則是用鑿子、鋸子與銼刀。也就是差在手法為敲打或刨削。

我在現實世界裡騎的登山車也差不多，就算是同種用途的零件也有「鋁合金鍛造」與「鋁合金切削」等不同製造方式，大概就跟這種差異一樣吧……如此認知的我，隨口說出「只要能造劍，就算是工匠也沒關係」。結果薩多雷老闆馬上用嚴厲的眼神瞪著我，然後低吼著「就算同樣用鐵，做出來的東西也不一樣啦」。

看樣子，即使材料是相同的金屬塊，削製出來的劍優先度（就是所謂的物件等級）依然會低於由火爐加熱後敲打出來的劍。因此當他開始製作劍時，同樣在第七區的鐵匠鋪便不斷嘲笑他做出來的是「金玉其外的假貨」。

於是，充滿冒險心的年輕薩多雷燃起一股不服輸的怒火。他拚命製作了足以販賣一整年的商品，然後把店交給太太和學徒，出發旅行，為的當然是尋找適合刨削而非敲打的製劍良材。

雖說是旅行，但因為工匠無法獲得國境通行證，所以也只能從聖托利亞往北走而已。他花了好幾個月的時間，從一個城鎮到另一個城鎮，由一個鄉村到另一個鄉村，雖然找到幾樣不錯的材料，但薩多雷依然沒有滿足。最後他終於來到了北方森林，並且在那裡遇見了一棵參天巨木。

這棵大杉樹不僅不畏火焰，那漆黑的樹皮甚至堅硬到金屬斧頭一砍，斧刃就會當場毀壞……當然，那就是「惡魔之樹」基家斯西達了。

在那裡和當時的「伐木手」卡利塔老人（當時應該還相當年輕）相識且意氣相投的薩多雷，為了拿基家斯西達造劍而試著折下一根樹枝。他請卡利塔老人爬到樹上，挑選了一根合適的樹枝並且用銼刀開始鑿木頭，但花了三天三夜也沒能在樹枝上留下任何痕跡。

最後只能流淚放棄的薩多雷便這麼拜託卡利塔老人。他說，如果有一天能砍倒這棵樹，請務必通知我。到時候，我一定會再度到這座森林來求取樹枝。

卡利塔老人以有些不一樣的形式，履行了與薩多雷之間的約定。

去年三月，經過漫長旅途來到北聖托利亞的尤吉歐和我，馬上按照卡利塔老人的吩咐前往第七區的薩多雷金屬工藝店。薩多雷老人看見我交出基家斯西達最上方的樹枝後，整整有三分鐘說不出話來，並在仔細檢查了它五分鐘後說：

——給我一年。只要花一年的時間，這樹枝就能變成一把驚人的好劍。

——甚至可以超越整合騎士所佩帶的神器。

整整一年後——到了人界曆三八〇年三月七日，也就是今天，我和尤吉歐再度造訪工藝店，老闆則像剛才那樣紅著一張臉來迎接我們。

「那、那麼……劍已經完成了嗎？」

我畏畏縮縮地打斷薩多雷不知要持續到什麼時候的抱怨問道。

店主閉上嘴巴，一邊搓著灰色鬍子一邊瞪了我一眼，接著用鼻子冷哼了一聲才蹲下身子，從櫃檯下方捧出一個細長的布包。他那強壯身軀蓄足力氣，猛然將布包抬了起來。

放在櫃台上的布包頓時發出非常沉重「咚！」一聲，但老闆並未馬上把手移開。

他把右手放在布包上，左手又搓了一下鬍鬚後才說：

「年輕人。我們還沒有討論過造劍要付多少錢吧？」

「嗚……」

我當場無言以對。修劍學院是由帝國營運所以不需要學費，但這一年裡我每次安息日都會到街上購買食物與其他用品，所以在薩卡利亞衛兵隊賺來的錢也已經花了不少。此外，我也不知道究竟得付工匠多少工資（不但工期長達一年，還要加上那六塊高級磨刀石）。

「……別擔心啦，桐人。為了以防萬一，我也把所有的錢都拿來了。」

雖然很感謝背後輕聲這麼對我說的尤吉歐，但不知道為什麼，我就是有種不祥的預感。萬一合我們兩個人所有的財產都不夠支付……算不算違反禁忌目錄？然後警察，不對，整合騎士馬上就會飛過來把我們關進監牢裡……？

「——要免費送給你也是可以啦。」

隔了好一陣子之後，薩多雷才這麼說道。放下心的我和尤吉歐馬上就想鬆口氣，但就在下個瞬間，他竟然又加上了一句「不過」。

「……不過呢，年輕人啊。你必須先證明自己能夠揮動這把怪物。能把沉重的樹枝從北方盡頭運到這裡來也算有點實力……但我話先說在前面，當它變成劍時，重量又增加了不少唷。打鐵匠和工匠因為有提拉利亞的加護，所以應該可以搬運任何高級的劍……但我最多也只能抬起一梅爾而已。」

「怪物嗎………」

我嘴裡咕噥著，低頭看向布包。

即使隔著厚重的麻布，還是能察覺它散發出足以扭曲空間的強烈存在感。不知為什麼，我有點猶豫是否該接受那像是在誘惑我……或者也有可能發自我內心的磁力。

兩年前，在轟然巨響的春雷之下，我和尤吉歐踏上了南方之行。

當時，尤吉歐腰間繫著目前收在初等練士宿舍抽屜裡的藍薔薇之劍。而我則背著剛由基家斯西達上砍下來的漆黑樹枝。雖然卡利塔老人要我把它拿去請薩多雷工匠加工，但我當下卻湧起一股該把這根樹枝埋在森林深處的衝動。

至於為什麼會有那種想法，我到現在依然不曉得。相較於有兩名劍士卻只有一把劍的窘態，還是有兩把劍要方便且自然得多。所以說，能夠製造出跟藍薔薇之劍同等的劍，我不但不該覺得恐懼，反而該感到高興才對。

用理性蓋過些微的不安後，我便將基家斯西達的樹枝運到聖托利亞交給薩多雷。

接著就是一年後的今天。樹枝終於變成了劍，就在麻布底下等待著我的第一次接觸。

我用力吸了口氣並緩緩吐出，然後伸出左手。我抓住整個布包，先讓它直立在櫃台上。雖然有種高密度的應手感，但它的重量和藍薔薇之劍其實差不了多少。

布條只是輕輕捲在劍上而已，一把劍豎起來，上半的布條隨即落下，劍柄也出現在眼前。

柄頭是相當簡樸的錘型，握柄的部分則用剪裁得相當細的皮革緊緊捲了起來。護手之所以比較小的原因，在於它並非外加而是由本體直接削出來。此外，劍柄全體還殘留著基家斯西達那種帶有透明感的黑色。捲在上面的皮革，也是帶有光澤的黑色。

收納劍身的劍鞘也同樣裹著黑色皮革。我伸出右手，五指一根根握上劍柄，然後開始用力。

雖然我至今已拿過無數把劍，但那大部分都是ＶＲＭＭＯ世界的物件，唯一的例外是自己家裡那把老舊竹劍。但即使如此——或者可以說正因為如此，才有種光握住劍柄就能體會的感覺。這道電流從右掌傳到手臂，再經過肩膀傳到背部。

在艾恩葛朗特第一層，握住解開第一個任務所得到的「韌煉之劍」時。

在第九層裡，握住黑暗精靈女王所賜予的「女王騎士劍」時。

握住第五十層魔王身上掉落的「闡釋者」時。

握住鐵匠莉茲貝特幫我鑄造的白色長劍「逐闇者」時。

或者是握住在精靈國度阿爾普海姆中，經歷重重苦難才獲得的傳說武器「斷鋼聖劍」時──

就跟遇見歷代愛劍時完全一樣，或者可以說有過之而無不及的衝擊貫穿全身，讓我暫時只能呆立在現場。待震動的餘韻消失，我才力貫丹田──然後一口氣由黑革劍鞘裡拔出它。

鏘啷──！比藍薔薇之劍稍微沉重的聲音，立刻充斥在店內。聲音雖然很沉，但沒有金屬的質地。當然，也跟木劍不一樣。這種聲音出自異常堅硬且強韌的物質。當我拉起手腕把劍尖指向天空時，劍身立刻微微鳴動。

「嗯…………」

工匠薩多雷低聲沉吟。

「哇……！」

尤吉歐發出了細微的驚嘆聲。

而我則是屏住氣息，凝視著右手中的劍。

劍的全長幾乎與我過去的愛劍闡釋者完全一樣。不過呢，把這根樹枝由基家斯西達樹幹上砍下來的人是我，向薩多雷指定長劍尺寸的人也是我，所以這算得上理所當然。

與劍柄一體成形的劍身，同樣是深黑色。不過這同樣帶了點透明感的部分，吸收了由窗戶照進來的陽光後，某些角度看起來會呈現淡淡的金色。整體形狀是常見的單手用直劍，劍刃則比藍薔薇劍稍寬了一點。

劍脊上的稜線非常清晰，給人連該處都能輕易劃破皮膚的感覺。至於劍刃的鋒利度就更不用說了，看起來就像連光都能切開一般，從各個角度都看不見反射光。

「……你揮得動這傢伙嗎？」

過了半晌，薩多雷終於發出低沉的聲音。

但我沒有直接回答，而是瞄了一下店內確定裡頭沒有其他客人。年輕的學徒似乎也沒有離開工作室的意思。

我改變身體的方向，和長櫃檯並排而立。前方有五公尺以上的空間，應該足夠試劍了。左手依然握住劍鞘的我，直接拉開前後腳的距離並沉下腰。由於不打算使用劍技，所以我只擺出基本單手縱砍的架勢。

正面牆壁上掛有由圓形鋼板削出來的圓盾。我將距離五公尺外的圓盾當成假想目標，然後緩緩揮動手裡的劍。

黑劍帶來的沉重手感，立刻傳到這一年裡只以木劍練習的右臂上，但這種感受並未令我感到不快。它那令人心曠神怡的重量就像在挑戰我，或是要求我趕快熟悉它一般。

在高舉劍身前，我向前跨出右腳。我不是靠臂力，而是利用體重移動的去勢與身體扭轉的時機帶著劍移動，然後把累積在劍尖的所有能源——隨著迅速的踏步與吼叫釋放出來。

「喝……！」

黑光直線前進，遲了片刻才有撕裂空氣的聲音響起。劍尖在刺中地板前便停了下來，但空揮的威力依然呈放射狀擴散，讓地板產生一陣聲響。

我緩緩撐起身體，尤吉歐率先笑著拍手，接著薩多雷開始噴出猛烈的鼻息。

「哼……學院的菜鳥練士竟然可以揮得動這傢伙啊。」

「真是一把好劍。」

認為不需要多說些什麼的我只是簡短地回答，工匠這時終於露出笑容，然後搓了搓鬍鬚並這麼說道：

「那還用說。這玩意兒可用了我六塊黑煉岩磨刀石啊……不過，約定就是約定。我不跟你收造劍的費用了，以後要是出人頭地，記得幫忙宣傳劍是由工匠薩多雷所製就好。從現在起，這傢伙就是屬於你的了。」

「……真的很謝謝您。」

我一點頭道謝，尤吉歐也跟著做出相同的動作。我隨即撐起身體，把劍收回鞘裡。

薩多雷緊緊凝視著黑色長劍約兩秒鐘，接著再度笑著說：

「劍名就交給你自己去想吧。事關我們店的名譽，可別隨便取什麼奇怪的名字唷。」

「嗚……」

這可就讓我無法馬上回答了。可能是一路走來都待在物件打從一開始就有名字的世界吧，老實說，我還真不會替東西命名呢。

「……我、我會好好想一想的。那麼，天命減少時還得再來麻煩您幫忙磨劍……」

「嗯。話先說在前面，那時候可就不是免費了。」

「那、那是當然了。」

對話結束之後，我再度低頭行了個禮，然後和尤吉歐一起朝門口走了幾步。

這個時候背後忽然傳來「匡啷！」一聲巨大的金屬撞擊聲，讓我們兩個嚇得跳了起來。轉過身一看，馬上就發現薩多雷正瞪大眼睛看著西邊的牆壁。

順著他的目光看去，我立刻發現被劈成兩半的圓盾，商品的右半邊就這麼掉在地板上。

①、故意毀損店內的商品違反禁忌目錄。

②、若因為意外事故傷及商品又沒賠償，同樣違反禁忌目錄。

③、②的狀況下，若店主願意原諒肇事者，則不算違反禁忌目錄。

我將這些新知識刻在腦裡，快步走在回學院的路上。旁邊的尤吉歐老師臉色還是有點發青，而且他從剛才就開始不停地抱怨。

「……只是試揮一下而已，沒必要使用奧義吧！想也知道在店內施展那種招數一定會損及商品啊！」

「嗯、嗯……我沒打算用劍技……不對，我真的沒打算使用奧義啊……」

「不，我看到囉，桐人。你往下劈的瞬間，劍身稍微發出光芒了。我想那一定是我不知道的艾恩葛朗特流奧義！」

「嗯、嗯……但我記得艾恩葛朗特流沒有那種劍技啊……」

當我們邊拌嘴邊前進時，忽然有道甘甜的香味衝進我的鼻腔，直達腦門。

北聖托利亞市街共分為十個區域，最南邊（也就是最接近中央聖堂）的一區是皇帝居城，二區是帝國行政府，三區與四區是貴族的豪宅區。雖然三區裡那些高等貴族豪宅已經能讓亞絲娜家的房子相形遜色，但更驚人的是，一等到三等那些高貴的爵士大人各自還擁有聖托利亞市街之外的廣大「私人領地」。

私人領地裡甚至有村落存在，而那裡的村民似乎就等於是貴族的僕人。貴族子弟就是在這種富裕的環境下成長，所以也難免出現像萊歐斯與溫貝爾那種壞心眼的大少爺。

而五區則聚集了許多冠有「帝立」頭銜的設施。像是騎士團總部、競技場，當然帝立修劍學院也在這裡。

六區、七區是商業區域。再往北的八、九、十區，則是北聖托利亞市民的居所。

根據地理課學來的知識，其他帝國的首都——東、西、南聖托利亞也是這種構造。這當然不可能只是偶然，但似乎也不是四名皇帝商量後的結果，所以應該是由公理教會高層統一設計的吧。身為學生的我平時雖然沒什麼感覺，但教會的權威真是太恐怖了。

不過這些都不是重點——

重點是，要從位於七區的薩多雷金屬工藝店回到五區的修劍學院，途中一定得經過六區，而這裡因為聚集了許多食材市場與餐飲店家，所以誘惑相當多。要說這一年裡從我錢包裡跑掉的銀幣和銅幣都是被六區給吸走也不為過。

其中最令人難以抗拒的時刻，就是安息日的下午兩點左右。東三街有間名為「跳鹿亭」的餐廳，通常會在這個時間推出知名的蜂蜜派，而那種甜膩的香味總是會充斥整條街，讓我必須發揮堅強的意志力才能加以抗拒。不過最後通常是以失敗告終。

「…………我說啊，尤吉歐。幸好我們不用賠圓盾的錢，老闆也沒跟我收造劍的費用。」

我一邊放慢腳步一邊這麼說道，而夥伴則像已經查覺我言外之意般點頭回答：

「……是啊。我進入學院就讀之後才曉得，薩多雷先生好像被認定為一級工匠的名人唷。如果照規矩計算工資，說不定我們所有的財產都不夠付呢。」

「這樣啊……那麼，雖然已經不用付了……但我還是想問一下，如果不夠會怎麼樣？當場被逮捕嗎？」

「不會那麼誇張啦。那種狀況下得先記在帳上，然後每個月按時繳款。」

「原、原來如此……」

和由自律控制機構「Cardinal」嚴格控管珂爾價值的艾恩葛朗特不同，這個世界裡似乎多少有些居民間的經濟活動存在。這麼一來，雖然我們只是一介窮學生，還是應該幫忙促進經濟活性化才對。

內心暗藏如此崇高動機的我，立刻向尤吉歐這麼提案。

「……難得省下一筆錢了，各買三個應該不要緊吧？」

夥伴彷彿早知道事情會這樣發展般，嘆了口氣。

「買兩個就好了吧。」

我笑著點點頭並轉向左前方，此時正好有位大姊在外帶區排列剛出爐的蜂蜜派，於是我馬上朝她跑去。

不知不覺間，我的身體已經習慣了用皮帶掛在背後的黑劍，幾乎感覺不到重量，彷彿它多年前就待在那兒一樣。

4

走向學院的路上，我不斷回味著那種熱蜂蜜與奶油巧妙搭配的美味。和準備到哥魯哥羅索學長房間的尤吉歐分手後，為了向舍監阿滋利卡女士申請擁有私人武器的許可，我朝著初等練士宿舍辦公室走去。

要是在現實世界把超過一公尺的武器帶進學校，別說是挨老師罵了，甚至可能被警察逮捕。但這間異世界的學院是以培養劍士為目的，所以允許學生攜帶一把屬於自己的真劍。

至於為什麼只允許一把，那是因為這個世界裡，包含劍在內的武器都會持續地吸收些許神聖力——也就是空間資源。具體來說，就是只要仔細保養在比賽裡損耗天命的武器並將其收回鞘裡，它的天命就會慢慢恢復……這也就等於會吸收周圍的神聖力。當然，已經無法自然恢復的鈍劍就必須交給專門的磨劍師處理，折斷或劇烈損毀則非得拜託鑄劍師修復不可。

若不限制劍的持有數，如果出現武器狂學生一口氣帶幾百把劍進來，那傢伙的房間周圍，便會產生神聖力供給異常的現象。每個學生只能攜帶一把劍的理由似乎就是這樣。

畢竟今天是安息日，所以阿滋利卡女士沒有待在櫃台，而在房門敞開的辦公室裡處理文書。聽見我的超高速敲門後，她便抬起頭並眨了眨那對藍灰色眼睛。

「怎麼了嗎，桐人初等練士。」

「打擾了。我來申請攜帶私人所有的長劍。」

我輕輕低下頭走過門口，然後稍微環視了一下內部。牆壁上有好幾個排滿了皮革封面檔案的架子，但房內的桌椅分別只有一張。換言之，這名女性是一個人管理經營整整有一百二十名學生起居的初等練士宿舍。

女士聽見我說的話後微微歪頭，但她很快便站了起來，毫不遲疑地從架上大批檔案裡拉出其中一本，接著把放在裡面的常用紙文件推到我面前。

「把表格上的欄位填好。」

「好、好的。」

我畏畏縮縮地往下一看，需要填的欄位只有姓名、學號以及劍的優先度這些簡單的資料。看見沒有監護人簽名欄之後，我稍微鬆了口氣，然後迅速在姓名欄填上了「桐人」，學號欄上填了「7」——接著筆便停住了。仔細一想，我雖然試揮過黑劍，卻忘了看它的「窗戶」。

在阿滋利卡女士的注視下，我趕緊將背後的麻布包放在桌上，然後解開一條綁緊的皮線。因為只要露出劍柄便能叫出視窗，所以我只有拉下一點布包，但就在這個瞬間……

「…………！」

一陣猛烈的吸氣聲讓我抬起頭來——平常那個冷靜沉著的阿滋利卡女士竟然瞪大了眼睛。

「那、那個……有什麼問題嗎？」

我這麼一問，女士眨了好幾下眼，然後才搖搖頭回答一聲「沒有」。由於她似乎沒打算多說些什麼，我便把目光移了回來，伸出兩根手指輸入動作指令。碰了一下劍柄後，屬性視窗立刻隨著鈴噹般的聲音浮現出來。

表示在上面的優先度是——【Class 46】。

居然比神器．藍薔薇之劍還高出1級，難怪會這麼重。在第三個欄位填上數字後，我便把劍包回去並交出完成的文件。

阿滋利卡女士緩緩把視線由桌面的劍移到文件上，然後凝視著我所寫的內容。由於她早已知道我的名字與學號，所以看的應該是46這個數字吧。

……有什麼不對勁的地方嗎？難道說帶進宿舍的劍還有優先度的限制？當我內心感到驚慌不已時——

「桐人練士。」

「是、是的。」

「你……有沒有關於那把劍的記憶…………」

但她說到這裡便停住了。阿滋利卡女士暫時閉上了眼，但她用力睜開眼睛時，已經恢復平時那種嚴厲舍監老師的表情。

「……沒什麼。我收下持有申請了。我想不用說也知道，只有個人鍛鍊時才能夠使用真劍。檢定比試、團體練習時絕對不能使用，知道了嗎？」

「知道了！」

以堅定的語氣回答完並重新背好黑劍布包後，我瞬間猶豫起是否該追問剛才女士所說的那句話。但我想就算詢問對方也不會回答，所以直接敬了個騎士禮，就這麼離開辦公室。

我再度走向正面玄關，腦中茫然地思考著。

劍的……記憶。

真是個不可思議的詞。確實，這個世界包含劍在內的所有物件，都是以視覺化記憶資料的形式呈現。但這是現實世界新興企業「ＲＡＴＨ」所開發出來的科技，在Underworld生活的居民們當然不會意識到這一點。

換言之，阿滋利卡女士那句「劍的記憶」應該就是字面上的意思。難道這把黑劍本身擁有什麼記憶嗎？

不過，具體來說究竟是什麼樣的情況呢？她到底從這把黑劍上看到了些什麼……？

腦袋裡帶著這種疑問的我走到宿舍外頭，下午三點的鐘聲正好從聳立在屋頂上的鐘樓傳來。它的音色雖然比盧利特村教會的鐘要沉重許多，但旋律倒是完全相同。

我和莉娜學姊約好的時間是下午五點。

在薩多雷金屬工藝店裡試揮時，這把黑劍並沒有帶給我什麼不協調感……反而順手得讓我有種舊ＳＡＯ時代愛劍復甦的感覺。然而，我還是得先確認一下它能不能發動艾恩葛朗特流的祕傳奧義，也就是上級劍技。

由於今天是一週之中唯一可以外出的安息日，所以聖托利亞出身的學生幾乎都已回家，而人數較少的其他地方出身者也多半去參觀央都名勝，廣大的校園顯得相當空蕩。雖然校地內還有森林與小河，所以不缺練習劍技的場所——但我還是想完全排除被別人看見的可能性。畢竟我接下來要練習的，是這個世界所有劍術流派都沒有的「連續技」。

為什麼Underworld會有劍技？

為什麼這裡有劍技卻沒有連續技？

我掉到這個世界後已經過了兩年，對這些疑問依然毫無頭緒。唯一能想到的，就是ＲＡＴＨ的技術人員在建構Underworld時，以某種形式利用了「The Seed」程式套件……但就算這是事實，仍舊無法說明這種狀況。

因為，免費發布的「The Seed」——也就是簡易版「Cardinal」系統裡沒有包含劍技。二〇二六年的現在，眾多ＶＲＭＭＯ遊戲中，只有完全複製舊ＳＡＯ伺服器系統的ALfheim Online能夠使用劍技。但營運ＡＬＯ的新興企業「YUMIRU」當然不可能幫忙ＲＡＴＨ做實驗。

不管再怎麼想，也只是些沒有根據的推測而已。若想知道事情的真相，只能爬上中央聖堂的頂端和管理者接觸。

總而言之——Underworld劍士當成流派奧義的劍技，就只有「垂直斬」與「憤怒刺擊」這種單發技而已。

至於這個理由，我已經大概推測出來了，很可能是因為這裡沒有「實戰」。在禁忌目錄這種至高無上的法律以及無敵守衛整合騎士看守之下，Underworld所有戰鬥都會變成「比賽」。要求的是華麗且優雅的勝利。在遠距離擺出雄壯的姿勢，然後從該處使出單發大技來贏取勝利，不正是這個世界的劍士們追求幾百年得來的結果嗎？

而且，這可能也是為了防止偶發性事故。

地方大會裡，所有的比賽都是點到為止，就連央都的高級大會也只要擊中對方一次就算分出勝負，所以難以在途中停下來的連續技自然會被排除。

在這種狀況下，擁有強健的體格與臂力，而且對自己的全力一擊有絕對自信……比如說上級修劍士首席渦羅．利邦提這種使劍風格剛強的人，自然會成為強者。SAO時代的我，如果在禁止連續技的規則下和跟他同等級的雙手劍玩家單挑，想必沒辦法取勝。

我想，這也就是索爾緹莉娜學姊兩年來一直無法超越渦羅首席的原因了。

就算我在莉娜學姊面前展現劍技的連續技，她也不可能學會這些技術。因為就連沒有學過任何既存劍技流派的尤吉歐，也花了好幾個月才學會二連擊技「圓弧斬」。

學姊心中存有與艾恩葛朗特流類似的賽魯魯特流劣於海伊・諾魯基亞流的印象。但是，如果讓學姊親眼看見並非只有由大上段豪邁往下揮擊才叫做劍技，並藉此消除她的心魔，她在畢業比賽裡應該有機會獲勝。

一邊這麼想一邊往東走的我，不知不覺間來到學校的角落。

被扇形牆壁圍住的校園裡，即使已經有中央校舍、大修練場、圖書館、兩所練士宿舍、教官宿舍以及上級修劍士宿舍等眾多建築，依然顯得相當寬敞。南北兩邊牆壁上設有巨大的門，西邊有一座小山丘，而東邊則是佔地廣大的森林，但目前這些地方都因為今天放假而看不見學生的身影。

不過為了以防萬一，我還是選擇了遮蔽物較多的東方森林，並在樹木當中找到一塊空地之後停下腳步。腳下的短草就如同足球場上的草皮般，生長密集又不至於會絆到腳。我環視了一下周圍，確認這裡只有自己和兩、三隻蝴蝶後，隨即把右手往背後伸去。

我用手摸索著麻布並將其鬆開，接著握住露出來的劍柄。稍微感受了一下那種吸附上來的皮革觸感，然後一口氣拔出了劍。

從樹葉縫隙透下來的日光照在這把漆黑長劍上，由於它原本是基家斯西達的樹枝，所以嚴格來說應該是一把「木劍」。但是，此刻劍身所反射出來的金屬光芒卻足以讓人忘記這一點。

名工匠薩多雷耗時一年研磨而成的劍刃，光是看一眼就能感受到它令人驚嘆的高優先度……然而，這並非生物的物件看起來根本不像有「記憶」。

我暫且放下內心的疑問，雙腳擺出基本站姿，右手輕輕持劍往上一舉。和在工藝店裡試劍時不同，我在腦袋裡專注地想著要施展的招式，接著使出一招已經用過不知道多少次的單發劍技——「斜斬」。

經過瞬間的蓄力，劍身立刻迸發出鮮豔的藍色光芒。當看不見的手將身體往前推時，我便配合著以後蹬的腳與右臂替劍技加速。

「咻啪！」尖銳的聲響過後，揮砍的軌跡隨即劃破虛空。傾斜的曲線立刻像熱流般晃動並消失。空地的草皮也被劍風壓出一條直線。

我保持揮完劍的姿勢，凝視著聳立在前方五公尺處的老樹樹幹。不過，即使劍技的效果光已經消失，樹幹上依然沒有出現傷痕。

這是理所當然。基本技「斜斬」的攻擊距離頂多只有兩公尺半。威力本來就不可能到達足足有兩倍遠的地方。

但是，那到底為什麼……工藝店內同樣在五公尺外的圓盾會裂成兩半呢。那面盾不太可能剛好在那個時候用盡天命，更何況我絕對沒有發動劍技。雖然尤吉歐表示「劍在發光」……但我還是搞不清楚究竟為什麼。

這個世界，真的還有許多我所不知道的事。

我嘆了口氣並撐起身體，接著調整呼吸，開始下一招劍技的起始動作。

黑劍由正上方往下劈，在快要碰到地面之前，劍尖又像是遭到反彈般垂直往上砍回來。二連擊技「圓弧斬」造成比剛才還要強勁的劍風，讓草皮整個劇烈搖晃了起來。

這些都是持練習用木劍也能發動的劍技。此時我改變雙腳的位置，然後把劍擺在腰部，將身體往右扭。

「…………！」

我隨著無聲的喊叫使出左水平斬。劍揮到正面時，彷彿砍中了什麼堅硬的物體般倏然停止，隨即往右上方彈起。我繼續往前踏出一步，使出射程短．威力高的前斬。這是三連擊技「殘暴施力點」。

我無言地望著類似數字4一般的鮮紅軌跡消逝在空氣中，然後點頭開始施展下一招劍技——正面高舉黑劍，然後將它往後拉。

上段。下段。加上連結招式的前斬，最後把劍拉到背部全力往下砍。出現在空中的藍色正方形，旋轉著向前移動並擴散。由於這招的攻擊範圍廣且破綻相當少，所以我從舊SAO時期便一直很喜歡使用這招縱砍四連擊技「垂直四方斬」。

四種劍技無一失敗，全數發動。

這麼一來，就能確認黑色長劍的優先度確實跟尤吉歐那把神器「藍薔薇之劍」相當了。話又說回來，在宿舍辦公室打開這把劍的「窗戶」，看見等級46這個數字時，我就已預期到會有這種結果。

看樣子，應該可以實現在莉娜學姊面前展現高等劍技的約定了。我才稍微感到安心，胸口就立刻湧現另一種感情。

藍薔薇之劍最多只能發動四連擊技，無論怎麼努力都無法使出五連擊以上的大招。那麼，這把黑劍又如何呢？反正總有一天要實驗，不如把握住現在這個四下無人的好時機吧。

突然間，瀏海根部就像要對我發出某種警告般陣陣刺痛。但我最後還是屏除了雜念，開始集中精神。

此時，視野的角落已經可以看到劍身綻放出橘色火花。

但與之前那種鮮豔的效果光不同，只是一陣斷斷續續的光芒。我在腦裡擠出劍技的印象，繼續動作。雖然光芒還是不斷射出，卻完全沒有穩定感。

由於姿勢本身不安定，所以等到已經沒辦法再撐下去時，我便一口氣展開行動。

「嗚哦……！」

我下意識地喊叫，踏出的右腳讓地面為之震動。由左上往右下砍的劍，藉由系統輔助在抵達最低點前以銳角往回彈——理論上應該要這樣，但劍並未停下，直接用力砍到地面上。

一陣有強烈的反作用力頓時襲向往右手腕。這時要是勉強把劍拉回來，一定會受傷。我瞬間得到結論後咬緊牙關，以迴轉身體的要訣，直接把砍入地面近二十公分的劍往後甩。

「滋磅！」的沉重衝擊聲響起，我也於轉回身體的同時整個人倒在草地上。

——果然失敗了。到底是什麼不足呢？是我的等級？還是劍的優先度？又或者是兩者都有影響呢……？

腦袋裡想著這些事情的我，整個人呈大字形躺在草地上。這時，我眼前出現的是——

因為這一砍而飛起的大量泥土與草皮。

泥土飛去的方向——空地的角落，還有一個男人悄悄地站在那裡。

裹在高大身軀上的制服雖然屬於學院內的學生，但它並非灰色基本款。接近純正白色的珍珠白之上，還有鮮豔的淡藍色線條。在這座學院裡，自由選擇制服顏色乃是十二名上級修劍士的特權。

莉娜學姊是帶灰的紫色。哥魯哥羅索學長是深綠色。至於珍珠白加上淡藍則是……修劍士首席，渦羅．利邦提——

眼前這名頂著一頭淡金色短髮的男人，面無表情地用鋼藍色雙眸俯視我。他無疑就是那個人稱學院最強的男性。

躺在地面上的我，眼睜睜看著一塊被黑劍砍飛的泥土撞上他沒有任何髒污的白制服，並在上面留下放射狀的污漬。

要說我腦中沒閃過逃走的念頭，那是騙人的。

如果這裡是浮遊城艾恩葛朗特，而對方是聖龍聯合的高層，那我一定會毫不猶豫地逃走吧。然而，在這個世界裡犯錯後逃跑可說是最糟糕的選擇。這麼做不但會罪上加罪，甚至有可能觸犯最恐怖的「禁忌目錄」。

因此，我在僵硬了一秒鐘之後，隨即單膝跪地並把右手中的劍放在地上——這是最為恭敬的動作——然後低頭大喊：

「非常抱歉，利邦提修劍士大人！我為自己的無禮行為跪地謝罪！」

自從在艾恩葛朗特第61層的亞絲娜房間裡被她痛揍後，我再也沒有這麼認真地道歉了吧。

我邊這麼想邊持續地跪——

「記得你是賽魯魯特修劍士的隨侍對吧。」

接著，一道沉穩的聲音傳來。

我畏畏縮縮地抬起臉，看了一眼他的鋼青色雙眸後便深深點頭。

「是的。我是桐人初等練士。」

「這樣啊。」

修劍士瞥了一眼躺在草地上的黑劍，然後用有深度的男高音平順地表示：

「根據校規，對上級生的制服投擲泥塊，已經是足以行使懲罰權的失禮行為……」

一聽到這裡，我馬上就在內心發出了慘叫。

所謂的「懲罰權」，只有站在能夠指導全校學生立場的上級修劍士得以行使，說起來相當於代理教官的權利。遇見在非故意情況下輕微違反校規的學生，修劍士們可以依照自己的判斷給予適當的懲罰。我也數次因為去莉娜學姊房間時遲到而被處以揮劍一百下的懲罰。

至於重大違規的學生會有什麼樣的下場——當然，這個世界根本不可能發生這種事。重大違規絕非那些會因為不小心而犯下的過錯，再說人工搖光們也無法以自己的意志違背任何法律或規則。唯一有這種危險的就是擁有天然搖光的我，不過很幸運地這一年來一直沒有出過什麼大錯。可是現在——

讓修劍士之首的制服留下明顯髒污……這無論怎麼看都是相當嚴重的事……

「——但是，我不討厭你這種連安息日都躲起來練劍的態度。先不管『安息日練劍』本身就違反校規這點。」

嗚哇～我的內心再度發出無聲慘叫。

話說回來——的確有這條規定。但這時候要是承認，對方便極有可能會行使懲罰權。儘管不知道有沒有用，我依舊試著做出最輕微的掙扎。

「不、不是的，首席大人。這不是練習……呃，那個～對對對，我是在試新得到的劍。我在第七區訂做的劍今天剛好完成，所以一時忍不住才……」

說到這裡，我才發現自己忽略一項重要的事情。

這金髮平頭男……到底是從什麼時候開始看的呢？還有他為什麼會在這種地方呢？

我是為了發動不存在於Underworld劍術的「連續技」，才會特別來到森林深處。而這麼做的理由，則是為了在莉娜學姊面前展示連續技，好幫助她打倒渦羅首席。要是渦羅首席比莉娜學姊先目擊連續技，不就本末倒置了嗎？

——學院最強的男人似乎察覺到我的思緒，只見他露出輕微的苦笑並表示：

「……如果只是試劍，你發出的吼叫也未免太認真了點。不過呢，我也只看見你用那把劍砍中地面然後倒下而已。當成……你是因為揮舞不習慣的劍而滑了一跤吧。我就認定你不是違規在安息日裡練劍好了，畢竟我也是因為類似的目的才會來到這裡。」

「類、類似的目的嗎……？」

「不是只有你一個人才會想盡各種理由在安息日裡握劍啊。」

渦羅露出充滿自信的笑容，然後看向我剛才選為試劍地點的森林空地。

「不過，這裡是我先找到的。而我也已經承諾過我的隨侍在畢業之後要把這裡讓給他，所以你得去找其他的地方。」

原來是這樣啊——我在內心如此呢喃道。眼前的男人也想出了某個不是練劍的理由，然後持續在安息日裡握劍修練……這塊空地就是他練劍的場所，而我則很倒楣地在同一個時間點跑到這裡來，事情應該就是如此。草皮會這麼整齊，想必是因為渦羅每週都在這裡踩踏，所以天命總會為此重置吧。

看來以後要尋找雜草叢生的空地才行了。我在內心暗自決定，然後再次低頭說道：

「……我明白了。我會遵照您的指示。非常感謝您寬大的處……」

「現在道謝還太早囉，桐人練士。」

「什、什麼？」

「我的確說了不追究『你在安息日練習』這件事。但可沒說連這個都要原諒啊。」

我靜靜地抬起頭，立刻看見修劍士一臉認真地指著自己制服的胸口，也就是珍珠白布料上沾了泥污的那個部分。

「但、但剛才首席也說『不討厭這種態度了』……」

「嗯，的確不討厭。所以我不會要你打掃整棟修劍士宿舍或者抄一千遍法術口訣。」

就在我感到安心的下一秒。

留著平頭的最強劍士用指尖把泥塊彈落，同時說出嚇死人不償命的話來。

「桐人初等練士。給你的懲罰就是和我比試一場。不是用木劍，而是用那把黑劍。而我也會用這把劍。」

這時我總算發現吊在修劍士左腰上那把有著鈍金色劍柄及深藍劍鞘的真劍，一看就知道那把劍的優先度相當高。

「……比、比試……意思是？」

「比試除了『比賽形式的修練』之外就沒有別的意思了。不過，這裡實在窄了點。今天是安息日，大修練場應該空著才對。我們就到那裡去吧。」

首席劍士流暢地說完這些話後便轉過身子。

他以滑行般的腳步走在樹陰下，而我只能茫然望著那逐漸遠去的背影。過了大約兩秒鐘，當我的腦袋終於理解究竟發生什麼事時，便認真地考慮起逃走的可能性，但「逃避懲罰」已經不是輕微而是嚴重違反校規了。既然目標是在月底的進級考試裡成為和渦羅一樣的上級修劍士，當然不能在這時被退學。

我拿起橫躺在眼前的黑劍，鏘一聲將其收進背上的鞘裡並站起身。最後我又回頭看了一下樹林後方的學院石牆，然後才抱定破釜沉舟的決心追上逐漸遠去的金髮平頭男。

一踏出空地，覆蓋在地面上的各種雜草便往腳上纏了過來，但渦羅卻完全不受影響。

……這傢伙應該能輕易避過或掃落往自己飛過來的泥塊對吧？

雖然我總算注意到這點，但已經來不及了。

5

當我離開森林踏上石頭步道的同時，下午四點的鐘聲也響了起來。

不知不覺間，天空已經帶有夕陽的顏色，校園裡也能看見不少由街上回來的學生。他們看見走在我前面的白藍制服後，全都嚇得瞪大了眼睛。

也難怪他們會有這種反應。渦羅．利邦提自從成為上級修劍士以後，幾乎從未在專用宿舍以外的地方現身，隨侍練士之外的人只有在每年四次的檢定考試時才能夠看見他。就連身為莉娜學姊隨侍而每天出入修劍士宿舍的我，也只有在走廊上看過他幾次，這回更是首次和他有過這麼長的對話。

這種近似傳說的存在，背後竟然跟著平民出身的初等練士……而且目標似乎還是大修練場，不可能不引人注目。

更讓人害怕的是，已經有不少注意到我們的學生衝向校舍或練士宿舍裡。現在學院裡一定到處都是「修練場似乎有事要發生」的報告了吧。

由於安息日的門限延長到晚上七點，所以這個時間應該還有半數以上的學生待在外頭才對。然而，要是什麼都不做，可能就會有許多人跑來見習，不，應該說是觀摩我和渦羅的比試。如果演變成這樣，就得趕快結束比試，躲到莉娜學姊的房間等這股熱潮冷卻下來……

不，等等。話又說回來，要怎麼快點結束？

正如渦羅所言，學院裡的「比試」就是指練習以上比賽未滿的較勁。規則基本上同樣是點到為止，但只要雙方同意，也可能出現像SAO時代的「初擊勝負」模式。也就是擊中對方一次才算分出勝負。

在這種狀況下，落敗者當然會受到一定程度的傷害。禁忌目錄雖然嚴格禁止「故意減少他人天命的行為」，但這種時候算是少數的例外。這所學院之所以允許連薩卡利亞衛兵隊都禁止的初擊勝負比試，是因為醫務室裡備有許多高價藥品，而且有能夠使用高等神聖術的教師。也就是說……就算在比賽裡受到重大傷害也能夠治好。

話說回來，渦羅首席既然親自表示要用真劍來進行比試，想必規則是點到為止。那麼，這樣如果我想要獲勝，就必須躲過或抵擋他有雷霆萬鈞之勢的大上段攻擊，反擊時還得在觸碰到他之前停下來才行。

這怎麼想都是件相當困難的事。然而但更重要的問題在於……我應該獲勝嗎？

渦羅是莉娜學姊這兩年來最想要打倒的目標。面對如此的對手，我這個接受學姊指導的隨侍贏了真的好嗎？假設我真的贏得勝利，莉娜學姊會替我感到高興嗎……

不知不覺間有些低著頭的我邊走邊這麼想，這時耳邊忽然傳來兩道猛然狂奔的腳步聲。

我急忙抬頭往左看去。衝進視野中的人，正是放任制服裙子飄揚往我奔來的索爾緹莉娜·賽魯魯特上級修劍士，跟在她後面的則是我那位夥伴尤吉歐。兩人都沒理會步道，直接穿過長滿草皮的山丘，一直線往我這裡靠近。

尤吉歐也就算了，老實說我從來沒見過莉娜學姊氣喘吁吁跑步的模樣。嚇了一跳的我剛停下腳步，走在前面的渦羅便跟著停下來，整個身體轉向左方。

只花了幾秒鐘就抵達步道的莉娜學姊，以有些擔心的目光瞄了我一眼後，隨即和渦羅正面相對。她先理了一下淺紫色裙子，然後挺直背桿開口：

「……利邦提同學，這到底是怎麼回事？」

這座學院的學生裡，只有莉娜學姊能以對等的態度與渦羅講話。躲在遠方圍觀的學生們，這時產生了一陣小小的騷動。

學姊的深藍眼眸射出極為銳利的視線，但首席劍士面不改色地接了下來。只見他稍微傾斜剪短的金髮，一臉稀鬆平常地回答：

「正如妳所見，賽魯魯特同學。妳的隨侍對我做了些失禮的行為。但在安息日對他科以嚴厲的懲罰又有點太可憐了……所以我只要求他和我來場比試。」

周圍立刻響起比剛才還要大的聲音。

這時候，莉娜學姊才終於注意到渦羅制服胸口處有一塊髒污。只見她輕輕咬起自己的嘴唇，看來光是這樣她應該就明白整件事的經過了吧。

趁著上級修劍士的首席與次席對峙，我悄悄往旁邊移動，直接靠向呆立在人牆內側的夥伴。他臉上露出我早已經司空見慣的——「你又做了什麼！」及「又來了……你又來了……」的表情。

「……來得很快嘛。」

我剛這麼低聲說道，尤吉歐便不停點著頭。

「我待在修劍士宿舍的餐廳，佐邦學長的隨侍突然跑進來說首席要和你比試。我雖然以為不太可能，但還是通知了賽魯魯特學姊，然後跟她一起跑了過來……不過看來好像是真的。」

「嗯……好像是這樣。」

我剛點頭，尤吉歐便像是要說些什麼般用力吸了口氣，但頓了幾秒鐘後，他還是把大部分空氣隨著嘆息呼出來了。

「……算了，你到今天為止都沒惹出什麼麻煩，已經算是奇蹟啦。拜託你趁這次機會把累積一年的搗蛋元素全用掉吧。」

「不愧是跟我相處已久的夥伴。」

我忍不住笑了起來，然後拍了拍尤吉歐的背部並且移動自己的視線。

莉娜學姊依然一臉嚴肅地凝視著渦羅首席。但就連不太熟學院規則的我，也知道沒有什麼足以改變這種狀況的根據。

我離開尤吉歐來到學姊身邊，接著對這名令人敬愛的指導生輕輕點頭。

「學姊，抱歉讓妳擔心了。不過我沒問題的。應該說……我反而覺得有機會和首席交手是件很幸運的事。」

我輕聲這麼說道，試著要從學姊的深藍色眼珠裡讀取她此刻的心情。自己的隨侍練士將和自己最大的敵手交鋒，究竟會對她造成什麼樣的影響呢？

但是──我馬上就對自己這種試探的行為感到後悔不已。因為她眼裡所透露出來的，只有對我的擔心。

「桐人……要怎麼決定比試的勝負？」

學姊這麼一問，我也只能眨眨眼後回答：

「嗯……因為要使用真劍，所以應該是點到為止……」

「啊，我忘記說了。」

這時插嘴的人正是渦羅。依然保持平靜表情的他繼續說道：

「我從來不進行點到為止的比試。因為那只會讓劍法變鈍。學院規定只能點到為止的檢定比賽確實沒辦法，但我個人進行比試時，一定是先擊中對方的人獲勝。」

「咦……那、那……」

在愕然的我面前，首席劍士的表情變得有些不同。他看起來就像在挑釁……又像是微微露出利牙的肉食猛獸。

「不過呢，初擊勝負的比試必須在雙方同意之下才能進行。禁忌目錄裡是這樣規定的，而它的優先度當然高於修劍士懲罰權。因此，如果你拒絕，也就只能進行點到為止的比試了……交給你選擇吧，桐人練士。」

聽到這裡，周圍一直竊竊私語的學生們也安靜了下來。

我似乎可以聽到背後傳來尤吉歐喊「說點到為止就好！」的聲音，當然莉娜學姊就更不用說了。其實，我也沒真的魯莽到拿真劍和學院最強的男人進行初擊決勝比試。

本來應該是這樣才對。

「……規則就交給您決定吧，利邦提大人。因為我是接受懲罰的人啊。」

但這樣的回答，很自然地從我嘴裡出現。

我感覺背後的尤吉歐垂下了頭，莉娜學姊則倒抽了一口氣。

此外，似乎——還有人在我的頭上嘆了一口氣。

修劍學院大修練場，這個名字聽起來似乎相當嚴肅，但它其實就是個比較大的體育館而已。這裡的地板是高級白木板，當中有以黑色木材鋪設而成的四個正方形比賽場，周圍設有樓梯狀的觀眾席。舉行最大的活動——修劍士檢定大賽時，足以容納全校兩百六十名師生。

渦羅選擇了東南方的場地。我在框線附近瞄了一下周圍，發現趕到現場的學生似乎已經超過五十人。以安息日門禁前這個時間點來看，應該所有待在校內的學生都來這裡了吧。除了學生之外還混了三名教師，更驚人的是，連初等練士宿舍的阿滋利卡舍監也在內。

另一件讓人感到意外的，則是學生裡也能看見那兩名討人厭的上級貴族……萊歐斯與溫貝爾的身影。他們應該是剛好比較早回宿舍吧，只見這兩人已經坐在觀眾席的最前排，露出幸災樂禍的笑容。臉上分明寫著「希望快點看到你被渦羅打敗」。

我對自己在人家言語挑釁下誇口「規則由你決定」並未後悔——應該說，在那種情況下我這個人也只會做出那種選擇。

但另一方面，還是有另一種猶豫在我腦袋裡徘徊。

我是否該和渦羅戰鬥呢？

我承認自己的確想挑戰這位人稱學院最強的劍士。說起來，我由遙遠北方的盧利特村來到央都聖托利亞的第三個目的，就是「想和強者對戰」這種類似老遊戲宣傳詞的慾望。

然而，現在的我還有一個比「和渦羅交手」更為強烈的願望。

那就是希望莉娜學姊能在最後一次比試中獲勝，之後得以從家名與流派的束縛中解脫。這一年來，我一直隨侍在她身邊，卻從來沒有看過她發自內心的笑容。

我看著比賽場另一側正在確認愛劍狀況的渦羅，內心地默默承受這種糾結。此時——

「桐人。」

莉娜學姊本人忽然從後面呼喚我的名字，而嚇了一跳的我當然馬上轉過身去。

次席修劍士的深藍眼眸筆直地盯著我看，以跟平時沒有兩樣的堅定聲音低語：

「桐人，我相信你的實力。但就是因為相信才要告訴你——擔任帝國騎士團劍術師範的利邦提家，有一個祕密的家訓。那就是『只有沾染強者之血的劍才能增加己身實力』。」

「血……是嗎？」

我低聲咕噥，學姊靜靜點了點頭。

「沒錯，渦羅應該入學之前便已在私人領地內進行過好幾次初擊勝負的真劍比試了。他那恐怖的剛劍，就是來自這樣的經驗。而那個傢伙……現在也想把你的實力變成血並加以吸取，藉此增強自己的力量。」

雖然這些話不太容易理解，但我已經在腦袋當中將它轉換成自己比較熟悉的道理，然後對著學姊點了點頭。

這全都是「意念的力量」。正如學姊的劍一直被賽魯魯特家劍士代代繼承的「本流派是被屏除在正統劍術外的旁支」觀念所束縛，利邦提家所傳「只有沾染強者之血的劍才能增加己身實力」的觀念，則賦予了渦羅的劍力量。

他應該是在森林空地看見我尚未完全施展的連續技以及高優先度的黑劍，便判斷我是個值得讓他吸取血液的對手吧。雖然相當光榮，但這也就代表他認為我是「絕佳的獵物」。

換句話說，若我在這場比試裡吃了渦羅一擊而流血，那麼他的意念很有可能變得更堅強。在莉娜學姊即將面臨最後一場比賽之際，我絕對不能隨便讓敵人增強實力。這時候還是別怕丟臉，直接食言把規則改成點到為止吧……正當我這麼打算時——

學姊已經把手放在不知不覺低頭沉思起來的我肩上，並且說道：

「但是，我必須再說一次，我對你有信心。你絕對不是那種會被他輕易吞噬的劍士……你應該沒忘記昨天和我約定好的事吧？」

「約定……」

我復誦了一遍，然後用力點頭。

「嗯。我和學姊約好要展現自己所有的實力。」

「雖然狀況有些改變了，但這倒也無妨，你就在這場比試裡展現給我看吧，桐人。把你所擁有的力量與技巧全部解放，贏過渦羅．利邦提。」

聽到這句話的瞬間，我感覺自己的猶豫已經消失無蹤。

猶豫該不該搶在學姊之前與渦羅戰鬥、害怕失敗將會讓對方實力更為增強，這些只不過是參雜著自大與自卑的差勁藉口。我差點把帶著迷惘的表現當成禮物，送給自己最尊敬的學姊。一旦握住劍，就只能全力以赴。這應該是我在任何虛擬世界裡的第一信條才對。

我對學姊點了點頭，將視線往右移，與探出觀眾席扶手往這邊看的尤吉歐四目相對。夥伴的臉上雖然帶著相當熟悉的擔心表情，但我一對他露出笑容，他便對著我輕輕伸出右拳。

我也做出同樣的動作，然後再度轉向莉娜學姊說：

「我會履行諾言的。」

學姊默默點頭，接著往後退了一步。場地的另一端似乎早就在等待這一刻，馬上有平穩的聲音傳了過來。

「準備好了吧，桐人練士。」

我緩緩轉過身子，來到標示賽場邊界的黑色木板前，回答了一聲「是的」。渦羅隨即用手背朝上的右拳輕輕碰了一下左胸，行了一個簡略的騎士禮。由於這不是正式比賽，所以沒有擔任裁判的老師，但我對如何分出勝負已經沒有半點疑惑。先被砍中而流血的一方便算落敗。

我往前踏出一步，進入比試場地。接著繼續走了第二步、第三步，最後在第四步時來到鑲著白色橫板的開始線。

對方拔出左腰的佩劍，而我則拔出背後的愛劍。看到渦羅手中長劍的金茶色劍柄以及磨亮的鋼鐵劍身後，周圍學生全都發出「哦哦」的感嘆聲；在看到我的劍時，卻全部轉變為疑惑的低吟。我想，這是因為沒人見過劍柄與劍身全是一片漆黑的真劍吧。

「哎唷，邊境那邊有把劍塗上墨汁的風俗嗎，萊歐斯同學！」

觀眾席裡的溫貝爾以假裝壓低但周圍都能聽得一清二楚的聲音叫道。

「別這麼說嘛，溫貝爾。隨侍大人的工作相當繁重，他應該是忙到沒時間擦劍了吧。」

當萊歐斯跟平常一樣地出言諷刺時，周圍貴族出身的學生們馬上笑了出來。

然而，在渦羅緩緩移動長劍時，所有雜音瞬間消失。這究竟是出自對首席修劍士的尊重呢？還是他們也體會到渦羅擺出戰鬥架勢前就已迸發的強烈壓迫感了呢？

——木劍和真劍竟然有這麼大的差異。

我再度在心中這麼低語。

在過去舉行的三次修劍士檢定比試中，身為莉娜學姊隨侍的我就已在比賽場旁邊看過渦羅．利邦提的拿手絕活——海伊．諾魯基亞流的「天山烈波」。然而此刻的渦羅手上不是木劍而是真劍，還是我必須面對的比試對手，感受到的壓力可以說截然不同。

頂著一頭金色短髮且體型算瘦削的渦羅，總是給人一種修行僧的印象，但我現在終於知道自己大錯特錯了。寄宿在鋼藍色雙眸裡的光芒，顯示出他只是一個渴望用鋼鐵劍刃劈開敵人肉體的劍鬼。

渦羅緩緩舉起那把擁有略長劍身與劍柄的愛劍。這把在遊戲世界裡應該會被分類為「重劍」的武器，劍身周圍可以看見近似熱流晃動的現象，但這應該不是錯覺。那是劍的優先度與持劍者意念綜合後的「威力」讓空間為之振動。

「滋」一聲激烈的搖晃後，首席修劍士已經擺出了大上段架勢。

他只要把劍往後微帶，就能夠發動「天山烈波」……別名，雙手劍單發重突進技「雪崩」。

在似遠猶近的過去，也就是生活在浮遊城艾恩葛朗特的日子裡，我也有過不少次決鬥，亦即一對一的對人戰經驗。其中最讓我印象深刻的雙手劍劍士，就是亞絲娜身為血盟騎士團副團長時，那個擔任她護衛的男人——克拉帝爾。

面對他主動提出的決鬥時，我預測到他第一擊打算以「雪崩」出手，於是利用同樣為單發突進技的「音速衝擊」攻擊雙手劍的側面，成功破壞了他的武器。

當時的記憶閃過腦海，而我也考慮起是不是要採取同樣的戰術，但馬上就放棄了這個念頭。如果這麼做，不但沒辦法打斷對方的劍，我的劍反倒有可能被砍斷——就算沒斷也會被彈開，更會吃上一記足以劈開肩口的重擊。

「天山烈波」的原型雖然是「雪崩」，但渦羅使出這招時的力道、速度都跟克拉帝爾完全不同。強烈的自信，讓他的招式擁有絕對的威力。所以我也得有足以抗衡的意念……得把這種信心灌注在五體乃至於劍尖中，我才能跟他站在相同的起跑點。

不能因為這是私人比試而繼續藏私，現在就是施展連續技的時候了。

想到這裡，我便開始擺出目前能使用的最上級技巧——四連擊「垂直四方斬」的起始動作。雖然這需要超精密的控制能力，但只要第一、二、三擊都能砍中對方的雪崩，兩者的威力應該就能互相抵消，而我也能在第四擊時獲得勝利。

我與渦羅完全不同，只以簡單姿勢舉起右手的劍。要以劍技迎擊劍技，最重要的就是時機。自己的招式必須配合敵人發動劍技的時間，也就是得做到「後發先至」才行。

當緩緩運動的黑劍劍尖超過圓弧頂端，開始稍微往後傾斜的瞬間……

「…………喝啊啊！」

渦羅隨著撕裂空氣的吼叫發動了攻擊。

重劍劍身閃爍著金紅色光芒。過去曾三次擊敗莉娜學姊那招「龍捲風」的雙手上段斬，在空中拖著熾烈火焰般的軌跡猛然逼近。

這時我也展開了行動。我利用往前踩的腳步，加速以最小動作發動的「垂直四方斬」初擊，使出近似跳躍的前砍。

在「鏘！」的尖銳金屬聲響起時，我的右手也感覺到一陣劇烈衝擊。我的初擊被對方輕鬆地往下擊落。周圍的師生們，應該都認為我施展的技巧是諾魯基亞流奧義「雷閃斬」，也就是單發的「垂直斬」吧。如果是那樣，這個時候應該已經分出勝負了。但精彩的部分接下來才要開始。

即使和敵人的招式產生衝撞，只要動作沒有太大的走樣，發動中的劍技就會繼續下去。垂直四方斬的第二擊馬上就會由正下方往上挑起。我的劍技可還沒結束呢。

「喝啊！」

我全身往左旋轉，然後迅速將劍抬起。撞擊聲再次傳來。包裹在我劍上的藍光與纏繞在渦羅劍上的橘光混雜在一起，化成白色光芒照亮這個微暗的修練場。

這回我的劍照樣被彈到後面去了。但敵人的雪崩速度也開始變慢。我咬緊牙關，立刻砍出第三擊由上往下的垂直斬。

「鏘啷！」更為劇烈的碰撞聲過後，兩把劍終於抵在一起。

雖然沒有按照預定在第三擊彈開對方的劍，但他的劍技已經停下來了。

這時候只要把他的劍推回去，雪崩便會中斷，但我還剩下最後的第四擊。

「嗚……哦哦！」

「姆嗚……嗯！」

我和渦羅同時發出低吼，奮力想要彈開對方的劍。

事到如今，劍技的攻擊力和系統輔助都沒有關係了。純粹就只是意念與意念，氣勢與氣勢的比拚。劍刃相抵處開始亮起白光並爆出細微的火花。比賽場厚重的木板地面，也因為承受巨大壓力而開始發出吵雜的哀嚎。

如果現在有人從外部觀察收納整個Underworld的主記憶裝置，那麼他一定會在光量子專用媒介的某處看見相同的白熱光芒吧。這正是我和渦羅的搖光為了蓋過對方所發出的信號。對方臉上那種輕鬆的表情已經不復存在。他的眉間出現深邃的山谷，嘴角也劇烈地扭曲。不過我想我的臉應該也跟他差不多。

均衡狀態持續了兩秒、三秒、四秒——就在這個時候……

我忽然看見了出乎意料之外的景象。

上級修劍士首席渦羅・利邦提的左右及背後，竟然隱隱浮現出五個以上臉龐相似，但明顯是不同人的劍士身影。

他們所有人的身體都呈朦朧透明狀，大概只能看出他們跟渦羅用同樣的姿勢持劍，但我馬上就領悟到，這些劍士乃是繼承帝國騎士團劍術師範之名的利邦提家歷代當家。

目前雖身為首席但仍是一介學生的渦羅，所背負的……或者說必須背負的，竟是如此重擔。它們就是讓渦羅揮劍時那種壓倒性威力的真正來源。

——我……絕對不能輸！

彷彿聽到這種咆哮的下一秒。立刻有股比剛才沉重數倍的絕對力量，朝我的雙臂襲來。

這時重劍上的橘色光芒，便有如地獄烈火一般，而我的黑色長劍也不斷被往後推。雖然我拚命想要穩定身軀，但雙腳就不是聽使喚地逐漸後退。

只要再退後十……不對，五公分，劍技便會被強迫結束。在那個瞬間，我的劍就會被彈開，身體也會遭對方砍出一道深深的傷痕。

三百八十年。

這個詞語忽然沒來由地在我腦中一閃而過。

這個Underworld打從誕生至今，已經累積了這麼多年的歷史。就算這個世界在絕對法律的保護下沒有實戰存在……但生活在這裡的劍士們，還是把在這段漫長歲月裡磨練出來的劍技一代代地繼承下來。因而誕生的招式，早已超越了「VRMMO遊戲攻擊技」的領域。

我的右腳又往後退了一點，纏繞在黑劍上的光芒也開始不停閃爍。

但是——

我也不是為了賺取經驗值才戰鬥。

為了初次見面便對我伸出溫暖援手的朋友·尤吉歐。為了這一年裡時而溫柔、時而嚴厲地教導我許多事情的莉娜學姊。當然，也為了在現實世界裡盼望我回去的亞絲娜與直葉、克萊因與莉茲、詩乃、艾基爾、西莉卡等許許多多的人。

「我也……不能在這裡落敗啊……！」

我使勁嘶吼，而右手上的劍——

忽然像要呼應我的吼叫般開始振動。

纏繞著細微藍光的漆黑劍身，中心忽然出現了黃金色的亮點。光點的數量不斷增加，最後充滿了整個劍身內側。出現這種現象的同時，周圍的空間也急遽變暗，但我本人卻完全沒注意到這件事。

因為，劍上出現了更加驚人的變化。

劍身隨著叮叮的清脆聲響開始變大。實際上變化幅度只有幾公分，又有強烈效果光的遮掩，因此注意到這種現象的人應該只有我和渦羅而已，但可以確定這不是眼睛的錯覺。

而且不只是劍身，就連劍柄也伸長了。我就像被無形的力量引導般移動左手，最後變成用雙手緊緊握住纏繞了黑色皮革的劍柄。

如果是在艾恩葛朗特裡，這時候劍技已經會因為裝備狀態異常而強制中斷。但垂直四方斬那即將消失的藍光，在我改用雙手握劍後竟然一口氣恢復過來，還融合劍身內部的金色光芒產生激烈的漩渦。

不知道為什麼，手中黑劍狂野的狀況竟讓我想起了它原本的模樣……聳立在盧利特村南方森林裡的「巨神大杉」基家斯西達。也就是那棵吸收了大量大地與陽光的資源，三百年來持續抗拒被人砍倒的漆黑大樹。

……劍的……………記憶。

這樣的聲音再度於耳朵深處響起，但我的咆哮馬上又蓋了過去。

「哦……哦哦哦哦哦哦哦！」

我擠出僅剩的力氣與意志力，把右腳——往前跨出一步。

當我踏出步伐的瞬間，濃縮在兩把劍交叉點的能源，似乎再也承受不住自身密度般炸開。

那幾乎與燃素系高階神聖術的爆炸一樣，我和渦羅立刻炸得往後飛去。但我們兩個都拒絕倒地，維持前傾姿勢用腳穩住了身形。經過硬化加工的皮革靴底，在比賽場的木板上摩擦後產生白煙。我和渦羅各自留下兩道燒焦的痕跡後，在兩端邊線前停了下來。

雙方的劍都已完全往後彈開。此時渦羅的「雪崩」已經結束，橘色光芒開始往內收縮。

但是——即使改用雙手握劍，我的「垂直四方斬」依然沒有完結。

「喝啊啊！」

我發出短暫的怒吼，隨即往地面一蹬，發動最後的第四擊——由後往前用力劈下的上段斬。劍身在空中畫出鮮豔的藍色弧形……直接奔向無法擺出防禦架勢的渦羅胸口——

但劍尖最後只有掠過他的身體，並在快要碰到地板時停了下來。垂直四方斬不是突進技。

雖然我已經拚命拉近雙方的距離，但還是沒辦法到達比賽場的另外一端。

我和渦羅在極近距離對看，這時忽然有一道尖銳的聲音撕裂了這陣短暫的停滯。

「到此為止！」

我反射性往後一跳，拉開充分的距離之後才垂下手中黑劍。而面前的渦羅也同樣解除了戰鬥姿勢。

確認過這一點的我，心想究竟是誰敢制止首席修劍士決定進行的無裁判比試，同時看向聲音來源。當我發現站在那裡的人，竟是初等練士宿舍的阿滋利卡老師時，馬上就因為過於驚訝而說不出半句話來。

並非教官而是舍監的她，為什麼會做出裁判般的行為呢？而渦羅又為什麼會乖乖聽從她的指示呢？

當我被這雙重疑點所困而呆立在現場時，垂下劍的首席修劍士已經迅速由左側朝我靠近並且小聲地表示：

「既然那位女士已經如此裁決，我們就必須遵守她的判定。」

「……那、那個……為什麼？」

「因為在七年前的四帝國統一大會裡，那位女士是諾蘭卡魯斯北帝國的第一代表劍士。」

咦咦——————！

將目光移回眼睛快掉出來的我身上後，渦羅．利邦提剛才那劍鬼般的鬥氣已經消失無蹤，改用原先那副宛如修行僧的臉對我點點頭。

「對桐人練士的懲罰就此結束。今後，要特別注意別再把泥塊濺到別人身上了。」

他閉上嘴巴的同時也把劍收回左腰的鞘裡，隨即轉身離開。

當藍白相間的制服悠然橫越整個修練場，並由門口消失在外頭的瞬間——

「嗚哇」的巨大歡呼聲與拍手聲，立刻響徹了整個大修練場。嚇一跳的我看看左右，只見不知什麼時候已經聚集了將近一百人的觀眾席裡，師生們都對我報以熱烈的掌聲，最前排的阿滋利卡舍監也用跟平常一樣的認真表情拍著手。我在舍監附近發現一邊鼓掌一邊含著淚水的搭檔尤吉歐後，馬上輕輕舉起左拳對他示意。而他的指導生哥魯哥羅索學長那巨大的身軀，也在不知不覺間出現在他身旁。

我最後又瞄了一眼右手中的劍，確定它已經恢復原來的尺寸之後，便「鏗」一聲將它收進背後的劍鞘中——就在此時……

啪嘰！

後面突然有人猛力拍著我的雙肩，嚇得我跳了起來。一雙雪白的手粗魯地將我的身體轉了過去，而我眼前出現的——竟然是索爾緹莉娜學姊那扭曲得比尤吉歐還要厲害的臉龐。

「……我還以為……你會被砍中。」

大概只有我聽得見的沙啞聲音，讓我點了點頭。

「嗯……我也以為會這樣。」

「……可是你沒有投降……你這個大笨蛋！」

學姊緊緊閉起眼睛，可以看見她長長的睫毛不停顫抖。但學姊似乎終於成功地制止自己在此落淚，深吸一口氣後睜開了眼睛。她深藍色的眼珠裡，浮現我過去從未見過的溫柔光芒。

「這的確是一場既相當精采……又讓人感動的戰鬥，桐人。我必須向你道謝。雖然沒能獨占你的表演實在有點可惜……不過你確實遵守約定，展現自己的實力給我看……謝謝你。」

「咦……但、但只是平手……」

「能夠和那個利邦提戰成平手，你還不滿足嗎？」

「不、不是啦……」

我用力搖了搖頭，學姊則難得地輕笑一聲，然後把嘴唇靠近我的耳邊呢喃著：

「這已經不是誰勝誰敗的問題了。你戰鬥的模樣……讓我學習到相當重要的東西。現在，我打從心底對自己是賽魯魯特流繼承人這點感到驕傲……以及喜悅……當然，我也很高興能夠負責指導你。」

莉娜學姊再度拍了一下我的肩膀，隨即把臉移開。嘴角還帶著微笑的她繼續表示：

「距離門限還有一點時間。到我的房間裡喝點東西慶祝一下吧。可以把尤吉歐也叫來。如果他的指導生想要同席……嗯，今天就特別通融一下好了。」

聽到這裡，我也開心地笑著點點頭。接著對觀眾席上的尤吉歐舉起手，用手指比了比出口。看見他和哥魯哥羅索學長開始移動之後，我才和莉娜學姊並肩踩在修練場依然發燙的地板上往前走去。

這時，佔領我腦袋七成容量的，並不是學姊珍藏的紅酒，也不是哥魯哥羅索無限重複的豐富劍技史，而是——

……原來在行使懲罰權的比試裡還可以投降啊！

也就是因為這樣，我才會在注意到溫貝爾與萊歐斯用詭異的眼神看著我們後，沒有多想就忽略了這回事。

6

過去在浮遊城艾恩葛朗特裡，也有種類豐富的紅酒與麥酒存在。

但就算喝下一大杯酒精濃度再高的烈酒，理論上也不可能真的喝醉。畢竟，現實世界裡躺在凝膠床上的真正肉體，根本沒有攝取到一滴酒精。

但相當驚人的是，在這個世界裡酒精確實能發揮某種程度的功效——喝太多真的會醉。我想這應該是對搖光發送「酩酊狀態」信號後造成的結果，但創造出這個無情實驗世界的設計者也算還有點良心，酒醉後通常只會出現「並未失去理性的亢奮」。不但沒有人一喝醉就大哭大鬧，也沒有人因為喝酒而違背法律。

——只不過，這種限制在我身上不一定適用，所以在莉娜學姊房間舉行的「慶祝平手派對」上頭，我只喝了兩杯紅酒就打住。學姊特別開了瓶珍藏的百年好酒，就連完全不了解紅酒的我，也在喝下之後忍不住大叫「好喝！」表示讚賞，需要堅強的意志力才能抗拒這股誘惑。

尤吉歐與哥魯哥羅索學長也一起聊著這一年來的回憶、預測即將到來的畢業比試．進級比試的結果，以及討論劍技與流派等深入話題。一轉眼，離初等練士宿舍的門禁只剩十五分鐘。

我依依不捨地離開上級修劍士宿舍，帶著尤吉歐回到自己的宿舍，隨即把仍處於酒醉狀態的夥伴留在房間裡，自己一個人朝西邊的花壇前進。雖然今天是安息日，依然得為賽菲利雅花澆水。於是我走下樓梯，打開了門。

在我讓尤吉歐躺上床並收起黑劍時，陽光最後的殘照已經完全消失，外面也完全籠罩在夜色當中。

我閉上眼感受舒服的冷空氣，準備好好吸一口盛開的銀蓮花香氣——卻不由自主地繃起臉。空氣中除了柔和的花香外，還參雜著一絲黏膩的動物性香料。我不但聞過這種味道，而且昨天晚餐時才聞過一次……但那種味道應該不會出現在這種地方才對。

我睜大雙眼，凝視將花壇分為四個區域的道路前方，黑暗中立刻有兩道身影朝我走來。他們身上雖然穿著和我一樣的初等練士灰色制服，卻故意解開胸前的三顆鈕釦，露出裡面顏色鮮豔的襯衫。萊歐斯．安提諾斯穿著帶有黏稠光澤感的紅襯衫，而溫貝爾．吉傑克則穿著螢光淡黃色襯衫。

這兩人既不負責栽培工作，對植物也不太可能有興趣，為什麼會跑來花壇……我正疑惑時，突然有股不祥的預感湧上心頭。這讓我在踏出校舍西邊牆壁的門外一步後就呆立現場，萊歐斯與溫貝爾則是直接往這裡靠過來，並且在距離我一公尺處停下腳步。

「哎唷，你來得真剛好，桐人練士。」

萊歐斯用那種流暢……但包含著滿滿惡意的聲音開口。

「我們正想去找你呢，這下可省了不少時間。」

這句話讓他身後的溫貝爾發出抽筋般的尖銳笑聲。我將目光移回到萊歐斯身上，問了一句：

「……找我做什麼？」

這極為冷漠的態度雖然立刻讓溫貝爾的臉因此扭曲，但萊歐斯卻先揮了一下右手制止同伴，然後才回答我的問題。

「當然是要讚賞你的英勇啊。想不到受禁令限制的修劍士，居然能將隨侍指導得能和那個利邦提大人打成平手。」

「就是說啊，真想不到。不過呢，那種像馬戲一樣的劍技，多少會讓首席大人有點措手不及吧？」

說到這裡，兩人便一起呵呵笑了起來，於是我便用更加低沉的聲音說道：

「你們兩個到底是在稱讚我，還是想找我打架？」

「哈哈哈，當然是稱讚啦！像我們這種高等貴族怎麼可能會向平民挑釁呢？那樣做是在自貶身價啊，哈哈。」

愉快地笑了一陣子後，萊歐斯便把左手伸進制服口袋，從裡面抓出某樣細長的東西。

「看在你的馬戲……不對，是精彩的劍技分上，這個就送給你好了。過來收下吧。」

他往前走了一步並伸出手臂，把那樣東西插進我胸前的口袋。

「……那我們就先告辭了。晚安啊，桐人同學。」

萊歐斯在極近處這麼低聲說完，隨即揚起嘴角笑了笑，甩動金色長髮從我身邊走過。溫貝爾也跟著把臉靠過來並丟下一句：

「別得意忘形囉，無名鼠輩。」

然後他便追著萊歐斯離開了。

即使兩個人消失在宿舍中並「磅！」一聲把門甩上，我依然暫時無法動彈。這是因為——

萊歐斯插在我胸口的東西，是朵含苞待放的花，上頭還帶著顏色接近藍色的葉子。我用冰冷的右手從口袋裡拿出它，緊盯著看。

纖細花莖被整個扯斷的它，並非栽培在四個花壇裡的「四大聖花」。這無疑是產於西帝國的賽菲利雅，也是我這半年來歷經數次失敗依然拚命培育的花朵。

發現這一點的瞬間，我便用力咬緊著自己的牙齒。如果背上有劍，我可能會立刻衝回宿舍，拔劍給予萊歐斯與溫貝爾制裁。但現在我只能緊握右手中淡藍色的花蕾，朝著花壇深處疾奔而去。我經過十字通道，來到面對深處牆壁的用具架前。然後直接往放在角落的白色素燒花盆看去。

「…………啊，啊啊…………」

我從喉嚨裡擠出沙啞的聲音。

由被當成香辛料的種子開始發芽，在異國拚命地生長，剩下沒多少時間就要開花的二十三株賽菲利雅幼苗──全部都被人攔腰折斷了。

渾圓的花蕾散落在花盆周圍，顯眼的藍綠色也已經開始消褪。殘留在土裡的花莖也無力地下垂，一看就知道兩者的天命都在急遽減少。

引起這場殺戮的凶器，就像墓碑一樣直接插在花苗們的中間。那是一把在種植球根時所使用的細長鐵圓鍬。某人……不對，萊歐斯與溫貝爾就是揮動它，無情地截斷幼苗們。

我感覺雙腳的力量逐漸流失，最後在花盆前跪了下來。

我茫然地注視散落在架上的花蕾，用已經有些麻痺的腦袋朦朧地想著。

為什麼。動機和手段相當清楚，但他們為什麼能做出這種行為？故意損毀他人所有物明顯違反了禁忌目錄，而無論是多高等的貴族，應該都無法違背這絕對的法律才對。

在Underworld裡，物件的所有權可說規定得相當清楚，雖然我也是出發旅行之後才知道。但打開自己所有物的「窗戶」之後，就能在角落看見一個顯示所屬狀態的P符號。反過來說，一切沒有P符號的物件都不是歸自己所有，所以絕對不能偷盜或加以破壞。

生長在土地上的植物確實沒有所有權，但是土壤……也就是土地是有所有權存在的。在某人土地上生長的植物，就是歸那個人所有。背後的花壇位於修劍學院的校地上，所以盛開的銀蓮花全是學院的所有物。同樣地，眼前這個花盆是我從六區市場上買回來的私人物品，所以生長在上面的賽菲利雅幼苗也會自動成為我的所有物……一直以來我都深信不疑。

我的腦袋已經因為憤怒與絕望而麻木，好不容易想到這裡時，我才因為終於注意到某件事情而瞪大了眼。

土壤。花盆裡滿滿的黑色土壤……既不是由學院裡挖來的，也不是由市場裡買來的。那是我從央都外不屬於任何人的原野上運回來的。我曾經把這件事對負責栽種的謬雷等數人說過。萊歐斯他們一定是在旁邊聽到之後，做出「既然是生長在無所有權存在的土裡，那麼那些植物也就不屬於任何人」的判斷。

如果是這樣……那就是我自己的過失了。如果要把它們放在任何人都能夠自由進出的花壇，我就應該詳細考慮關於所有權的問題才對。

Underworld的人絕對不會違背法律。但那不能跟這個世界的居民全是好人畫上等號。裡面也確實有認為「只要法律沒有禁止，做什麼都沒關係」的傢伙存在。

我明明應該在薩卡利亞劍術大會上就學到這一點了才對啊。

「…………對不起…………」

我從嘴裡發出沙啞的聲音。

我用右手將散落在架上的花蕾一顆顆撿起，並將它們集中在左手上。但掌上的花蕾，這時已經由鮮豔的藍綠色慢慢變成灰色了。

在收集完二十三顆花蕾之後，它們的天命也正好完全損耗。花蕾們在我的雙手當中飄散出夢幻般的藍色光點，隨即像溶解在空氣中一樣消失無蹤。

我就像要嘲笑培養的花朵被壞孩子扯斷而哭泣的自己一樣，硬是想在嘴上擠出笑容。但臉頰只是輕輕顫抖了一下，接著便是止不住的淚水掉落到腳邊紅磚上，形成了小黑點。

我這才終於知道，自己寄託在賽菲利雅幼苗上的是什麼東西。

培育這些花朵的第一個理由，是想要在Underworld裡實驗意念的力量

而第二個理由……則是因為莉娜學姊曾說過想看一次真正的賽菲利雅，所以我才會想幫她實現這個心願。

但是，我一直沒發現其實還有第三個理由。那就是……我已經把自己的身影和這些拚命在異國土地成長的花朵們重疊在一起了。我希望藉由這些花朵……分擔自己和現實世界裡最親近、最愛的人們分離，而且不知道何時才能再相見的寂寞與痛苦……

眼淚一發不可收拾地溢出，流過臉頰後落到地面上。

當拚命忍住不發出嗚咽聲的我縮起身體，準備將雙手撐在地面上時……

那個聲音再度出現了。

——你要相信它們。

——相信這些在異國成長到這種地步的花朵。也相信把這些花朵栽培到這種程度的自己。

在漫長旅途中，我已經聽過好幾次這道不可思議的聲音了。雖然聽得出是女性的聲音，但她不屬於我所認識的任何人，也跟兩年前在貫穿盡頭山脈的洞窟裡那道年幼女孩聲不同。那是種冷靜、睿智，還帶著一點溫暖的聲音……

「……但是，它們……它們全都死掉了啊。」

我才剛這麼低聲說完，聲音便沉穩地回答我。

——別擔心。

——在土裡成長的根還努力存活著。而且……你應該也能感覺到吧？開在這座花壇裡的無數聖花們，全都希望能夠幫助它們的小小伙伴。它們全都願意分享自己的天命。如果是你，應該能把它們的願望傳達到賽菲利雅的根部才對。

「……我辦不到啊。我根本沒辦法使用那麼高階的神聖術。」

——所有的法術都只不過是道具，用來引導、調整「心念」……也就是你所說的意念。在這個時刻，你不需要任何咒語或媒介。

——來，擦乾眼淚，站起來吧。然後感受花朵們的祈禱。

——感受這個世界的真理……

聲音說到這裡，便像在夜空裡逐漸遠去般消失了。

我用微微顫抖的胸部用力吸了口氣並吐出來，然後以制服衣袖擦乾眼淚，撐起身子站了起來。

緩緩轉過身子後，我立刻發現看見驚人的光景。分別栽培在四個花壇裡的聖花們……不只是盛開的銀蓮花，就連尚未出現花蕾的金盞花、單純由球根裡伸出短莖的大麗菊，以及只有根部爬滿地面的洋蘭，都在微暗當中發出了淡淡的綠色光芒。

神聖力。空間資源。這種溫柔平穩且堅強的光芒，讓人感覺那些名詞沒有任何意義。

我就像被它們引導一般，朝著四種聖花伸出雙手。

「……拜託。把你們的力量……天命，分一點給我吧。」

簡短地低語後，我便默默集中意念。想著由聖花所散放出來的生命力，透過我這個導線注入花盆內賽菲利雅根部的模樣。

無數閃爍綠色光芒的細線由花壇中浮起。它們慢慢聚在一起並互相糾纏，最後形成幾條較粗的緞帶。我的手指一動，它們便無聲地在空中飛舞，不久後開始往一點流去。

接下來，我便只是看著那道光芒流動的方向。光之緞帶圍住只剩下枯萎莖部的花盆，接著像是在上面打了好幾個結……或者該說變成一朵大花的模樣之後，才全數被土壤吸進去並且消失無蹤。

剩下的二十三株花莖，這時竟以緩慢但確實的速度重新開始生長。

形狀類似銳劍的葉子由莖部冒出，接著渾圓的花蕾便像在葉子的保護下膨脹起來。

看見這種光景的我，眼裡再度溢出淚水。

怎麼……怎麼會有這麼不可思議的世界呢？明明這裡的萬物都只是虛擬世界裡的物件，卻具備了超越現實世界的美感……生命力……以及意志。

「……謝謝你們。」

我向花壇的四大聖花以及不可思議的聲音道完謝，稍微思考了一下後便從制服衣領上把校徽拿了下來。接著把它插在花盆的角落。當然，這麼做是為了宣布——這裡是我的領土。

回到房間時，我一定要先向躺在床下抽屜裡的黑劍……基家斯西達的樹枝道歉，因為我把它砍倒了。此外，也得感謝它在和渦羅的比試中幫助了我。

我一邊這麼想，一邊盯著恢復元氣的賽菲利雅花蕾們看了好一陣子。當七點半鐘聲響起時，我便站起身子，為了回到宿舍而邁步。

走到門前時，我隨意地往南方看了一眼，圍住花壇的石籬及大修練場屋頂遠方那座聳立在滿天星空下的公理教會中央聖堂，馬上映入我的眼簾。它無數窗口閃爍著橘色燈光的模樣，看起來簡直就跟現實世界的超高層大廈沒有兩樣。但它比那些大廈更高、更美。

——這時，相當高的樓層上，忽然有一道光線離開了巨塔本體。

覺得「哪可能有這種事」的我立刻定睛細看。但那並非眼花也非錯覺。因為光芒確實不斷變亮，還逐漸往北聖托利亞市街靠了過來。那保持一定高度並緩緩劃過夜空的亮點，真正的身分是……

「…………飛龍！」

我低叫了一聲。

不會錯。那是龍在飛翔時掛在鎧甲上的大型油燈。但那盞燈既不是用來照明，也不是用來發出警告，純粹是為了提醒地面上的人們，在夜裡也必須保持敬畏。因為坐在龍背上的人，乃是世界最強的秩序維護者「整合騎士」。

巨大的龍張開雙翼，如滑行般劃過夜空，然後朝著東北方逐漸遠去。牠應該是為了執行守護人界的任務而到盡頭山脈去了吧。我和尤吉歐花了整整一年才走完的七百五十公里路程，那頭龍一天就能飛完。

當油燈的光芒消失在星空裡之後，我便再度轉頭看向聖堂雄偉的模樣。整合騎士應該是從整座塔約由下往上四分之三的地方離陸。那個樓層說不定有起降場之類的設施吧？我雖然試著從該處再往上看，但塔的最上端卻像溶於在夜空中一般看不清楚。

那個地方，應該有我所追求的東西，也就是通往現實世界的門。

但是——我心中那股渴望回去的熱度，似乎正隨著日子一點一滴冷卻，這會不會只是我的錯覺？相對地，想要更清楚、更了解這個奇妙美麗世界的感情，似乎不斷地增長當中，這難道也只是想太多嗎……？

我吸了一大口花香，然後緩緩將其吐出，接著把目光從聖堂移走，打開眼前老舊的門回到宿舍。

三月底——

索爾緹莉娜·賽魯魯特次席上級修劍士在與渦羅·利邦提首席上級修劍士的最後一戰，也就是畢業大賽的決賽裡打敗了對手，以北聖托利亞修劍學院第一名的成績畢業。

莉娜學姊要離開學校時，我把盛開的賽菲利雅盆栽送給她，而學姊也首次在我面展露了滿面的笑容，以及她的眼淚。

畢業典禮結束後過了兩週，她參加了在帝立競技場所舉行的「帝國劍武大會」，但初戰便遭遇諾蘭卡魯斯騎士團代表，並在一番激戰後令人惋惜地敗北。

轉章 II

當靴跟發出喀嘰一聲的同時，一道異常嚴肅的聲音也響徹了寬廣的房間。

「報告尤吉歐上級修劍士！今日的打掃工作已經完成！」

聲音的主人，是一名身穿灰色初等練士制服，臉上還殘留著一絲稚氣的紅髮少女。

在這個春天進入學院就讀的少女，可能是因為被任命為上級修劍士的隨侍還不到一個月吧，從那直立不動的姿勢，就能感受到她異常地緊張。

尤吉歐已經盡可能用溫和的態度來對待她了，但無論好說歹說，對方就是沒辦法放鬆心情，不過自己在一年前也有過同樣的經歷。對初等生來說，整座學院裡只有十二個人的上級修劍士，在某種意義上甚至是比嚴厲的老師們更加讓人難以接近的恐怖存在。

通常新生至少得花上兩個月，才能正常地和這些地位特殊的學長姊對話，尤吉歐當時也不例外。只不過，那個行事總是出人意表的搭檔，似乎完全沒有這種問題就是了。

尤吉歐合上快翻爛的神聖術課本，從有著高椅背的椅子上起身，接著點點頭表示：

「辛苦了，緹潔。今天這樣就可以了，妳回宿舍去吧。嗯……那個……」

尤吉歐把目光從緹潔的紅髮上移開，看著同樣挺直背桿的深棕髮少女。

「……抱歉哦，羅妮耶。我明明已經跟那傢伙說過好幾次，在妳打掃好房間前一定要回來……」

尤吉歐才代替教練課程一結束馬上就消失的夥伴道歉，名為羅妮耶的初等練士馬上瞪大眼睛搖著頭回答：

「沒、沒關係，任務就是要等報告完畢才算結束！」

「不好意思囉，再等一下吧。怎麼說，那個……我的室友是這種傢伙……真的很抱歉……」

北聖托利亞帝立修劍學院雖然聚集了諾蘭卡魯斯全土的貴族與富商子弟，可謂最高級的劍士培育機構，但即使是擁有皇家血統，只要踏進學院的土地，同樣得從初等練士開始。

最初的一年幾乎沒有機會碰到真劍，只能一味地用木劍練習招式，不然就是學習戰術理論與神聖術。而且對初等生來說，學院內的各項雜務也是學習的一環。

至於負責什麼樣的任務，則是由入學後馬上舉行的劍術考試成績來決定。九成的學生都是負責校園內的打掃或保養器具、栽培聖花等工作，分數排在前十二名的學生則會被任命為上級修劍士的隨侍，同時入手初級生的羨慕以及約兩個月的緊張生活。

話又說回來，隨侍的工作和其他學生也沒有什麼不同。同學們在教室或修練場打掃的時候，他們也同樣在打掃上級生的房間。只不過，一旦跟到喜歡亂丟東西或者是習慣忽然消失的學長姊，就會像這位羅妮耶一樣每天都過得很辛苦。

「……如果羅妮耶希望，我可以幫妳跟老師說，讓別人來擔任他的隨侍……要是跟著那個傢伙，這一年一定會過得很辛苦。」

「千、千萬別這麼說！」

聽見尤吉歐的提案後，羅妮耶再度用力搖了搖頭，就在這個時候……有個相當熟悉的聲音傳了進來，只不過不是由門口，而是由敞開的窗外那片黑暗當中。

「喂喂喂，幹嘛在背後說人家壞話啊。」

從三樓窗戶滑進房裡的那個身穿上級修劍士制服的人，正是尤吉歐這兩年來的搭檔桐人。兩人制服的形式雖然完全相同，但尤吉歐的制服是稍微帶點灰的藍色，桐人的則是完全漆黑。能夠自由選擇制服顏色，也是上級修劍士的諸多特權之一。

看見桐人拿著散發出某種香味的紙袋回房，羅妮耶瞬間像是放下心來般露出些許笑容，但馬上又恢復嚴肅的表情，用靴子的跟用力敲出聲音並說道：

「報告桐人上級修劍士！本日的清掃已經順利完成。」

「好的，辛苦了。」

還是一樣不習慣且不知道該拿隨侍練士怎麼辦的桐人，只能不知所措地搔著黑髮並感謝羅妮耶的辛苦。尤吉歐看他這副模樣，苦笑著追究起夥伴的過錯。

「我說桐人啊，我是不會叫你別出門啦，但她們可是比你忙了幾百倍，所以在她們打掃完畢之前一定要回來呀。再說，你為什麼非從窗戶進來不可呢？」

「因為從東三街回來時，從這個窗戶進來是捷徑嘛。羅妮耶和緹潔最好也記一下，將來會有幫助的。」

「別教人家一些奇怪的知識！提到東三街……那個袋子裡想必裝著跳鹿亭的蜂蜜派對吧。」

從桐人懷裡飄出來的甘甜香味，讓尤吉歐尚未吃晚餐的胃部受到近乎暴力的刺激。

「……那確實相當美味，但你也不用買這麼多吧。」

「哼哼，想吃就老實說吧，尤吉歐。」

桐人得意地笑了笑，從鼓鼓的紙袋裡拿出兩個烤成金黃色的圓筒形蜂蜜派，一個丟給尤吉歐後，另一個自己咬在嘴裡。接著便把整個紙袋都放到羅妮耶懷裡。

「回宿舍之後，妳和室友一起吃吧。」

緹潔和羅妮耶頓時發出符合十五、六歲少女的歡呼聲，然後急忙端正自己的姿勢。

「非、非常感謝您，上級修劍士大人！」羅妮耶這麼說道。

「為了不浪費這些食物的天命，我們會全速趕回宿舍裡！」緹潔這麼大叫著。

迅速行了個簡略騎士禮後，兩人便踩著靴子橫越房間，開門到走廊上去了。房門關上的瞬間，走廊上又再次傳來她們的歡呼聲，接著就是奔跑的腳步逐漸遠去的聲音。

「…………」

尤吉歐咬下一大口剛烤好的派，然後側眼瞪了一下桐人。

「……怎麼了嘛。」

「沒什麼。我不過是在想，桐人修劍士閣下應該沒有忘記我們置身於此的目的吧？」

「哼，怎麼可能會忘記啊。」

迅速把派吃完的桐人舔了一下姆指，一雙黑色眼睛便看著窗外——聳立在聖托利亞中心那座無法從初等練士宿舍看見的公理教會巨塔。

「我們好不容易……撐到只剩下三個步驟了。首先要在畢業檢定比試裡勝過其他十名上級修劍士，贏得學院代表的寶座。接著，是在帝國劍武大會裡打倒那些騎士團和近衛隊的大叔。最後，則是在四帝國統一神前大會裡一起贏得勝利。這麼一來，你就能成為整合騎士。堂堂正正地由大門進入那座高塔。」

「嗯……再一年……就可以……」

——就可以見面了。可以和八年前被整合騎士帶走的金髮青梅竹馬見面了。

尤吉歐把目光由遠方的中央聖堂拉回來之後，隨即凝視著掛在房間牆壁上的黑白雙劍。

只要有將我們引導至此的命運之劍在身邊，絕對不會失敗。

尤吉歐心中沒有一絲疑惑，如此深信。

（Alicization Running　完）

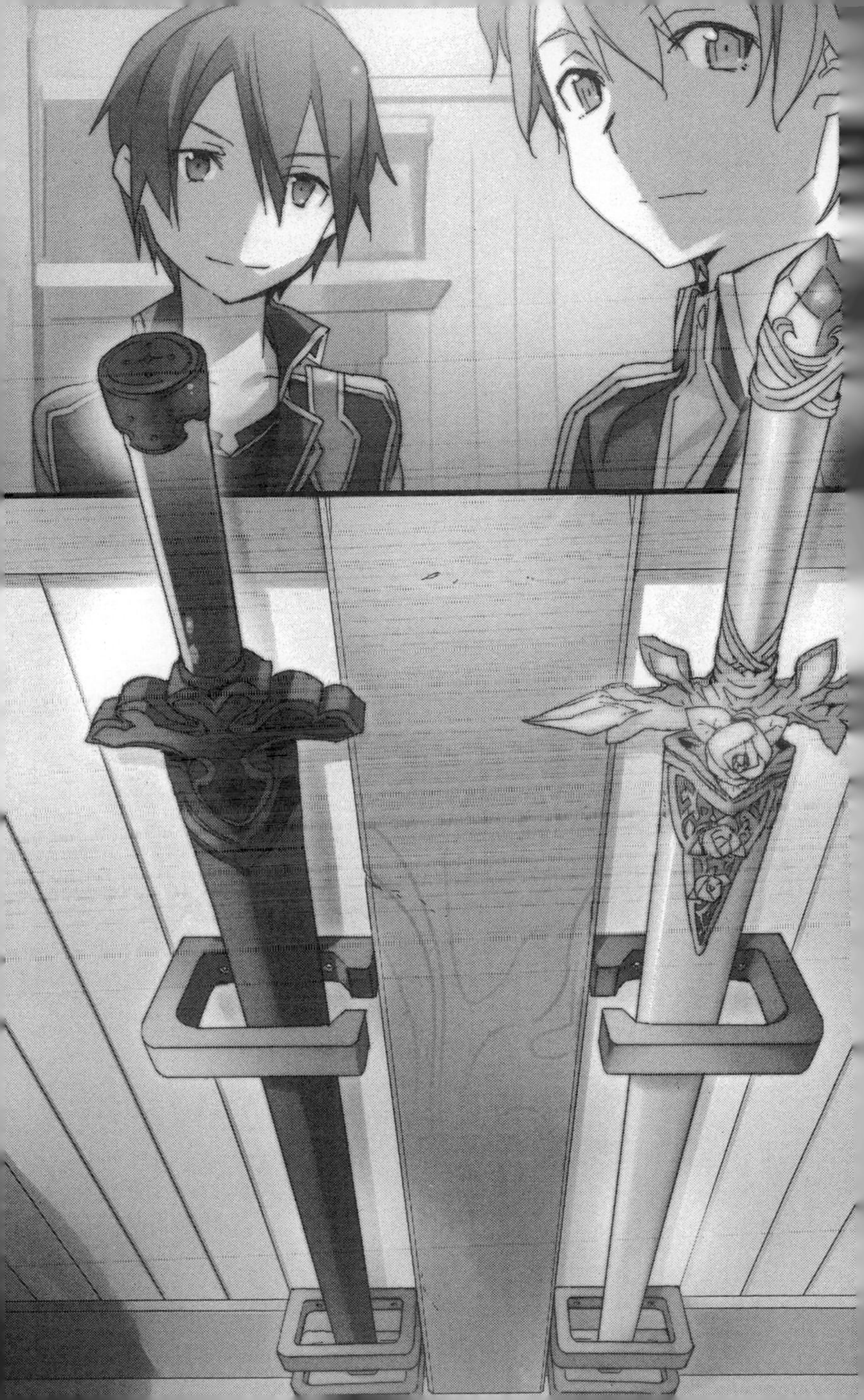

後記

我是川原礫。為您獻上《Sword Art Online刀劍神域10 Alicization Running》。

副標題的「Running」呢，在這裡是實行、進行的意思，也就是「跑程式」的「跑」。雖然本集可能會給大家留下沒什麼在跑的印象就是了……由於前半段完全是在說明狀況（雖然我的書常出現這種情形），所以應該會出現不少心想「到底什麼時候才要舞刀弄劍！」的讀者吧。我在此要先按照慣例向大家說一句。寫了一大堆說明真的很抱歉！

既然這樣，我想順便為了另一件事謝罪並加以說明。在本書的某章裡，終於表明真正所屬單位的菊岡先生做了許多解釋，但那不代表作者也有這種想法。他是因為在那個位置，才會有那樣的動機產生；當然，在本作中也有許多反對他動機的角色存在（實際上亞絲娜就否定了菊岡的思想……）。像這種「角色與作者之間的距離感」，通常是不能多做這樣的說明，得在正文當中就讓讀者明白才行，但我的作品在這個部分總是拿捏得不好……這也是我今後要改進的地方，但目前就只能請各位讀者多多包涵了！

然後還有另一件事得道歉。本書的發售日是二〇一二年七月十日，換言之自出道以來一直持續的「偶數月出書」慣例已經在本書中斷了。雖然其中包含要配合電視動畫版ＳＡＯ開始播放的意圖，但時間上已經來不及出版也是事實，所以對於期待隔月出書的各位讀者真的很不好意思！預定（或者是理想中？）將在本書之後發行的《加速世界12》，依然會按照原本的速度在八月出版，接下來我會盡量努力讓出版的速度再次回到隔月出書。雖然總有一天得面臨失速的現實，但那個時候我還是會全力向各位讀者謝罪……話雖如此，如果那個失速出現在今年，可就真的不好意思了……

正如剛才所說，本書出版時，電視動畫基本上應該已經開始播放了。十年前，在網路一角以網路小說形式開始起步的ＳＡＯ變成了實體小說、漫畫、廣播劇ＣＤ，現在竟然還出現了動畫，這些事當然都令人相當高興，但我同時也強烈地感到人的境遇真的很不可思議。雖然說現實跟遊戲不同，但在發展到今天的結果之前，的確有過無數的分歧點。如果擔當的編輯不是三木先生、插畫不是ａｂｅｃ老師、而我沒有參加第十五屆電擊小說大賞，或者本故事僅止於網路連載，甚至是十年前我沒有興起「來寫ＶＲＭＭＯ死亡遊戲」的想法，那就不會出現目前的情況了。基本上，我是個一切順其自然，凡事不強求的人，但我覺得ＳＡＯ這篇作品一定是在某種巨大的力量引導之下而生。當然，這股力量也包含了至今一直支持本故事與作者的各位讀者。故事還會繼續發展，我也衷心希望大家能夠繼續陪著桐人一起冒險。

回過神來才發現後記已經進入第三頁了，原本我想寫些自己的近況……但又沒什麼特別的事情可寫……！我唯一的興趣是騎自行車，雖然一直有在持續，但完全沒有固定的路線，所以根本與在自己家裡兜圈子沒什麼不同。我一向認為，如果吸收的資料減少，點子當然也會跟著變少，所以我也想嘗試各種事情以及到各地遊歷，但除了時間的問題之外，最近自己有興趣的事物也變得相當有限。老實說，我現在打從心裡想做的，大概就只有動筆寫稿子這件事（笑）。不過就算是這樣，執筆速度還是沒有增加，這就讓人有點百思不得其解了。

不過，雖然已經出道三年以上才有這種感慨真的有點晚，但我覺得能夠寫自己想寫的故事，確實是非常幸福的一件事。這件事看起來簡單，實際上卻得克服許多難關才能成功。而且還有很多不是只靠自己努力就能克服的難關……而為了自己的健康，我今後應該也會繼續騎自行車。目標是每週一百五十公里！

雖然還有十四行的空間，但距離截稿時間只剩下十分鐘，所以我想就在這裡做個結束吧。平常總是花了五行左右致謝，不過這次已經有了相似的內容，所以在此就用今後的劇情發展來取代吧……

在「Alicization篇」第三集，也就是第11集裡呢，桐人與尤吉歐終於要進入Underworld的核心了。這個世界是由什麼構成，又是由何者所支配，將會明朗化……目前的預定是這樣，所以也要請大家陪著本系列繼續走下去。

另外也請各位讀者多多支持動畫版，以及現在遊戲廠商正在開發的遊戲版ＳＡＯ。我想應該不會變成無法登出的死亡遊戲才對！

二〇一二年五月某日　川原　礫

國家圖書館出版品預行編目資料

Sword Art Online刀劍神域. 10, Alicization Running /川原礫作 ; 周庭旭譯.
——初版. —— 臺北市：臺灣國際角川,2013.02
面； 公分——(Kadokawa fantastic novels) ——

譯自：ソードアート・オンライン 10
アリシゼーション・ランニング
ISBN 978-986-325-155-2（平裝）

861.57　　　　　101025611

Kadokawa
Fantastic
Novels

Sword Art Online刀劍神域 10
Alicization Running

（原著名：ソードアート・オンライン 10 アリシゼーション・ランニング）

2013年2月14日 初版第1刷發行
2022年11月24日 初版第18刷發行

作　　者：川原 礫
插　　畫：abec
日版設計：BEE-PEE
譯　　者：周庭旭

發 行 人：岩崎剛人
總 編 輯：蔡佩芬
副總編輯：朱哲成
美術設計：李思穎
印　　務：李明修（主任）、張加恩（主任）、張凱棋

發 行 所：台灣角川股份有限公司
地　　址：104台北市中山區松江路223號3樓
電　　話：(02) 2515-3000
傳　　真：(02) 2515-0033
網　　址：www.kadokawa.com.tw
劃撥帳戶：台灣角川股份有限公司
劃撥帳號：19487412
法律顧問：有澤法律事務所
製　　版：尚騰印刷事業有限公司
ISBN：978-986-325-155-2